dtv

In einem Beiruter Stadtviertel wird ein Gemüsehändler tot aufgefunden. Seine Geliebte steckt halbnackt im Schrank und treibt mit ihrem Geschrei sämtliche Nachbarn zusammen. Dieser dramatische Auftakt öffnet den endlosen Vermutungen, Gerüchten und Spekulationen der Bewohner des Stadtviertels Tür und Tor: Wer ist verantwortlich für den Tod des Händlers? In der ihm eigenen trockenen, unterschwellig ironischen Erzählweise schildert Elias Khoury aus verschiedenen Perspektiven dieses rätselhafte Ereignis, in dessen Zentrum ein vor langer Zeit aus Südamerika angekommener, geheimnisvoller Brief eine Rolle spielt und um das sich Themen wie Fremdsein und Erinnern, Krieg und Vergessen, Auswanderung, Sehnsucht und Tod miteinander verknüpfen wie die Fäden eines orientalischen Teppichs.

Elias Khoury, 1948 in Beirut geboren, hat Geschichte und Soziologie studiert und an einigen Universitäten im Libanon sowie an der Columbia University in New York unterrichtet. Er war Mitherausgeber zahlreicher politischer Journale und für einige Zeit der Künstlerische Leiter des Beiruter Theaters. Heute ist er leitender Literaturredakteur der Beiruter Zeitung ‹An-Nahar›. Zu Khourys Werk zählen viele Romane, darunter ‹Bab Ashams›, der im Herbst 2004 auf deutsch unter dem Titel ‹Das Sonnentor› erschien und für den er 1998 den Palästina-Preis erhielt.

Elias Khoury

Der geheimnisvolle Brief

Roman

Aus dem Arabischen von Leila Chammaa

Deutscher Taschenbuch Verlag

Die Übersetzung aus dem Arabischen wurde mit Mitteln des Auswärtigen Amtes unterstützt durch die Gesellschaft zur Förderung der Literatur aus Afrika, Asien und Lateinamerika e.V.

Ungekürzte Ausgabe
Oktober 2004
Deutscher Taschenbuch Verlag GmbH & Co. KG, München
www.dtv.de

Titel der arabischen Originalausgabe:
‹Maǧmaʿ al-asrār›
(Verlag Dār al-Ādāb, Beirut)

Umschlagkonzept: Balk & Brumshagen
Umschlaggestaltung: Catherine Collin unter Verwendung
einer Fotografie von © Corbis/Clay Perry
Satz: Kösel, Krugzell
Druck und Bindung: Druckerei C. H. Beck, Nördlingen
Gedruckt auf säurefreiem, chlorfrei gebleichtem Papier
Printed in Germany · ISBN 3-423-13266-3

«hast du erlebt, was du beschrieben, so hast du ein Wunder erlebt, hast du es aber nicht erlebt, dann hast du Literatur geschaffen.»

Harun ar-Raschid zu dem Dichter
Abu as-Sari Sahl bin Ghaleb al-Chazradji

Die Geschichte begann so.

An jenem Tag, dem sechsten Januar 1976, starb Sarah Nasar im Alter von fast achtzig Jahren. Ihr Tod war zu erwarten gewesen. Nur Ibrahim Nasar wurde von ihm überrascht. Wie von Sinnen stand der Vierundfünfzigjährige vor dem Leichnam seiner Tante und wiegte sich in Tränen. Dem Zusammenbruch nahe folgte er taumelnd dem Sarg. Er geleitete den Leichnam mit einem weißen Tuch als Kopfbedeckung, einem hochroten, zu bersten drohenden Gesicht und unaufhaltsam fließenden Tränen.

Ibrahim hatte Tante Sarah von seinem Vater namens Jakob geerbt. Jakob Nasar, dessen Ehefrau an Krebs gestorben war, hatte mit seiner Schwester und seinem einzigen Sohn zusammengelebt. Er hatte einen Gemüseladen in Beirut besessen und ein einsames, zurückgezogenes Leben in einem alten Haus geführt, an dessen hohen Decken Spinnweben hingen. Das Gebäude, 1889 von Ibrahim Nasar, dem Großvater, erbaut, stand auf einem abgeschiedenen Hügel, von dem man den Beirutfluß überblickte. Man hatte Ibrahim Nasar damals für verrückt gehalten, weil er sich ein Leben in dem von Schakalen bewohnten Gebiet gewählt hatte.

Die Geschichte dauerte drei Tage.

Am dritten Tag starb Ibrahim Nasar, der Enkel. Seine Leiche wurde drei Tage später von Norma Abd al-Masih entdeckt, als sie zum Haus kam, nach langem vergeblichen Klopfen endlich die alte Tür aufstieß und ihr der Geruch des Todes entgegenschlug. Sie lief ins Schlafzimmer, wo das alte Bett aus Nußholz stand, und sah Ibrahim daliegen. Nackt lag er auf der rechten Seite, und das

Gesicht war ein einziger aufgedunsener blauer Fleck. Norma wich zurück, blieb vor dem breiten Kleiderschrank aus Holz stehen und brach in lautes Klagen aus. Sie öffnete den Schrank, um sich darin zu verstecken und nicht um zu stehlen, wie ihr Hanna as-Salman, der Salzige, unterstellte. Hanna rückte mit einer Gruppe von Männern aus der Nachbarschaft an, und Norma wurde zum Schweigen gebracht. Man ließ einen Arzt kommen, der die Leiche untersuchte, und dann erfolgte eine rasche Beisetzung in der Familiengrabstätte.

Am darauffolgenden Tag stellte sich Norma mitten auf die fast menschenleere Straße und raufte sich die Haare. Die wenigen Passanten blieben achselzuckend für eine kurze Weile stehen, bevor sie ihren Weg fortsetzten und die Lebensmittel, wie Brot, Konserven und schrumpeliges Gemüse, die zu bekommen waren, nach Hause schleppten. Norma jammerte, sie sei verloren, weil der Mann sie entjungfert habe und gestorben sei, bevor er sein Heiratsversprechen einlöste.

Am zehnten Tag ward nichts mehr von Norma gehört.

Als letzter hatte Hanna as-Salman sie gesehen. Der Mann in den Fünfzigern war dicht an sie herangetreten, um sich zu vergewissern, ob sie es auch wirklich war. Denn Norma hatte sich sehr verändert. Sie war fünfundfünfzig Jahre alt und mittelgroß, hatte einen dunklen Teint, große schlaffe Brüste, langes schwarzes Haar, kleine Augen und Hände mit hervorquellenden Adern.

Vor dreißig Jahren schlief Hanna zum ersten Mal mit ihr und sagte, daß er sie nicht liebe. Als Norma an diesem Tag aus dem Bett stieg, hinterließ sie einen Blutfleck auf dem weißen Laken und schaute den Mann mit ängstlichen Augen an, während ihr nackter Körper vor Schweiß triefte, als hätte sie gebadet. Sie zog sich rasch an und ging hinaus. Sieben Tage später suchte Hanna sie auf, um wieder mit ihr zu schlafen. Als sie ihn vor der Nonnenschule warten sah, setzte sie lächelnd ihren Weg fort, ohne sich nach ihm umzuschauen. Er lief neben ihr her, stammelte eine Entschuldigung und eine Liebeserklärung und flehte sie an. Er bog in die schlammige Gasse zu seinem Haus ein, und sie folgte ihm. Seit dem Tag bestand eine besondere Beziehung zwischen Norma Abd al-Masih und Hanna as-Salman. Dennoch brach sie ihre Beziehung zu Ibrahim Nasar niemals ab. Beides sind lange Geschichten. Im Viertel Farnaini kursierte das Gerücht, daß Hanna as-Salman Ibrahim Nasar tötete, um Normas verlorene Ehre zu rächen. Eine andere Version lautete, daß der wahre Grund nicht die verlorene Ehre war, sondern das Gold, welches in dem Zimmer versteckt war und dessen sich Hanna im Einvernehmen mit Norma bemächtigen wollte.

An jenem Tag, am achten Tag also, hatte Hanna sie in seinen Laden gerufen und ihr die Worte gesagt, die er ihr immer vor dem Beischlaf zugeflüstert hatte, doch sie reagierte nicht. Aus seinen Augen hörte sie nicht Lust, sondern Mitleid heraus. Sie schaute ihn mit wirrem Blick an und ging ihres Wegs. Wohin, weiß niemand.

Und nun, da die Geschichte mit dem Tod ihrer Helden ein Ende gefunden hat, darf das Geheimnis enthüllt werden. Normas Geheimnis, welches sie mit sich nahm, tritt heute ans Tageslicht, und das Bild dieser Frau scheint in ihrer Geschichte zwischen zwei Männern wieder Gestalt anzunehmen. Norma weinte im Bett bei Ibrahim, und Norma weinte in Hannas Bett. Beim Liebesakt war Ibrahim sanft und schwermütig, Hanna hingegen brutal, hart und abscheulich. Dennoch weinte sie mit beiden und träumte davon, einen von ihnen zu heiraten. Einmal sprach sie Hanna versehentlich mit Ibrahim an, worauf das Beisammensein zu einem Exzeß an Brutalität wurde, den Norma nie mehr vergaß. Sie sagte Ibrahim, meinte aber Hanna. Da sprang er auf und verprügelte sie. Er versetzte ihr einen Stoß mit dem Kopf, zog den Ledergürtel aus seiner Hose, schlug auf sie ein, bis sie ein verängstigter jammernder Haufen war, und nahm sie schließlich mit einer Begierde, die sie vorher nicht gekannt hatte. Er drang fluchend in sie ein, und die Augen drohten ihm aus dem Gesicht zu springen. Stumm ergab sich Norma und biß sich auf die Unterlippe, um kein lustvolles Stöhnen von sich zu geben.

Norma enthüllte ihr Geheimnis niemandem.

Sie machte Hanna glauben, daß er sie entjungfert habe, und Ibrahim, daß er es gewesen sei. Zwischen den beiden Männern entwickelte sich eine Beziehung, in der sich Feindschaft und geheimes Zusammenspiel mischten. Norma war das Geheimnis keiner der beiden. Sie war das Geheimnis ihrer selbst. Das Geheimnis, *sirr* (Einzahl) oder *asrar* (Mehrzahl), so heißt es bei den Arabern, wird verschwiegen. Es ist das Verborgene. *Asarra* bedeutet sowohl ‹etwas geheimhalten› als auch ‹etwas anvertrauen›, hat also zwei entgegengesetzte Bedeutungen. *Sirr,* kommentierte Abu al-Haitham, bedeutet Ehebruch und Geschlechtsakt. Und *surrijja,* Konkubine, ist die Sklavin, die als Eigentum und zum Geschlechtsverkehr genommen wird. Ferner sagt man, jemand sei *fi sirri qaumihi,* sei im Geheimnis seines Volkes, was bedeutet, daß er die beste Position hat. Die *asarir* hingegen bezeichnen die Linien der Stirn.

Das Geheimnis bezeichnet eine Sache und gleichzeitig ihr Gegenteil, nämlich das Verborgene und das Bekannte. Es ist einigen nur deshalb verborgen, weil es anderen bekannt ist. Sobald die einen wie auch die anderen verschwunden sind, wird es zu einer Geschichte, dann ist es auch kein Geheimnis mehr, sondern ein Rätsel, und Rätsel müssen gelöst werden.

Wir stehen vor einem unlösbaren Rätsel.

Nach Ibrahim Nasars Tod interessierte sich keiner mehr für ihn oder für seine arme Geliebte. Hanna as-Salman ging wieder in seinen Laden Schuhe flicken, steckte die kleinen Nägel in den Mund und verfiel in den Schlummer des Schweigens.

Das Geheimnis Ibrahim Nasars bestand darin, ein seltsames Dasein geerbt und gelebt zu haben.

Alles an ihm war seltsam. Er lebte allein mit seiner Tante, die er nur als alte, vor Gelenkschmerzen und Todesangst jammernde Frau kannte. Schon zu Beginn erbte Ibrahim Nasar den Tod und den Gemüseladen und hatte zu nichts Lust. Selbst den Geschlechtsakt übte er als Pflicht aus. Wenn Norma ihn aufforderte, sie zu heiraten, schaute er sie mit leeren Augen an, als sehe er sie zum ersten Mal. Er bat sie, leise zu sprechen, damit Tante Sarah sie nicht hörte. Diese hielt sich nämlich im Nebenzimmer beim Licht einer Öllampe auf und brachte die Nacht damit zu, schlurfend über den Fliesenboden umherzuwandeln und unverständliche Worte zu seufzen. Ibrahim hieß Norma zu schweigen und versprach ihr die Ehe, heiratete sie aber nicht. Er wußte von ihrer Beziehung zu Hanna as-Salman. Ibrahim war der einzige Mensch, der traurig war, als Hannas Unschuld zutage kam und er nicht gehängt wurde. An jenem Tag im Jahr 1948 versprach er Norma die Ehe. Er wollte mit ihr am darauffolgenden Morgen der Hinrichtung des armen Hanna beiwohnen und sie dann heiraten. Doch statt Hanna wurden zwei andere Männer gehängt, der wahre Verbrecher und der Gefängnismörder. Derweil wurde Hanna in seinem Viertel als Held empfangen. Zwar verließ er das Gefängnis als mutloser, gebrochener Mann, verschwand aus dem Viertel und wurde, wie er behauptete, Händler, doch erhob man ihn zum Schuster und allseits respektierten Opfer, und man dankte Gott, daß er die entsetzlichen Verbrechen, deren er beschuldigt wurde und die an ihm hafteten, nicht begangen hatte.

Die Geschichte begann so.

An einem regnerischen Tag im Januar des Jahres 1976 erwachte Hanna as-Salman früh. Er hatte geträumt, seine Zunge hätte sich in ein Stück Leder, ähnlich der Lasche eines Schuhs verwandelt. Ihn störte nämlich an der Schuhreparatur, daß die Schuhe verschleißen, während die Laschen, die ja nur als Trennung zwischen Fuß und Schnürsenkel dienen, unversehrt bleiben. Immer verschleißen die Schuhe, die Laschen aber halten sich. In dieser Nacht hatte Hanna also geträumt, seine Zunge sei die Lasche eines abgenutzten braunen Schuhs. Er hatte geträumt, er stünde in seinem Garten unter dem Paternosterbaum, es regne Schlamm und die braune Lasche hinge ihm aus dem Mund wie die Zunge bei einem Hund.

Hanna as-Salman schreckte aus dem Schlaf hoch, sein Herz raste, und ein fernes Weinen durchdrang den Beiruter Regen, der wie in Seilen fiel. Es war der 12. Januar 1976. Hanna hatte vor dem Schlafen eine ganze Flasche Arak geleert. Er wußte nicht mehr, wie er ins Bett gekommen war. Er erwachte morgens um neun Uhr mit dem Schlammgeruch in der Nase und einer Zunge, so trocken wie eine Lasche. Er torkelte aus dem Zimmer, traf im Haus aber niemanden an. Seine Frau war mit der Tochter zur Messe in die Kirche gegangen. Er aber brauchte einen Kaffee, um einen klaren Kopf zu bekommen. In den Ohren dröhnten ihm Schreie, die wie eine Totenklage klangen. Es hatte die ganze Nacht geregnet, es roch nach Erde, und die Kälte kroch einem in die Knochen. Hanna zog sich rasch an und rannte mit dem Menschenstrom zur Quelle des Lärms. Die Schreie kamen aus der Parallelstraße hinter Hadsch Awwads Tankstelle.

Hanna hatte mit allem gerechnet, nur nicht mit den Nasars. Doch dann fand er sich vor deren Haus wieder, und um ihn herum liefen Menschen wirr durcheinander. Wie alle anderen eilte er ins Haus und sah Norma schweißüberströmt in dem offenen Schrank stehen. Er meinte, sie sei halb nackt gewesen, doch bestätigen konnte das niemand. Er sah Norma, und er sah ein paar Männer, die Ibrahim Nasars aufgedunsene Leiche mit einem weißen Laken bedeckten. Hanna machte sich nur über die Beerdigung und den organisatorischen Ablauf Gedanken, bemerkte nicht einmal, daß Ibrahims aufgedunsenes Gesicht blau angelaufen war. Auch den Geruch nahm er nicht wahr. In seiner Nase klebte noch der Geruch seines Traums, der Kopf dröhnte ihm vor Schmerzen und dem Verlangen nach einem türkischen Kaffee, zumal ihm an diesem Morgen zu Hause keiner vergönnt gewesen war. Die Angelegenheit wurde rasch erledigt. Doktor Sa'id al-Husari stellte einen Totenschein aus, ohne die Leiche untersucht zu haben. Hanna zog dem Toten sein eigenes weißes Gewand an, denn Ibrahims Kleidung paßte der aufgedunsenen Leiche nicht. Man besorgte einen großen Sarg, legte den Leichnam ungewaschen hinein und rief Pater Ilia al-Hajek an, der in die Kirche zu kommen versprach. Alles konnte rasch erledigt werden, nur zwei Dinge, die Schließung des Sargs und die Beschaffung einer Begräbnisstätte, bereiteten Schwierigkeiten. Ein wirkliches Problem war das Grab. Das Problem mit dem Sarg hingegen löste Hanna, indem er den Sargdeckel auf den aufgeblähten Bauch drückte und zunagelte. Bei jedem Nagel, den Hanna mit seinem Beil in den Deckel schlug, schrie Norma auf. Hannas Frau stand auf und schob Norma aus dem Raum. Danach sah Hanna Norma nicht mehr, erst wieder an jenem achten Tag. Bei der Bestattung wurde der zugenagelte Sarg zu einem Problem, denn Pater Ilia al-Hajek bestand darauf, das Beerdigungsritual vollständig durchzuführen. Zwar sah er darüber hinweg, daß die Nasars nicht griechisch-orthodox waren, und ließ sich darauf ein, Ibrahim auf dem Friedhof einer konfessionellen Gruppe zu bestatten, der dieser nicht angehörte, doch eine Veränderung der religiösen Riten kam für ihn nicht in Frage. In Wahrheit leistete Pater Ilia nichts Außergewöhnliches, denn die Friedhöfe vermischten sich während des Bürgerkriegs auf kuriose Weise, indem Angehörige verfeindeter Konfessionen sich gegen ihren Willen auf gemeinsamen Friedhöfen wiederfanden. «Das Grab vereinigt die libanesischen Konfessionen», sprach der Priester, wenn er Angehörige anderer Konfessionen auf seinem Friedhof beerdigte. Daß es aber so weit käme, daß die Riten verändert würden, akzeptierte er nicht. Der Priester bestand darauf, den Sargdeckel öffnen zu lassen, um Erde auf den Toten streuen zu können. Doch das war nicht möglich, denn der Sarg war mühsam geschlossen worden. Vier Männer hatten den Deckel hinuntergedrückt, damit Hanna ihn zunageln konnte.

Der Priester verweigerte die Bestattung.

«Nun erledigen sie die Angelegenheit schon, Pater. Ich flehe Sie an!» drängte Hanna, denn die Anwesenden hatten es eilig.

«Öffnet ihn!» befahl der Geistliche unnachgiebig.

«Das geht nicht, Verehrtester!» entgegnete Samuel as-Salman.

«Öffnet ihn, sonst findet keine Beerdigung statt!» widersetzte sich der Priester.

«Die Beisetzung wird ohne Segen durchgeführt!» sprach Hanna.

Es kam zu einem großen Durcheinander, und nachdem Hanna dem Priester hundert Lira in die Tasche seines schwarzen Gewands gesteckt hatte, gab der Priester schließlich nach. Er begnügte sich damit, Erde auf den Sarg zu streuen. Aber er beobachtete die Sache voller Unbehagen und Angst.

Die Begräbnisstätte – das ist eine andere Geschichte.

Wie ist diese einfache Angelegenheit zu erläutern?

Die Nasars besaßen zusätzlich zu ihrer ursprünglichen Grabstätte im Dorf Ain Kisrin ein Familiengrab in Beirut. Ibrahims Vater Jakob hatte auf dem griechisch-orthodoxen Friedhof ein Grundstück gekauft. Der Friedhof liegt an der Straße nach Damaskus, die im 19. Jahrhundert die Grenze zwischen der Mutasarrifijja[1] des Libanongebirges und der Provinz Beirut bildete, später zu einem Teil der Grünen Linie wurde und während des Bürgerkriegs Beirut von Beirut trennte. Das Familiengrab der Nasars war im Januar 1976 nicht zu benutzen, denn es lag an der Kampflinie und war von Milizionären besetzt.

Das Problem bestand darin, daß Ibrahim Nasar ohne Grab war. Er hatte Tante Sarah auf Pater Ilia al-Hajeks Friedhof beerdigen können, weil er auf die Grabstätte seiner Onkel mütterlicherseits ausgewichen war. Seine Tante war im Familiengrab der al-Djahils, also der Familie der vor langer Zeit verstorbenen Mutter Ibrahims beigesetzt worden. Am Tag der Beerdigung hatte Ibrahim unter Tränen erzählt, daß er seine Onkel aufgesucht und von dem ältesten, Hadsch Nikola, den Schlüssel zur Grabstätte ausgeliehen habe.

Ibrahims Tod brachte Hanna in ein Dilemma. Zwar war ihm bekannt, daß Ibrahims Onkel wegen des Krieges aus Beirut in die Provinz Kesrwan geflohen waren, aber er wußte nicht, wo sie lebten. Er hatte die Wahl, Ibrahim

1 Osmanisches Verwaltungssystem des Libanongebirges von 1861 bis 1915

in einem der Massengräber zu verscharren oder die Grabstätte der al-Djahils aufzubrechen. Er tat letzteres. Er machte sich vor der Beerdigung gemeinsam mit seinem jüngeren Bruder Samuel ans Werk, brach das Schloß auf und ermöglichte Pater Ilia, Ibrahim in der Grabstätte einer angesehenen Beiruter Familie beizusetzen.

Wie starb nun Ibrahim Nasar? Und weshalb stand Norma Abd al-Masih im Schrank? Versteckte sie sich oder beging sie einen Diebstahl? Und wer hatte sie überhaupt ins Haus gelassen?

Hanna as-Salman, der Salzige, hatte keine Antwort auf diese Fragen. Er hatte zu tun mit den Kriegsmeldungen, mit seiner Frau, die unentwegt weinte, weil ihr Sohn nach Kanada auswandern wollte, und mit der permanenten Angst, die kleinen Nägel, die er sich beim Schuheflicken in den Mund steckte, zu verschlucken.

Hier, inmitten der aufeinandergetürmten Schuhe, die Hanna as-Salman, dem Schuster, kaum so viel Platz ließen, daß er am Tisch sitzen und arbeiten konnte, hier verbrachte er seine letzten Tage. Er zog nicht aus und ergründete das Geheimnis, welches dem aufgedunsenen und blau angelaufenen Ibrahim auf die Stirn gezeichnet war, während der Schrank vom Weinen der schweißüberströmten Norma bebte.

Inmitten der Berge von Schuhen ließ Hanna seinen Lebensodem kleiner werden und schließlich erlöschen. Er ließ die Geschichte verborgen in der alten Grabstätte der Nasars in Ain Kisrin, dem Dorf, das schon lange niemand mehr besucht hatte, und er entriß der Geschichte nicht den Schleier der von Staub und Erde verschluckten goldenen Armreifen.

Die Geschichte begann so.

Ibrahim Nasar erinnerte sich nur undeutlich. Er war zehn Jahre alt, als seine Familie Vorbereitungen für den Umzug nach Kolumbien traf. In Bogotà sollte die gesamte Familie endlich wieder vereinigt werden. Er hörte seinen Vater zur Tante sagen, daß man ihm als Witwer dort zur inneren Ruhe verhelfen wolle und für ihn bereits eine Cousine zum Heiraten gefunden hätte. Ibrahim Nasars Erinnerung an jene Zeit war diffus. An dem Tag, als er Norma die Ehe versprach, erzählte er ihr, daß er sich an weiße Flecken vor den Augen erinnere, an einen geheimnisvollen Brief, die Schreie seiner Tante und das Ende eines Traums von Auswanderung, Heirat und einem neuen Leben.

«Mein Vater war weise», erklärte er seiner potentiellen Ehefrau. «Er verkaufte nur die Hälfte der Ländereien, die die Familie im Dorf besaß. Er sagte zu Sarah, daß er den Rest erst nach der Abreise verkaufen würde, weil er nicht wüßte, was ihn dort erwarte.»

Die Tante hielt den Brief in Händen und brach in Tränen aus. Jakob war außer Haus. Ibrahim erinnerte sich, daß die Sonne auf die Stadt brannte. Überall war Sonne, und er spielte mit Wasser. Ibrahim spielte immer mit Wasser. Stundenlang stand er im Garten an der Wassertonne und planschte im Wasser, bis sich ihm die Hände pellten.

Nur Wasser und Augustsonne, als die Tante plötzlich zu schreien anfing.

«Jakob ist tot», kreischte sie und sank zu Boden.

Ibrahim rannte zu ihr, die Nachbarn eilten herbei, alle scharten sich um die Frau auf dem Boden und weinten mit. Niemand fragte, wo der Leichnam sei. Die Männer gingen ins Haus, fanden ihn aber nicht. Mit traurigen Gesichtern hasteten sie in alle Zimmer. «Wo ist der Tote?» rief Hadsch Abu Schafiq.

«Hier, hier», antwortete die Tante und wedelte mit dem Brief.

Hadsch Abu Schafiq riß ihr das Blatt aus der Hand und hielt es sich mit ausgestrecktem Arm vor die Augen, um die Buchstaben erkennen zu können. Nach ausgiebigem Räuspern wollte er soeben zum Vorlesen ansetzen, als man Jakob Nasar mit rotem Tarbusch[2] und seiner krummen rechten Schulter nahen sah.

«Jesus Maria!» schrie Sarah beim Anblick ihres Bruders und konnte sich, von einem Weinkrampf geschüttelt, nicht vom Boden erheben.

Jakob nahm Hadsch Abu Schafiq den Brief aus der Hand und las ihn mit eigenen Augen. «Steh auf und pack die Sachen aus!» befahl er Sarah. «Die Reise ist geplatzt.» Plötzlich schaute er die vielen Menschen um sich herum an, als hätte er sie beim Hereinkommen nicht wahrgenommen.

«Gott sei seiner Seele gnädig! Mein Vetter ist in Kolumbien gestorben, er hieß auch Jakob. Kondolenzen bitte später.»

Jakob ließ sich auf einen Stuhl sinken, und die Leute verließen nacheinander das Haus, ohne sich zu verabschieden. Er nahm den Tarbusch ab, legte ihn auf das rechte Knie und den Kopf in die Hände.

Ibrahim erzählte Norma, daß er sich an jenes Kauern erinnere, daran, daß der Tarbusch auf dem Knie zitterte

2 Kopfbedeckung für Männer aus rotem Filz mit schwarzer Quaste. Stammt aus der osmanischen Zeit und wurde bis in die fünfziger Jahre getragen.

und er nichts begriffen habe. An jenem Tag habe er geweint, ohne zu wissen weshalb. Er wüßte nicht, was Weinen überhaupt zu bedeuten habe, erklärte er. Derweil lag Norma nackt auf dem Bett und bedeckte sich das Gesicht mit den Händen. Weinen sei ein unerklärlicher Zustand, sprach er. «Ich weinte nicht etwa, weil ich verstanden hatte, daß mein Vater tot sein sollte. Nein, ich weinte, weil meine Tante weinte. Sie weinte nicht um meinen Vater. Sie weinte um ihrer selbst willen, weil ihr eine Reise und die Ehe versprochen worden waren. Und die Frauen im Haus weinten, weil meine Tante weinte. Schließlich hatten sie sich nicht einmal vom Tod meines Vaters überzeugt. Der war ja an dem Tag auch gar nicht gestorben. Ich weiß nicht, was das Weinen soll, nun hör' schon auf damit, ich bitte dich.»

Norma nahm die kleinen Hände von den Augen und erklärte, daß sie weine, weil sie ihn liebe und wisse, daß er sie nicht liebe. Ungefähr den gleichen Wortlaut hatte sie auch zu Hanna gesagt. Dessen brutalen Praktiken weinend unterworfen, hatte sie geschrien, daß sie ihn liebe. Nachdem Hanna seine Cousine geheiratet hatte, setzte Norma die sexuelle Beziehung zu ihm in seinem kleinen Geschäft fort. Zwei Wochen nach der Hochzeit besuchte sie ihn um sechs Uhr abends, als die Dämmerung sich bereits auf die Straße gelegt hatte. Sie betrat das Geschäft, ohne anzuklopfen. Hanna war allein und im Begriff, das Geschäft zu schließen und sich auf den Heimweg zu machen. Wortlos ging sie hinein und schaute ihn überlegen aus den Augenwinkeln an. Als sie sich dann auszuziehen begann, traute er seinen Augen nicht. Sein Blick wie auch die leicht hochgezogenen Lippen bekundeten eine gewisse Abscheu. Doch kaum hatte Norma den Büstenhalter abgelegt, veränderte sich seine Miene, und in seinen Augen flackerte jener stürmische Ausdruck auf, der Norma immer einen Schauder über den Rücken jagte. Angefangen beim obersten Wirbel durchrieselte ein Schauder ihr Rückgrat, sobald Hanna sich ihr mit seinen rot unterlaufenen, lodernden Augen näherte.

An dem Tag begann das Lodern in seinen Augen, als er ihre Brüste zum Vorschein kommen, ja fast aus dem weißen Mieder heraushüpfen sah. Er stürzte sich auf sie, drückte sie an die Wand und nahm sie im Stehen. Hanna war sehr schnell an dem Tag. Kaum angefangen, hatte er bereits seinen Höhepunkt, so als sei er nach der Heirat in die Pubertät zurückgefallen. Er gab ihr mit Blicken zu verstehen, daß sie sich schnellstens entfernen solle. Norma hob ihr Hemd vom Boden auf und zog es an, während Hanna sie gleichgültig ansah.

«Wie ist deine Frau?» erkundigte sie sich beim Ankleiden. «Ich hoffe, du bist glücklich mit ihr.»

Er brummte, gab aber keine Antwort.

Danach nahm die Geschichte wieder ihren alten Lauf. Norma träumte davon, Ibrahim zu heiraten, und schlief von Zeit zu Zeit mit Hanna. Hanna begehrte sie mit seinen lodernden Augen, die, sobald er befriedigt war, in Weiß umschlugen. Und dann forderte er sie auch gleich mit einem Zucken der Augenbrauen auf, das Geschäft zu verlassen.

Sie hätten eine Leidenschaft für Dienstmädchen, sagte Sarah zu Ibrahim.

«Ihr, die Nasars, verflixt noch mal, dein Vater und Großvater, vielleicht auch dein Urgroßvater. Du sollst endlich heiraten und mich von diesem Anblick erlösen.»

Ibrahim hatte keine Leidenschaft für Dienstmädchen, wie seine Tante glaubte. Er liebte Mary Bidjani, heiratete sie aber nicht. Mary war die Tochter des Ringers Nadjib Bidjani, dessen Plakate in der Stadt überall an den Wänden klebten. Ibrahim konnte das Freistilringen nicht leiden und hielt es für einen barbarischen Sport, der sich für Adams Nachfahren nicht schickt. Nadjib, der Ringer mit dem nackten Oberkörper, dem offenen Mund und den kräftigen Muskeln hatte nichts mit der Liebesgeschichte zu tun, außer daß er einen weiteren Grund für Ibrahims Furcht vor Mary darstellte. Ibrahim war vierundzwanzig Jahre alt, als er sich in die Sechzehnjährige verliebte. Wenn er sie im Laden sah, erstarrte er vor Angst und brachte kein Wort heraus. Nasars Gemüseladen hatte eine vielversprechende Zukunft, denn der junge Mann war auf die Idee gekommen, den Laden zu einem kleinen Supermarkt umzubauen, und dies zu einer Zeit, als Supermärkte noch eine Marktlücke waren. Ibrahim schaffte sich eine große Kühltruhe an und verkaufte neben Gemüse nun auch Käse und andere Milchprodukte, und so wurde Nasars Supermarkt zum Gesprächsthema des Viertels. Der liebe Gott war gnädig gesinnt, und die Scheine flossen nur so. Jakob beobachtete den Erfolg seines Sohnes wegen seines Grünen Stars zwar nur mit halb geschlossenen Augen, murmelte aber seinen Dank, weil der Allgütige sich der unglücklichen Familie gegenüber endlich wohlwollend zeigte.

Die unglückliche Familie, das ist die Geschichte. Hingegen waren Mary Bidjani und die Liebesgeschichte nur ein Traum, der dem Jungen den Kopf verdrehte. Das Mädchen kaufte bei ihm ein, und er gab ihr vollkommen betört die Ware zum halben Preis. Eines Tages, als sich im Supermarkt keine anderen Kunden aufhielten, nahm er seinen ganzen Mut zusammen und lud sie ins Kino zu einem Film mit Asmahan ein. Sie schaute ihn gleichgültig an, als hätte sie ihn nicht gehört. Ibrahim verstand nicht, ob sie die Einladung angenommen oder ausgeschlagen hatte, fing an zu stottern, konnte schließlich gar nicht mehr weitersprechen. Er reichte ihr die Tüte mit gelben Feigen, drehte ihr, ohne eine Antwort abzuwarten, den Rücken zu und tat, als räumte er die Regale auf. Mary verließ das Geschäft. Nach diesem Zwischenfall suchte sie das Geschäft auch weiterhin auf, und Ibrahim wurde angst und bange. Das Mädchen sei mit einem Ringer, einem Freund ihres Vaters verlobt, erzählte ihm Tante Sarah. Es sei deshalb zu befürchten, daß Ibrahim ums Leben kommen könnte wie sein Cousin in Kolumbien.

«Ich warne dich, paß auf, sage ich dir!»

«Aber Tante, Vater soll doch nur hingehen und nachfragen», erwiderte Ibrahim.

Die Tante klapperte mit ihrer zu groß geratenen Zahnprothese und schimpfte ihn einen Esel und Dummkopf.

«Ich werde schon eine Braut für dich finden, was hältst du denn von der Tabscharani-Tochter?»

«Ich liebe nur Mary.»

«Wer ist Mary?»

«Mary, Nadjib Bidjanis Tochter.»

«Um Himmels Willen, fang nicht wieder damit an. Ich habe Angst um dich. Ich habe gehört, daß ihr Vater imstande ist zu töten. Er hat schon einmal jemanden umgebracht und sich aus dem Staub gemacht. Man hat ihn freigesprochen, weil er seinem Anwalt zufolge seine Ehre verteidigt hatte. Ehre nennt man so etwas!»

Ibrahim wartete im Laden auf Mary und liebte Norma.

Ibrahim würde behaupten, Norma nicht zu lieben, doch das wäre gelogen. Die Sache mit Norma war nicht nur eine sexuelle Beziehung, denn er sah Mary in ihr. Wenn er in seinem Geschäft saß und wartete, vermischten sich die Bilder der beiden Mädchen und verschmolzen miteinander.

Eines Tages kam Mary ins Geschäft und lud ihn zu ihrer Hochzeit ein. Sie werde in einer Woche heiraten, erzählte sie, und ihr Verlobter sei Buchhalter beim Orozdi Bak Silberwarengeschäft. Sie überreichte ihm die Einladungskarte und betrachtete ihn, während er las.

«Warum haben Sie das getan?» brachte sie mit einer Stimme wie aus weiter Ferne hervor.

«Was habe ich getan?» wollte er wissen.

«Nichts, nichts», erwiderte sie und ging.

Als der Todesengel Jakob Nasar erschien, rief er seinen Sohn Ibrahim zu sich ans Bett und weihte ihn in das Geheimnis ein. Das Geheimnis bezog sich nicht auf die Familiengeschichte, die Ibrahim bereits kannte, weil sein Vater sie ihm oft genug erzählt hatte. Das Geheimnis bestand in dem Reisegeld, das Jakob vor seiner Schwester verborgen hielt. Jakob hatte infolge einer Bronchitis, die ihm Atembeschwerden verursachte, hohes Fieber. Er rief seinen Sohn zu sich ans Bett und flüsterte ihm ins Ohr, an welchem Ort er die osmanischen Goldmünzen, die das ganze Vermögen darstellten, aufbewahrt hatte. Sarah wußte, daß ihr Bruder die zweihundertundfünfzig Lira im Haus versteckt hatte. Die Hälfte gehörte ihr. Sie hatte nämlich der Reise zuliebe dem Verkauf der Ländereien in Ain Kisrin zugestimmt. Als aber der Brief mit der Todesmeldung über den anderen Jakob eintraf und ihr Bruder die Auswanderungspläne verwarf, verriet er ihr nicht, wo sich das Geld befand. Ein einziges Mal fragte sie nach, doch Jakob erwiderte nur, daß es an einem sicheren Ort aufbewahrt sei. Sarah brauchte ihren Anteil für die Zukunft. Solange ihr Bruder am Leben war, machte sie sich keine Sorgen, weil sie wußte, daß er sie liebte, aber sie befürchtete, daß «der einfältige Junge» nach Jakobs Tod über sie und ihr Leben bestimmen könnte.

«Der einfältige Junge» behielt das Geheimnis für sich, er verriet es seiner Tante nicht, redete auch sonst mit niemandem darüber. Bei einer einzigen Gelegenheit sprach er mit Hanna as-Salman über die Goldmünzen. Und zwar nach Hannas Entlassung aus dem Gefängnis. Die beiden Männer tranken Arak, und Ibrahim erzählte von dem Vermögen und seiner Idee, den Supermarkt zu vergrößern, Hanna aber riet wegen der unbeständigen Zeiten und des drohenden Krieges abzuwarten. Und tatsächlich brach 1958 ein Bürgerkrieg aus, im Libanon herrschte wieder jene Stimmung, die Ibrahim aus den Erzählungen seines Vaters über den Ursprung der Familie kannte.

Von dem Geheimnis wußte Norma nichts. Sie hütete ihr eigenes Geheimnis. Sie liebte Ibrahim und fürchtete sich vor Hanna. Als sie später Hanna leidenschaftlich verfallen war, fürchtete sie, von Ibrahim verlassen zu werden. Sie trug zwei Blutstropfen mit sich, den einen hatte sie in Ibrahims Bett und den anderen in Hannas Bett vergossen. Als Hanna sie schlug, um die Wahrheit zu erfahren, fiel sie vor ihm auf die Knie, küßte ihm die Füße und sagte, sie könne sich nicht erinnern. Erst Jahre später, nach Ibrahim Nasars Tod, kam die Wahrheit ans Licht. Wie von Sinnen stand Norma auf der Straße und jammerte, daß ihre Ehre verloren sei, weil der Mann, der ihr die Ehe versprochen hatte, gestorben sei, bevor er sein Versprechen einlöste. Die Geschichte nahm größere Ausmaße an, als Norma das Haus der Nasars besetzte und behauptete, die Gattin des Verblichenen zu sein. Wie es weiterging, ist allen Bewohnern des Viertels Farnaini bekannt. Ein Mitglied der Familie al-Djahil, ein Vetter des Verstorbenen, rückte an, ließ Norma mit Hilfe einer bewaffneten Truppe aus dem Haus jagen, wechselte die Schlösser aus und verschwand. Danach setzten die Hochzeitsrituale ein, die Norma unter den Blicken von Schaulustigen auf der Straße vollzog, und die damit endeten, daß die Frau in Tränen ausbrach und einsam zu ihrem halb eingefallenen Haus rannte.

Ibrahim hatte keine Leidenschaft für Dienstmädchen, wie seine Tante behauptete. Er liebte Norma, nicht weil sie ein Dienstmädchen war, sondern weil sie Glanz in seinen Augen war. Wenn Norma kaum bekleidet aus dem Bad kam, glitzerten die Wassertropfen auf ihren braunen Schultern. Zwar hatte er sie gewissermaßen als Teil der Familie geerbt, doch die Wassertropfen auf den Schultern markierten den Beginn der Liebe. Wenn er sich über ihre Schultern beugte und die Tropfen aufsaugen wollte, lief sie lachend davon oder tat zumindest so, als flüchtete sie.

Ibrahim fühlte sich einsam und fremd in dem alten Haus, in dem er lebte. Dort hatte er auch Norma vorgefunden. Sie war ein Familienerbstück. Und Erbschaften zogen in dieser verwunschenen Familie den Tod nach sich. Nur vage kannte Ibrahim die Geschichte. Die Nasars hießen eigentlich nicht Nasar, sondern Atwi. Nasar war nur ein Beiname, der der Familie in Ain Kisrin gegeben wurde. Die Atwis stammten ursprünglich aus Izra' im Hauran und wanderten nach Kana im Südlibanon aus. Selbstverständlich darf die Richtigkeit dieser Geschichte angezweifelt werden, was Jakob und sein Sohn Ibrahim auch taten. Immerhin behaupten alle christlichen Familien im Libanon, ihre Ursprünge in Izra' im Hauran zu haben und Nachfahren des arabischen Herrschergeschlechts Banu Ghassan zu sein. Die Atwis hielten sich für Ghassaniden und glaubten, innerhalb eines Zeitraums von ungefähr zweihundert Jahren in mehreren Etappen nach Kana ausgewandert zu sein. In der letzten Etappe, Ende des achtzehnten Jahrhunderts, wanderte der Zweig aus, der später den Namen Nasar erhielt. Stammvater war

Nasar bin Isa bin Ghassan. Er faßte aufgrund eines Mordes den Entschluß, seine Heimat zu verlassen. Das Motiv für Auswanderung ist immer Mord, in diesem Fall jedoch war der Auswanderer nicht Täter, sondern Opfer. Den Erzählungen seines Großvaters zufolge, so berichtete Jakob, sei Stammvater Nasar fortgezogen, nachdem Beduinen aus dem Golan die Familie angegriffen und drei Brüder getötet hätten. Nur er sei am Leben geblieben. Nasar habe Kinder und Vieh auf eine lange Reise nach Kana geführt, um bei seinen Vettern Zuflucht zu finden. In diesem Dorf, dem biblischen Kana Galiläas, in dem Jesus, gelobt sei Er, sein erstes Wunder vollbracht und Wasser in Wein verwandelt hatte, habe Nasar bin Isa bin Ghassan al-Atwi etwas Unglaubliches zu Gesicht bekommen. Er habe die Erkenntnis gewonnen, daß die Familie Atwi nicht mehr die war, die sie früher einmal gewesen war. Als er erschöpft, durstig und voller Sehnsucht nach Rettung und Schutz das Dorf erreichte, habe er überall Minarette in den Himmel ragen und auf den Straßen dunkelhäutige Frauen gesehen. Ratlos sei der Mann inmitten seiner Kinderschar stehengeblieben, habe nicht gewußt, was er tun sollte. Kana hätte ein christliches Dorf sein müssen, denn es bestand aus einer einzigen Familie, nämlich den ghassanidischen Atwis aus Izra', und die Frauen waren für ihre weiße Haut berühmt. Er habe sich erkundigt, ob das Dorf auch wirklich Kana war. Ein blinder Mann am Dorfeingang habe es ihm bestätigt und ihn zum Dorfältesten geführt. Und was Nasar dort zu Ohren gekommen sei, habe er nicht fassen können.

Stammvater Nasar, erzählte Jakob weiter, habe erfahren, daß die Familie vor ungefähr fünfzig Jahren zum Islam übergetreten war. Und Nasar bin Isa sei vom Dorfältesten aufgefordert worden, ebenfalls den islamischen Glauben anzunehmen. Doch dieser habe sich geweigert, die Zelte abgerissen und sei weitergezogen. Es habe ihn nach Ain Kisrin verschlagen. Dort habe er ein Leben als armer Bauer gefristet, nachdem der Feudalherr, ein Angehöriger der Nakads, wie es hieß, seine Pferde, Schafe, Ziegen und Kühe beschlagnahmt und ihn samt seiner acht Söhne als Pächter dazu verpflichtet habe, Maulbeerbäume und Seidenraupen zu züchten sowie Zwiebeln und Radieschen anzubauen.

Weshalb die Atwis in Kana zum Islam konvertierten, ist eine Geschichte, die erzählt werden muß.

Während Jakob auf der Terrasse vor seinem Haus Wasserpfeife rauchte, über die Augusthitze stöhnte und seiner Schwester befahl, den Garten zu wässern, erzählte er. Er erzählte, daß Stammvater Nasar als Verwandter aus dem Hauran bei seiner Ankunft in Kana so herzlich wie ein Bruder empfangen worden sei. Man habe ihm zu Ehren Tiere geschlachtet, zu seiner Begrüßung Dabka getanzt und nach arabischer Sitte drei Tage mit Speis und Trank gefeiert. Am vierten Tag habe Nasar seine Geschichte erzählt. Er habe berichtet, wie seine drei Brüder getötet, die Frauen und Kinder bei einem Überfall der Haib-Araber[3] auf die Ländereien gefangengenommen und verschleppt worden waren und wie er den Entschluß gefaßt habe, nach Kana zu flüchten.

Das Oberhaupt der Atwis habe seinen geflüchteten Vetter willkommen geheißen und ihm ein Grundstück versprochen, damit er für sich und seine Kinder würde Häuser bauen können, habe aber von Nasar verlangt, zum Islam überzutreten. Atwi habe erklärt, daß der Übertritt inzwischen zu einer Überzeugung geworden und nicht mehr nur eine bloße Schutzmaßnahme sei.

3 Beduinenstamm, der im Golan und in der Gegend des ehemaligen Hule-Sees in Palästina lebt

«Wir sind gottesfürchtige Leute», habe Atwi gesprochen. «Aber wir hatten genug davon, daß unsere Ländereien drei Mal im Jahr von den Schiiten in der Umgebung überfallen wurden. Und außerdem ist es doch ein und derselbe Gott, Lob und Preis gebühren Ihm. Also beschlossen wir, zum Islam überzutreten. Alle sind wir übergetreten. Und nun ist es so, wir werden nicht mehr überfallen, sondern führen selbst Überfälle durch und treiben Beute ein. Letzten Endes, lieber Vetter, ist es doch ein und derselbe Gott. Ich habe den alten Frauen, die nach alter Gewohnheit das Kreuz schlagen, befohlen, damit aufzuhören. Ich würde jeder den Arm brechen, sobald sie zu dieser Bewegung ansetzt. Eigentlich hat sich für uns nichts verändert, wir trinken sogar noch heimlich Wein.»

Stammvater Nasar habe es die Sprache verschlagen und ihm sei schwarz vor Augen gewesen. «Vielleicht», sagte Jakob, «hatte er genau wie ich den Grünen Star und dachte, daß das Grün vor seinen Augen eine Erscheinung unserer lieben Frau, der makellosen, gebenedeiten Mutter Gottes, sei.» Er habe beschlossen weiterzuziehen. Seine Söhne hätten sich jedoch überzeugen lassen. Sie hätten sich, da sie nun schon einmal in Kana waren, dort niederlassen wollen. Er aber habe sich geweigert. Er habe zum Oberhaupt der Atwis gesagt, daß er sich nur niederlassen würde, wenn er seinen Glauben nicht ändern müßte.

«Ich ändere meinen Glauben nicht», sprach Nasar. «Ich werde weiter zum Gott meiner Väter und Großväter beten. Ich bin ein freier Mensch, und ihr seid freie Menschen.»

Scheich Atwi habe abgelehnt und erklärt, daß dies den Untergang des Dorfes bedeute, weil Kana auf diese Weise erneut den Überfällen anheimfallen würde.

Stammvater Nasar sei in den Siebzigern gewesen und habe geglaubt, mit der Auswanderung nach Kana seine Kinder vor dem Tod bewahren und sich selbst einen angemessenen Lebensabend gestalten zu können. Doch er habe sich geweigert, seinen Glauben zu ändern, und beschlossen, ins Ungewisse weiterzuziehen. Er habe seinen Kindern befohlen aufzubrechen, also seien sie ihm gefolgt, und schließlich habe die Familie ihr Quartier in Ain Kisrin aufgeschlagen, wo die Fremde erst richtig begonnen habe. Seine Söhne seien einer nach dem anderen gestorben. Es hieß, sie seien von einer seltsamen Krankheit heimgesucht worden, die innerhalb von acht Jahren alle Söhne dahingerafft habe. Plötzlich seien die Männer erschöpft gewesen, hätten bald darauf das Bett nicht mehr verlassen können und seien binnen eines Monats gestorben. Nasar habe seine letzten Jahre in Schmach gelebt. Nach seiner Ankunft in Ain Kisrin habe er den Niedergang seiner gesellschaftlichen Position als Familienoberhaupt erleben müssen und seine acht Söhne einen nach dem anderen zu Grabe getragen. In jenem Dorf, das vierhundert Meter über dem Meeresspiegel liegt und voll von Maulbeerbäumen, weißen Schmetterlingen und gelben Seidenkokons war, habe er seine Söhne beerdigt und das Geheimnis an den Armen der Frauen gehütet. Die acht Ehefrauen seien mit goldenen Armreifen, die ihnen von den Handgelenken bis zu den Ellbogen reichten, beigesetzt worden. Der Stammvater habe seinen Enkeln aufgetragen, die Frauen samt ihrem Goldschmuck zu beerdigen, damit irgendwann in späteren Zeiten deren Enkel das Gold in den Gräbern fänden. Außerdem habe er angeordnet, das Geheimnis in der Familie zu behalten.

Acht Frauen seien auf diese Weise bestattet worden, bevor die Blutbäder begannen, bevor sein Urgroßvater fälschlicherweise eines Verbrechens beschuldigt auf dem

Märtyrerplatz gehängt wurde und bevor die Familie sich zerstreute, nach Lateinamerika auswanderte und nur Großvater Ibrahim sowie sein Sohn Jakob zurückblieben. Auch letzerer traf Vorbereitungen für die Auswanderung nach Kolumbien, als der verwunschene Brief mit der Nachricht vom Tod seines Vetters eintraf.

Ibrahim erzählte Norma von den Gräbern, in denen das Gold begraben war. Norma schenkte ihm aber keinen Glauben. Sie dachte, er erfinde Geschichten, um sie zu beeindrucken. So war Ibrahim, immer umgarnte er sie mit seinen Geschichten. Während sie seinen seltsamen Geschichten ungläubig lauschte, weiteten sich ihre Augen. Die Geschichte, wie Ibrahim sie erzählte, klang tatsächlich sonderbar, denn in Kana lebten nicht nur Muslime, es gab dort auch eine griechisch-orthodoxe Minderheit mit einer eigenen Kirche. Hatte sich diese Minderheit im Zuge einer Einwanderungswelle nach dem Eingreifen des französischen Militärs im Libanon 1860 dort niedergelassen? Oder beruhte die Geschichte der Nasars auf Unwahrheit und die Abstammung von den Ghassaniden auf einer kleinen Legende im Land, das Libanon heißt und voller Legenden ist?

Ibrahim erzählte Norma von den goldbehangenen Frauenarmen, nicht jedoch von den Goldmünzen unter den Fliesen im Zimmer seines Vaters, der späteren Abstellkammer. Doch, er erinnerte sich zwar nicht mehr, hatte ihr aber bestimmt in Hannas Hinrichtungsnacht von den Goldmünzen erzählt. Norma war bei ihm gewesen, und er hatte mit ihr geschlafen. Er hatte einen krampfartigen Schmerz im Hals und ein Kribbeln im linken Arm verspürt und angenommen, Anzeichen für einen Herzinfarkt machten sich bemerkbar. Er hatte Norma die Ehe versprochen, denn er fühlte seine Lebenslust dahinschwinden, er war von seinem baldigen

Tod überzeugt. Seitdem Mary Bidjani nur noch mit ihrer Kinderschar im Gefolge auf der Straße gesehen wurde, nach der Geburt ihres zweiten Sohnes Fett angesetzt und somit in weite Ferne gerückt war, hatte Ibrahim kein Verlangen mehr nach Frauen. Selbst der Geschlechtsakt mit Norma erfolgte ohne jedes Lustempfinden. Er hatte nicht mehr das Gefühl, daß sich sein Rücken bei einer Erektion zum Bogen spannte, und er spürte auch nicht mehr jenes Kribbeln um die Lippen. Das war schon lange vorbei. Vollkommen lustlos vollzog er den Beischlaf und merkte nicht einmal, wenn er einen Höhepunkt hatte. Und Norma lag mit zugekniffenen Augen und in Tränen aufgelöst unter ihm. Nichts weiter. Kein Stöhnen wie das, welches er in Kinofilmen zu sehen und zu hören bekam, und auch nicht jene unbezähmbare Lust, die er bei der Selbstbefriedigung verspürte. Er glaubte, bald zu sterben, also beschloß er, Norma als Wiedergutmachung für die Entjungferung zu heiraten, obwohl er von seiner Schuld nicht überzeugt war. Ja, an dem Tag hatte er ihr von den Goldmünzen erzählt. Hatte er ihr aber auch verraten, wo sein Vater sie versteckt hatte? Wer weiß! Als die al-Djahils anrückten und Norma vertrieben, befand sich das Haus in seinem alten Zustand, unversehrte Spinnweben, heile und unberührte Fliesen im Zimmer seines Vaters. Keiner hegte den Verdacht, daß Norma das Geld gestohlen, Ibrahim getötet oder an seiner Ermordung mitgewirkt haben könnte. Nur Hanna verdächtigte Norma. Er musterte die Frau, die nach Ibrahims Beerdigung wie von Sinnen auf der Straße herumstand, als kenne er sie nicht.

Die Geschichte von den mit goldenen Armreifen geschmückten Knochen begeisterte Norma. Sie bat Ibrahim, mit ihr ins Dorf zu fahren und die Gräber zu suchen. Wo sich die Gräber befänden, wisse er nicht, erklärte er.

Außerdem sei er sich der Sache nicht sicher. Alle Gräber um die Sankt-Georg-Kirche gehörten den Nasars, und man könne unmöglich den ganzen Friedhof umgraben. Er schaue lieber in der Schatulle seines Vaters nach, vielleicht stoße er dort auf die Namen. Die Holzschatulle mit Perlmuttintarsien nach Damaszener Art stand im Zimmer rechts in der Ecke. In ihr hatte sein Vater alles aufbewahrt: Ladenrechnungen, Papiere, alte Zeitungen, Geburtsurkunden und Totenscheine, die Besitzurkunde für das Haus und für die Grabstätte in Ain Kisrin. Ibrahim nahm sich vor, die Schatulle zu öffnen und die Dokumente zu ordnen, er wollte das Geheimnis um die Frauen enthüllen und herausfinden, wo sie begraben waren. Aber er tat es nicht. Nur einmal öffnete er die Schatulle, und aus ihr roch es wie der Tod. Ein seltsamer Geruch fuhr ihm in die Nase. Er erinnerte ihn an die Absonderungen der Leiche seines Vaters, bevor sie in den Sarg gelegt wurde. Der Geruch, erklärte ihm seine Tante, stamme von den Mottenkugeln, die sein Vater hineingelegt habe, damit die Dokumente nicht von Motten zerfressen würden. Sie bat Ibrahim, die alten Mottenkugeln gegen neue auszutauschen. Aber Ibrahim schloß die Schatulle hastig, ohne einen Blick hineingeworfen zu haben, stürzte ins Bad und erbrach sich eine halbe Stunde lang.

Ibrahim hatte keine Leidenschaft für Dienstmädchen, wie ihm seine Tante unterstellte, doch Norma war anders. Norma war kein Dienstmädchen, nur ihre Mutter. Tante Nabiha war Ibrahim unvergeßlich. Sie besaß ein hübsches rundes Gesicht, große schwarze Augen und einen weißen Körper, war etwas korpulent und voller Lebenslust. Sie lebte in einem kleinen Haus mit ihren vier Töchtern und ihrer blinden Mutter, die unendlich viele Geschichten kannte. Nabihas Mutter verließ niemals das Haus, saß und schlief immer auf dem Teppich und aß gerne grüne Saubohnen. Nabiha sah ihren Ehemann, Hatim Abd al-Masih, im Jahr nur während der zwei Monate, die er, Lehrer einer Dorfgrundschule in der syrischen Provinz Suweida, in den Sommerferien in Beirut verbrachte. Lehrer Hatim hatte Nabiha in Beirut kennengelernt, als er seine Schwester Nazira besuchte, die mit einem syrischen Bauarbeiter verheiratet war. Man erzählte, Hatim habe sich Hals über Kopf in Nabiha verliebt und gedroht, sich umzubringen, falls man sie ihm nicht zur Frau gäbe. Nabihas Mutter willigte unter der Bedingung ein, daß ihre Tochter in ihrer Nähe, in Beirut, bliebe.

Nabiha war Dienstmädchen bei den Nasars, wie auch später ihre Tochter. Sie verbreitete gute Laune und Freude um sich. Zweimal wöchentlich kam sie und half Tante Sarah beim Putzen und Waschen, und anschließend strahlte das ganze Haus wie ihre weiße Stirn und ihr Lachen.

Nabihas Töchter heirateten allesamt, als sie noch keine zwanzig waren, bis auf Norma. Norma Abd al-Masih war fest entschlossen, Abitur zu machen. Sie lehnte das Schicksal ihrer Schwestern ab, die geheiratet hatten und in ein Dorf im Hauran gezogen waren. Norma blieb ledig, nicht nur wegen ihres Wissensdranges, sondern auch, weil sie Ibrahim liebte. Dank seiner habe sie ihren Körper lieben gelernt, gestand sie ihm. Norma stellte sich nackt vor den kleinen Badezimmerspiegel. Auf dem Bambusstuhl stehend betrachtete sie ihren Körper Zentimeter für Zentimeter und entdeckte an ihm die weibliche Schönheit. Einmal erklomm sie in Ibrahims Gegenwart nackt einen Stuhl und spielte ihm vor, wie sie sich im Spiegel besah. «Du bist ein Spiegel», sprach sie zu Ibrahim, der auf dem Bett lag. «Wenn ich dich anschaue, sehe ich nicht dich, sondern mich selbst durch deine Augen. Das ist Liebe!»

Ibrahim lachte und forderte, sie solle damit aufhören. Norma stieg vom Stuhl herab, setzte sich auf den Bettrand und brach in Tränen aus.

Der Grund für Normas Tränenausbrüche lag nicht im Sex, wie Ibrahim annahm, die Sache begann vielmehr mit dem Tod Antons, ihres einzigen Bruders. Anton hatte bei seinem Vater gelebt. Lehrer Hatim bestand nämlich darauf, seinen einzigen Sohn unter eigener und direkter Aufsicht auszubilden, während er die Erziehung der Mädchen seiner Frau und deren blinder Mutter überließ.

Als Anton starb, reisten alle zu seiner Beerdigung in das ferne Dorf, mit Ausnahme der blinden Großmutter. Sie behauptete, vom vielen Weinen über den Enkel blind geworden zu sein, was aber, wie wir wissen, nicht stimmt. Auch Norma weinte unentwegt, sie weinte mit und ohne Grund und entwickelte eine Phobie vor Wasser.

«Er spielte im Garten mit drei Katzen», berichtete der Vater. «Ich ließ ihn mit den Katzen am Wasserbassin allein und ging in die Küche, um das Abendessen zu bereiten. Als ich wieder hinauskam, war er nicht mehr da. Ich suchte ihn überall, kam aber nicht auf den Gedanken, daß er im Bassin, in dem kaum ein halber Meter Wasser stand, tot auf dem Bauch schwimmen könnte.»

Anton war ertrunken. Tante Nabihas Leben wurde zu einer einzigen, fortwährenden Trauer, und Tante Sarah verbot Ibrahim, mit der Wassertonne zu spielen.

Das strahlende Weiß verschwand aus Nabihas Gesicht, statt dessen wuchsen dunkle Augenränder und glichen bald dem langen hauranischen Gewand ihrer blinden Mutter. Diese weigerte sich, «städtische Kleidung», wie sie zu sagen pflegte, anzuziehen, und trug beharrlich das lange schwarze Gewand, das ihr bis zu den Knöcheln reichte und wie eine Fortsetzung der blauen Tätowierung an ihrem Kinn wirkte. Nabiha wurde ihrer Mutter zunehmend ähnlicher, gab die Arbeit im Hause der Nasars auf und widmete sich dem Beten, Fasten und den Kirchgängen.

Norma war kein Dienstmädchen, sie war Schülerin. Zwar ging sie Tante Sarah bei vielen Tätigkeiten im Haushalt zur Hand, nahm dafür aber keinen Lohn an. Sie ging eigentlich auch nicht zu den Nasars, um zu arbeiten, sondern um ihnen Besuche abzustatten und zu helfen. Sarah schenkte ihr dann neue Kleider und steckte ihr Geld in die Tasche.

Die Geschichte begann so.

Damals, als Jakob Nasars Familie, also Jakob, seine Schwester Sarah und sein kleiner Sohn Ibrahim, Vorbereitungen für die Emigration nach Kolumbien traf, kam jener Brief an, der alles zunichte machte und Jakobs Traum vom Auswandern zerstörte.

Wer hatte den Brief geschrieben?

Was hatte der rätselhafte Mord in Kolumbien mit der Familie zu tun, die ihr Land in Ain Kisrin verkaufte und Vorbereitungen traf, für immer nach Südamerika zu gehen?

Wußte der kolumbianische Schriftsteller Gabriel García Márquez, als er die «Chronik eines angekündigten Todes» schrieb, daß dieses Werk endlich das Geheimnis jenes Briefes enthüllte? Oder hat Márquez' Roman mit unserer Geschichte nichts als die Namen gemein?

«Dein Name ist dein Schicksal», besagt ein indisches Sprichwort. Namen sind Schicksale. Aus diesem Grund fürchteten die Araber Namen und benannten sich nach Tieren, um sich vor deren Unheil zu schützen. Für alle Familien war es eine äußerst schwierige Angelegenheit, Neugeborenen einen Namen zu geben. Jakob Nasar hatte keine Schwierigkeit, einen Namen für seinen Sohn zu finden, er benannte ihn nach seinem Vater und erwartete, daß er seinen Sohn wiederum Jakob nannte. Ibrahim setzte aber keine Kinder in die Welt und starb, ohne je einen Namen verschenkt zu haben.

Doch nun zurück zu Márquez. Wie kam der kolumbianische Autor auf die Namen seiner Protagonisten? Hatte er den Namen Santiago, Jakob, zufällig gewählt, oder erzählte er über die Person, die uns in dieser Geschichte begegnet ist?

Ich weiß es nicht.

Ich weiß aber, daß Schriftsteller große Mühe haben, Namen für ihre Helden zu finden. So ließ sich der russische Autor Tschechow von seiner Mutter die Namen von Menschen aus dem Dorf schicken, um sie in seinen Erzählungen einzusetzen. Auch kenne ich einen libanesischen Autor, der nach blutigen Bürgerkriegsgefechten das Radio einschaltete, die unzähligen Namen getöteter und verwundeter Zivilisten notierte und sie dann in seinen Romanen verwendete.

Die Namengebung der Helden bildet das Problem des modernen Romans, zumal die Moderne den Übergang zur Individualität bedeutet und das Individuum ohne Namen keine Existenz hat. Wie findet man einen Namen?

Traditionelle Erzählungen wie Tausendundeine Nacht oder mündliche Überlieferungen kennen das Problem der Namengebung nicht, denn Namen stehen für ihre Bedeutung. Attribute dienen als Namen. So bezeichnet beispielsweise der Name «Tagesschein» eine schöne Frau, «Schneider» und «Fischer» einen Beruf, «Prinz» eine gesellschaftliche Funktion und «Christ» oder «Jude» die religiöse Zugehörigkeit. Es sind anonyme Namen, die auf Rollen und Eigenschaften verweisen. Hingegen sind in der modernen Literatur Rollen und Eigenschaften unerheblich, und die Namen müssen selbst zu ihrer Bedeutung finden. Der Name ist nicht das Schicksal, sondern das Schicksal verleiht dem Namen einen Sinn.

Santiago Nasar hatte nichts zu tun mit Jakob, der laut Thora mit einem Engel rang. Santiago Nasar war nur ein Fremder, ein Einwanderer, der einsam starb, erstochen mit den Messern der Brüder Pedro und Pablo Vicario.

Santiago Nasars Geschichte, wie Márquez sie erzählte, regt zu mehreren Interpretationen an, insbesondere die

Stelle, die an einen Traum erinnert. Der mythische Charakter der Geschichte besteht in der Nähe zum Traum. Santiago Nasar, der einen Anzug aus Aluminium zu tragen und wie ein Gespenst umherzuwandeln schien, «war schlank und blaß und hatte die arabischen Augenbrauen und das Kraushaar seines Vaters». Dieses Gespenst hatte gewisse Ähnlichkeit mit unserem Gespenst, denn Ibrahim Nasar war, wie Norma ihn ihren Schulfreundinnen beschrieb, ebenfalls schlank und blaß und hatte krauses Haar und lange buschige Augenbrauen. Norma sprach nicht von «arabischen Augenbrauen», weil sie selbst Araberin war. Dieses Gespenst hatte gewisse Ähnlichkeit mit dem anderen Gespenst. Aber weshalb wurde Santiago Nasar auf diese Weise abgeschlachtet? Etwa weil er Angela Vicario entjungfert hatte, wie diese ihrem Ehemann Bayardo San Román gegenüber behauptete? Weshalb beschuldigte Angela Santiago dieser Tat? Weshalb schwiegen alle?

Alle wußten, daß Santiago an diesem Morgen abgestochen werden sollte. Weshalb hat ihn niemand gewarnt? Vielleicht, weil sie es nicht glaubten, wie sie behaupteten. Oder ließen sie ihn in den sicheren Tod laufen, weil er Araber war? Weshalb ließ man den eingewanderten Libanesen, der Arabisch sprach, obwohl seine Mutter diese Sprache nicht beherrschte, auf diese brutale Art und Weise sterben? Abgestochen auf dem Platz, so daß die Eingeweide herausquollen und er taumelnd vor seiner verschlossenen Haustür den eigenen Tod roch?

Weil er ein Fremder war? Bedeutet Fremdsein den Tod?

Sonderbar an dem Tod des Fremden war nicht das Gemetzel, das seinen Körper zerriß und ihm, an der Grenze zwischen Leben und Tod, die Erzählungen seines Vaters Ibrahim über die Gewalt und die Blutbäder in dem fernen Dorf mit unaussprechlichem Namen in Erinnerung rief. Sonderbar war der Tod, der einem Traum glich. Santiago war ein Fremder in einem fernen Land. Ihm schmeckte die Hahnenkammsuppe nicht, die der Bischof so gern mochte. Am liebsten aß er gekochten Yoghurt wie sein Vater, der ihn mit auf die Farm nahm, wo sie gemeinsam Kälber kastrierten, aßen und Tequila, Araq pflegte sein Vater dazu zu sagen, tranken.

Beim Lesen der Geschichte entführt der Traum den Leser in ein Labyrinth. Das Geheimnis besteht im Labyrinth. Wer führte Santiago Nasar in den Irrgarten aus Träumen? Weshalb ereilte ihn der Tod in Gestalt von Messern zum Schweineschlachten? Santiago Nasar hatte sein Lebtag kein Schweinefleisch gegessen. Zwar war er ebenso wie seine Vorfahren und Ahnen katholisch, aber er stammte aus einem islamischen Land, in dem das Schwein als unrein gilt. Trotzdem wurde sein Blut mit dem Blut von Schweinen vermischt. Brüllend brach er zusammen, als sich die Eingeweide über sein Gesicht ergossen und ihr Geruch ihn erstickte. Santiago erstickte am eigenen Geruch und dem Geruch der Schweine, welcher an den Messern der Brüder Vicario klebte. An dem Tag regnete es Vogeldreck. Regen quoll aus den Eingeweiden des jungen Mannes. Sein Tod verschmolz mit seinem Traum. Er hatte an dem Tag, der sein Todestag werden sollte, geträumt, er wandere durch einen Wald aus Feigenbäumen, in dem ein sanfter Nieselregen fiel. Als er von den eigenen Gedärmen besudelt zusammenbrach, tauchte er erneut in den Traum ein, und die Feigenbäume verwandelten sich in einen Alptraum aus Gestank, Hinscheiden und Fußschmerzen.

Weshalb erwählte Angela Vicario gerade ihn als den Mann, der den Preis für ihre Jungfräulichkeit bezahlen sollte? Nach seinem Tod entflammte in ihr ein krankhaftes sexuelles Verlangen nach ihrem Mann Bayardo San Román. Márquez verrät uns das Geheimnis nicht, er erzählt die Geschichte als eine Geschichte. Er erzählt sie, um innerhalb des Traums eine Verbindung zum Tod herzustellen, und erinnert damit an den prophetischen Ausspruch: «Die Menschen schlafen, und sobald sie sterben, erwachen sie.»

Aber weshalb?

Weshalb war der Fremde das Opfer? Weil er als Libanese eine andere Sprache sprach? Oder weil er seine Sprache zu vergessen begann?

Albert Camus bietet eine andere Version an. In seinem Roman mordet der Fremde. Bei Márquez wurde ein arabischer Fremder abgeschlachtet wie ein Schaf, bei Camus hingegen tötete ein französischer Fremder einen Algerier, weil die Sonne ihn blendete. Der erste starb sinnlos, und der zweite tötete sinnlos. Der erste war Araber und Opfer, der Zweite war Franzose und sein Opfer ein Araber. Der Franzose war ein Fremder unter den Arabern in Algerien, und der Libanese war ein Fremder in einem fernen Land.

Ist die Fremde eine Sehnsucht?

Bedeutet fremd zu sein, eine unbestimmbare Sehnsucht nach einer fernen Erinnerung in sich zu tragen? Tötet die Erinnerung?

Ibrahim Jakob Nasar war kein Fremder in Beirut, doch er lebte wie ein Fremder. Seine Tante behauptete, er habe etwas Befremdliches an sich. Er träumte immer davon, nach Amerika auszuwandern. Was ihn wirklich an der Reise hinderte, war die Angst. Ibrahim Nasar hatte Angst, seine Tante, Norma, Hanna und das Viertel Farnaini zu verlassen. Ein Leben ohne Beiruter Pferderennbahn, ohne Paroli-Wette[4], welche Meister Emil az-

4 Pferdewette, bei der der Wetter doppelte Gewinnchancen hat

Zaghbi in seinem Laden veranstaltete, und ohne Umm Nadims Gezeter konnte er sich nicht vorstellen. Umm Nadim schrie jedes Mal aus vollem Hals, wenn ihr Mann mitten in der Nacht betrunken nach Hause kam und den tönernen Wasserkrug auf ihrem Kopf zertrümmerte. Männer aus der Nachbarschaft stürmten dann in das Haus der Sirhals. Umm Nadim hielt sich den blut- und wasserüberströmten Kopf, ihre Brüste kamen durch die Ärmelausschnitte des durchsichtigen Nachthemds zum Vorschein, und Abu Nadim hockte mit Arakfahne in einer Wohnzimmerecke und brüllte.

Diese kleine Welt beherrschte Ibrahims einsames Leben, so daß er sich nicht zum Auswandern entschließen konnte. Die Auswanderung war ein Traum, der ihn von Zeit zu Zeit überkam und ihm für eine kurze Weile das Gefühl verlieh, ein Jüngling zu sein. Die Jugendlichkeit arbeitete er dann in der al-Mutanabbi-Straße im Rotlichtviertel ab, wo er zu einem intimen Freund von Miriam aus Aleppo wurde.

Miriam behauptete, sie habe unter den Geschöpfen Gottes ihn zum Freund und Mann auserkoren, mit dem sie ihren sexuellen Rausch wiedergewann. Die schöne, dunkle Aleppinerin erklärte ihm, daß ihr Körper einem Kornfeld gleiche. Der hagere Ibrahim legte sich dann auf das Kornfeld und lauschte dem Knacken der brechenden Ähren.

«Du erregst mich, weil du so bist, weil du kein Mann bist», offenbarte sie ihm.

Und während sie Kaffee mit Kardamon und viel Zucker für ihn kochte, wie sie ihn am liebsten trank, genoß Ibrahim den Klang ihrer Stimme.

Sie hieß ihn, nur einmal im Monat zu kommen, und zwar am Mittwochabend der dritten Woche, wenn der Andrang nicht so groß war. Ibrahim richtete sich nach ihren Wünschen.

Ein einziges Mal hielt er sich nicht an die Abmachung und besuchte sie, überschäumend vor Lust, am Monatsanfang. Er mußte wie alle anderen warten, bis er an der Reihe war; er bezahlte und wurde hineingelassen. Miriam wandte das Gesicht von ihm ab und machte ihre Arbeit wie bei allen anderen Kunden. Kurz bevor er zum Ende kam, sagte sie etwas, an das er sich nicht mehr genau erinnern konnte. Sie äußerte etwas über fehlende Männlichkeit und packte ihn an den Hoden, als wollte sie sie herausreißen. Alles erlosch. Die Lust verwandelte sich in ein Gefühl der Unfähigkeit. Ibrahim machte sich davon und faßte den Entschluß, nie mehr zu ihr zu gehen. Zum verabredeten Zeitpunkt besuchte er sie aber doch und schlief mit ihr so, wie sie es liebte. Er zog sich aus, legte sich ins Bett und rührte sich nicht. Wenn sie sich ihm näherte und ihn in die nackten Arme schloß, stieg in ihr eine unermeßliche Lust auf. Miriam, die Aleppinerin, sprach an dem Tag den Zwischenfall nicht an, als hätte sie ihn schon vergessen, und Ibrahim beschloß, die Angelegenheit auch zu vergessen.

Mit der Zeit besuchte er sie nur noch unregelmäßig. Doch als der Krieg ausbrach, erinnerte er sich an sie und machte sich Sorgen, weil die al-Mutanabbi-Straße zur Kampflinie geworden war. Ibrahim, der sich vor dem eigenen Schatten fürchtete, begab sich unter Beschuß in die al-Mutanabbi-Straße, traf dort aber nur Milizionäre an. Er erkundigte sich nach der Aleppinerin, doch niemand konnte ihm weiterhelfen. Keiner der Männer, die durch den zischenden Kugelhagel rannten, hatte je von ihr gehört. Traurig kehrte er heim, und den Tränen nahe schlief er mit Norma.

Wie ist das Gefühl von Fremde?

Ist es Sehnsucht oder Fallen in eine andere Sprache?

Annäherung an den Tod oder Verschmelzung von Traum und Wirklichkeit?

War Meursault ein Fremder in Algerien, oder war der getötete Algerier, dessen Name unerwähnt blieb, der Fremde?

War Santiago Nasar ein Fremder, oder war der Fremde Bayardo San Román, der betrogene Ehemann, der dem seltsamen Verbrechen in die Falle ging?

Ibrahim Jakob Nasar starb einsam; wer ihn tötete, wissen wir nicht. Wurde er überhaupt getötet, oder starb er an einem Herzschlag?

War der Fremde Ibrahim, oder war Norma die Fremde? Norma, verlassen auf der Straße und in dem Haus, beide nicht mehr die ihren.

Unser Urvater Adam, gelobt sei er, war der erste Fremde.

Adam war der erste arabische Dichter, und nicht, wie allgemein angenommen, der verlorene König Imru' al-Qais[5].

Adam war der erste Dichter und der erste Mensch. Seine Sprache war die erste Sprache, die Sprache des Paradieses und der Hölle, der Erde und des Himmels. Es folgte der Fluch, der im Turm zu Babel die Sprache zerriß.

Adam weinte.

Scheich Abu al-Qasim al-Djunaid[6], Gott möge Wohlgefallen an ihm haben, sprach: Ich erblickte Adam weinend im Traum und fragte ihn: aus welchem Grund weinst du, o Vater? Gott hat euch vergeben, was geschehen ist, und euch das Paradies versprochen. Da reichte er mir ein Stück Papier, auf dem diese Verse geschrieben standen:

5 Vorislamischer Dichter (500–540)
6 Bagdader Asket und Sufi, 910 gestorben

Verzehrst im Feuer mich, o Schicksal
heißer die Flammen der Liebe als Glut

entbrannt zur Nachbarin im Hause von einst
weine ich um sie, nicht um das Gut

verheiß die Rückkehr zum Schicksal mir
oder ich sterb, mein Sinn in ihr ruht

Adam sehnte sich stets nach einer Vergangenheit, die nicht mehr die seine war, stets weinte er einem Ort nach, der in weiter Ferne lag. Adam verlor das Paradies und fand sich unter freiem Himmel wieder. Er lief und lief, bis er auf einem Berg seine Frau Eva traf. Anfangs erkannte er sie nicht, doch dann erkannten sie sich wieder und weinten gemeinsam, so erhielt der Berg den Namen Arafat[7]. Adam schrieb Gedichte und las sie Eva vor, und Eva gebar Kinder, die eine Geschichte von Gewalt, Fremde, Mord und Blut beginnen sollten.

Adam dichtete:

Meiner gedenken wirst du bei jedem
und erkennen, welch Schatz du an mir hattest

auf Erden stets wirst weinen um mich
und erkennen, daß du in deinem Urteil fehltest

Er rezitierte das Gedicht, erinnerte sich und verlor das Gehör. Gehörlosigkeit ist das einzige Heilmittel für

7 Wallfahrtsberg östlich von Mekka. Der Legende nach erhielt der Berg seinen Namen daher, daß Adam und Eva, nachdem sie aus dem Paradies vertrieben und getrennt worden waren, sich auf ihm wiedererkannten.
Das Verb *arafa* bedeutet kennen, erkennen.

Fremdlinge, es wird Vergessen genannt. Der Mensch vergißt und ist nicht mehr in der Lage zu hören. Als Adam auf dem Berg Hind landete, vernahm er auf dem hohen Gipfel die Lobpreisungen der Engel, und er roch das Paradies. Da entsandte Gott den Engel Gabriel, gepriesen sei Er. Der legte Adam die Hand auf das Haupt und quetschte es, so daß dieser die Fähigkeit verlor, die Lobpreisungen der Engel zu hören und das Paradies zu riechen. Da weinte Adam. «Aus welchem Grund weinst du, Adam?» fragte Gabriel. «O Gabriel, ich habe das Paradies gerochen und die Lobpreisungen der Engel gehört und hatte meine Freude daran», erwiderte Adam und rezitierte:

Geschieht mir recht, von euch getrennt zu sein
doch erweckt habt mein Verlangen ihr

der Liebe Glück bin ich nicht wert
doch hört mich an und erbarmt euch mir

vereint mit euch begeh ich keine Missetaten
doch bin ich schuldig, halt ich euch nicht hier

Gabriel sprach: «O Adam, du weintest, als du hören konntest und weinst ebenso, seit du nicht mehr hören kannst. Bei Gott, ich weiß nicht, wie es dir und deinen Nachfahren ergehen soll, wenn ihr immerzu Tränen vergießt.»

Adam sagte: «O Gabriel, nah zu sein bringt mich zum Weinen, und fern zu sein bringt mich auch zum Weinen.» Als sich Adam zu seiner Frau setzte und sich in ihre Arme schmiegte, sah er ihre Tränen und erkannte, daß es vor Gottes Willen kein Entkommen gab.

Adam weinte, und die Tränen, die auf den Berghang fielen, verwandelten sich in Ähren, die Tränen, die in den

Sumpf fielen, in Salz, und die, die auf die Erde und in die Täler fielen, in Karneole und Heilmittel. Eva weinte, und ihre Tränen fielen herab und verwandelten sich in reine Perlen, die für ihre Töchter aufgesammelt und auserlesen wurden. Es weinte auch Satan, Gott verfluche ihn, und seine Tränen, die auf die Wüste fielen, verwandelten sich in Dämone, die, die auf Inseln fielen, in Teufel und die, die ins Meer fielen, in Krokodile.

Adams Sehnsucht nach der Vergangenheit war eine Mischung aus Wirklichkeit und Vision. Sie legte den Ursprung für die Sehnsucht nach den Spuren einer verlassenen Wohnstätte in der altarabischen Dichtung. Der erste, der verharrte und Tränen vergoß, ebenso auch andere zum Verharren bewegte und zu Tränen rührte, war Adam. Ihm folgte Imru' al-Qais, der folgende Verse dichtete:

Halt an! Wir weinen über den verlaßnen Pfuhl
und eine Liebste zwischen Haumal und Dakhul

Santiago Nasar trug nicht diese Sehnsucht in sich, er war kein Fremder wie Adam. Alle hielten ihn für einen Spanier oder Mestizen, wie es Millionen von Menschen in Südamerika sind. Das Fremdsein erfuhr er im Augenblick des Todes, in jener Einsamkeit, die ihn in Sphären führte, deren Existenz er nicht für möglich gehalten hätte. Wenn er seinen Vater vom Blutbad erzählen hörte und von Abd al-Djalil, der mitten auf dem Dorfplatz stehenblieb und von Messern zerfetzt wurde, hatte er das Gefühl, unwahren Geschichten zu lauschen. «Alle Geschichten sind unwahr», sagte Santiago zu seiner Verlobten Flora Miguel.

Márquez schrieb:

Santiago Nasar krümmte sich nach dem dritten Messerstich, verschränkte die Arme über dem Bauch, gab einen Klagelaut wie ein Jungstier von sich und versuchte, ihnen den Rücken zu kehren. Pablo Vicario, der mit dem krummen Messer links von ihm stand, versetzte ihm jetzt den einzigen Stich in die Lende, und mit einem hohen Druck durchweichte ein Blutstrahl sein Hemd. «Ich roch wie er», sagte er zu mir. Dreimal tödlich verwundet, drehte er ihnen von neuem die Vorderseite zu und lehnte sich mit dem Rücken an die Tür seiner Mutter, ohne den geringsten Widerstand, als wolle er nur dabei helfen, daß sie ihn zu gleichen Teilen vollends töteten. «Er schrie nicht wieder», sagte Pedro Vicario vor dem Untersuchungsrichter. «Im Gegenteil: es kam mir vor, als lachte er.» Dann stachen beide weiter gegen die Tür auf ihn ein, abwechselnd und mit leichter Hand, und schwammen dabei in dem trügerischen Stausee, den sie jenseits der Angst fanden. Sie hörten nicht die Schreie des über sein eigenes Verbrechen entsetzten Dorfs. «Ich fühlte mich wie auf einem dahingaloppierenden Pferd», erklärte Pablo Vicario. Doch beide erwachten plötzlich zur Wirklichkeit, weil sie erschöpft waren, und trotzdem kam es ihnen so vor, als würde Santiago Nasar nie zusammenbrechen. «Scheiße, Vetter», sagte Pablo Vicario zu mir, «du kannst dir nicht vorstellen, wie schwierig es ist, einen Menschen zu töten!»

So beschreibt der Mörder sein Opfer. Auf Spanisch heißt es «Scheiße», wir aber sagen «Blindheit». Zwischen «Scheiße» und «Blindheit» liegt eine sprachliche Distanz, die auf der Reise zur Enthüllung des Geheimnisses aller Dinge auseinanderdriftet. Wir sagen «Blindheit», als könnten wir nicht sehen oder als wollten wir in der Dunkelheit Deckung suchen und die Angst beziehungsweise das Verbrechen hinter dem Schleier der Nacht verbergen, der genügend Platz für uns alle bietet.

Santiago war fremd, schwach und einsam. Seine Fremde lag in der Sprache, die er nicht beherrschte, und in dem Verbrechen, das er nicht begangen hatte. Er war ein fast perfektes Opfer, und deswegen gilt er nicht als Wirklichkeit. Opfer sind nicht Wirklichkeit, Opfer sind eine Idee. Selbst Jesus Christus, gepriesen sei Er, mußte das Kreuz besteigen, um seiner Existenz als Idee ein Ende zu setzen und sich auf dem Weg in seinen brutalen Tod in ein Menschenwort zu verwandeln.

Die Geschichte begann so.

Die Frage, die am Anfang steht, ist der Tod. Wußte Ibrahim Nasar, daß er in dem Haus, das er von seinem Vater und Großvater geerbt hatte, sterben würde? Hätte er es gewußt, wäre es ihm dann möglich gewesen, sein Schicksal abzuwenden oder hinauszuzögern?

Ibrahim Nasar, dessen Geschichte hier erzählt wird, ist keine Idee, nicht einmal seine Geschichte ist eine Geschichte. Seine Geschichte ist eine Notiz über das Leben und den Tod. Und Notizen werden nicht vollständig erzählt. Geschichten hingegen werden systematisch und vollständig erzählt, deshalb muß der Autor Namen für seine Helden finden, aus denen er das Schicksal der jeweiligen Person entwickelt. In der Notiz über Ibrahim stand jedoch der Name am Anfang, und der Held versank hinter den vielen Schicksalen um sich herum.

Ibrahim Nasar war kein Fremder in seiner Stadt und seinem Haus, aber er starb wie ein Fremder. Hanna as-Salman schaffte schnell einen Gerichtsmediziner herbei, der den Leichnam nicht untersuchte. Die Bestattung erfolgte rasch, indem die Tür zur Grabstätte der al-Djahils aufgebrochen wurde.

Julia erschien nicht zur Beerdigung.

Julia hatte ihre Haustür verriegelt und öffnete sie niemandem. Die Frau, erzählte man sich, sei frustriert und verzweifelt, weil der Kontakt zu ihrer Tochter Eva abgebrochen war und sie keine Möglichkeit hatte, Verbindung zu ihr aufzunehmen.

Eva war eine wunderschöne Frau.

«Das ist eine Frau!», sagte Abu Jahja zu Ibrahim Nasar. Abu Jahja, der Klempner des Viertels, lebte mit seiner Frau und seinen fünf Kindern in der Nähe der Baidun-Moschee in einem kleinen Haus, das aus zwei Zimmern bestand. Er wußte über alles Bescheid und redete überall mit. Er konnte am besten Wasserzähler manipulieren, so daß die Menschen sich uneingeschränkt am Wasser des al-Kalb-Flusses, aus dem ganz Beirut trank, bedienen konnten. Jeden Sonntag ging er bei Sonnenaufgang ans Meer und angelte Bolschewik-Fische. Anschließend saß er, selbst im Winter, bei offenem Fenster in seinem Wohnzimmer, aß den Fisch und trank Arak dazu. Abu Jahja hatte eine besondere Theorie über den Bolschewik-Fisch. Er hielt ihn für den vorzüglichsten seiner Gattung und glaubte, daß dieser dunkle Fisch voller Gräten russischen Ursprungs sei und auf Schiffen aus dem Schwarzen Meer an die Mittelmeerküste geflohen sei.

Abu Jahja behauptete, er würde wieder jung, wenn er Eva beschlafen würde. «Nur einmal bumsen, und ich bin wieder jung!» Ibrahim schaute ihn mit gedankenverlorenen Augen an. «Davon verstehst du nichts», stellte Abu Jahja fest. «Du schlägst ganz nach deiner Mutter. Dein Vater, Gott hab ihn selig, war Experte in der Wissenschaft der Potenz, aber du bist völlig unbeleckt.»

Eva war schön. Sie war schlank, hatte einen langen Hals, einen bronzenen Teint, langes schwarzes Haar, das ihr zur Taille reichte, und sie schlenderte mit wiegenden Schritten durch die Straßen. Evas Zauber lag in ihrem Teint, der als goldbraun beschrieben werden kann, in Wirklichkeit aber anders war. Mal schien ihre Haut weiß, mal dunkel zu sein. Ihr Teint änderte sich mit den Jahreszeiten. Eva lebte zusammen mit ihrer Mutter Julia und ihrem Vater George an-Naschif, der als Koch bei Familie Da'uq im Stadtteil Ra's Beirut beschäftigt war. George an-Naschif hatte sein Dorf Dufun im Libanongebirge verlassen, um in Beirut als Koch zu arbeiten. Viele Männer zogen aus diesem Dorf nach Beirut und verdienten sich ihr Geld als Köche. Zu jener Zeit genoß die Dufuner Küche großen Ruhm. George zeugte nur diese eine Tochter und träumte davon, sie mit einem reichen Mann zu vermählen. Aber alles kam anders. Das Schicksal führte das Mädchen nach dem überraschenden Tod ihres Vaters nach Schardjah, und es war ebenfalls das Schicksal, das sie zu dem machte, was sie nun war.

Eva zog nach Schardjah und arbeitete bei einer amerikanischen Firma; das behauptete jedenfalls ihre Mutter. Doch dann bekam man Wind von der Geschichte. Es hieß, ein Emir habe sich in sie verliebt und sie für sich allein beansprucht, also sei sie seine offizielle Geliebte geworden, habe ihn aber nicht geheiratet. Der Emir, über den das ganze Viertel sprach, war ohne Namen. Man kannte seinen Namen nicht, machte sich aber nichtsdestotrotz ein gewisses Bild von ihm: ein Mann in den Sechzigern und verliebt in ein zwanzigjähriges Mädchen.

Eva kam zweimal im Jahr nach Beirut: Im Winter, um das Weihnachtsfest mit ihrer Mutter zu verbringen, und im Sommer, um der Augusthitze im Golf zu entfliehen.

Eva sprach nicht ein einziges Mal von dem Emir. Sie trug immer ein schwarzes, wadenlanges Kleid und beteuerte, daß sie, solange sie lebe, für ihren Ehemann Trauer tragen würde. Keiner wußte etwas von einer Vermählung. Eva an-Naschif log. Sie trug schwarze Kleider, um vorzutäuschen, daß sie geheiratet hätte und jung verwitwet sei und daß sie in Schardjah auf der Suche nach ihrem Glück ein ehrbares Leben führe.

Ibrahim träumte davon, eine Frau wie sie zu heiraten. Er träumte von dem schwarzen, wadenlangen Kleid, von den warmen Knien und dem breiten Lächeln, das die Reihe ebenmäßiger weißer Zähne zum Vorschein brachte. Wie alle anderen Bewohner des Viertels kannte auch Ibrahim die Geschichte vom Emir, machte aber in Gesprächen mit Julia und ihrer Tochter keinerlei Anspielungen. Wenn Eva heimkam, besuchten die Leute sie zur Begrüßung, hörten sich ihre Erzählungen von der Firma an, bei der sie arbeitete, und diskutierten über die Arbeitsbedingungen, dabei wußten alle, daß Eva log, und Eva wußte, daß die anderen logen. Die Lüge wurde aufrechterhalten, und die Leute plauderten nett miteinander. Während Ibrahim Eva lauschte, stellte er sich vor, wie der fast zahnlose Greis heißhungrig das schwarzgekleidete Mädchen umarmt, es mit Geld überhäuft und sich daran klammert wie an ein Möbelstück, das ihm gehört. Ibrahim malte sich aus, wie der Alte sich schließlich auf das Mädchen wirft, als wäre es ein Laken, das seinem schlaffen Körper als Unterlage dient.

Eva erzählte nichts von jenem Land, sie sprach nur von der Hitze, der vielen Arbeit, den Klimaanlagen und dem Streß, dann schwieg sie. Der Streß verwandelte sich in eine seltsame Stille, die das längliche Gesicht und die kleinen Grübchen umhüllte. Eva erzählte ihre Geschichte niemals der Mutter oder Tante Sarah. Einmal verfluchte Julia Hammana und das Leben dort. Da fragte Sarah ihren Neffen, was es mit dem Gebirgsdorf, das für seine Kirschen berühmt ist, auf sich habe und was Julias unverständliche Worte darüber zu bedeuten hätten.

«Julia arbeitete nach dem Tod ihres Mannes in Hammana, das ein ständiger Urlaubssitz für Emire aus den Golfstaaten war», klärte Ibrahim seine Tante auf und erzählte ihr die Geschichte von dem libanesischen Soldaten, der einen Emir aus dem Golf angegriffen und zusammengeschlagen hatte. Der Soldat hatte nämlich herausgefunden, daß der Emir sich über die Sommerferien nicht nur bei der Familie seiner Verlobten ein Zimmer, sondern das ganze Haus samt Bewohnern gemietet hatte, den Vater als Fahrer, den Bruder als Begleiter sowie Mutter und Tochter zum Zeitvertreib, Vergnügen und für ähnliche Dinge. Eines Tages hatte der Soldat seine Verlobte besuchen wollen, doch der «Begleiter», das heißt ihr Bruder, hatte ihm den Eintritt verwehrt. Er hatte den «Begleiter» beiseite gestoßen und war ins Haus gestürzt. Dort hatte er den Emir vorgefunden, der in Gesellschaft der beiden Frauen Whisky trank. Beim Verhör hatte der Soldat erklärt, daß er nicht bei klarem Verstand gewesen wäre, sich einfach auf den Emir gestürzt und ihn zusammengeschlagen hätte. Der Soldat hatte behauptet, nicht gewußt zu haben, daß es sich um einen Emir handelte. «Ich habe ihn geschlagen», hatte er berichtet. «Als hätte es mir eine innere Stimme befohlen, ohne daß ich Einfluß darauf gehabt hätte», hatten die Zeitungen am 7. Juli 1962 geschrieben. Der Soldat war zu zwei Jahren Haft verurteilt worden, während der Emir als geachteter, hochgeschätzter Mann in sein Land zurückgekehrt war. Damals hatte die gesamte libanesische Regierung mit all ihren Mitgliedern dem Emir ihr Bedauern ausgedrückt. Anstatt den armen Soldaten, der sozusagen seine Ehre und Würde verteidigt hatte, zu belohnen, hatte man ihn verurteilt, verhaftet, und sein schlimmer «Fehler» war bedauert worden.

Es hieß, Eva habe den Emir in Hammana kennengelernt, als ihre Mutter nach dem Tod des Vaters dort als Köchin bei einer Familie arbeitete. Wer war dieser Emir? Unsicher blieb, ob er Emir war, aber es genügte, Scheich zu sein und nach Kölnisch Wasser zu duften, um als Emir betitelt zu werden. Die Geschichte vom Kölnisch Wasser war kurios, denn die sogenannten «Hammana-Emire» parfümierten Gesicht und Körper mit Unmengen Kölnisch Wasser, um den Erdölgeruch zu überdecken, während die Leute eben diesen an ihnen riechen wollten.

In Hammana fing alles an. Eva wanderte in jenes ferne Land aus, derweil Julia in Geld schwamm und es mit vollen Händen ausgab, als wollte sie sich so an der Armut rächen, in der sie mit dem Koch gelebt hatte.

Plötzlich brach der Kontakt zu Eva ab.

Julia erzählte allen, ihre Tochter sei in jenem Land verschollen. Sie suchte die Männer in der Nachbarschaft auf, einen nach dem anderen, und teilte ihnen ihr Unglück mit. Ibrahim, Hanna und Abu Jahja erklärten sich bereit, Evas Adresse bei der Botschaft ausfindig zu machen. Doch als sie dort von einem Beamten über Eva befragt wurden, konnten sie keine Auskunft geben. «In welcher Firma arbeitet das Fräulein?» wollte der Beamte wissen.

Hanna wußte nur, daß Eva kein Fräulein, sondern eine Frau und verwitwet sei. Auf die übrigen Fragen hatten die drei Männer keine Antworten. Julia auch nicht. Sie gestand, daß sie sich nicht einmal an den Namen des Emir erinnern könne.

Julia war dem Untergang anheimgegeben. Sie hatte jede Spur von ihrer einzigen Tochter verloren und verarmte völlig. Sie besaß nicht einmal mehr das Geld für einen Fladen Brot. Sarah schickte ihr Brot, warmes Essen, Kaffee und Zigaretten. Ohne Sarah wäre Julia krepiert wie ein Hund.

«Ich will nicht krepieren wie ein Hund, und ich will auch nicht enden wie Julia», sagte Sarah zu Ibrahim, als dieser ihr seine Auswanderungspläne nach Mexiko eröffnete.

«Tante, ich fahre vor und schicke dir Geld, damit du nachkommen kannst», erwiderte er.

«Und wenn du mir keins schickst, was ist dann?»

«Gar nichts ist dann, ich schicke dir schon welches.»

«Nein, ich fahre mit dir zusammen.»

«Ist ja schon gut, ich fahre nicht mehr weg. Bist du nun zufrieden?»

Wußte Julia den Namen des Emirs, bei dem ihre Tochter lebte, wirklich nicht? Oder war die Verbundenheit zu ihrer Tochter so unzerstörbar, daß sie Evas Geheimnis niemals preisgegeben hätte und lieber vor Hunger und Angst gestorben wäre?

Julia bekam Angstzustände und ließ die Fensterläden Tag und Nacht geschlossen, so daß die wenigen Menschen, die sie besuchten, in Dunkelheit und Feuchtigkeit eintauchten. Wie ein Gespenst saß Julia in einer Wohnzimmerecke und schwieg. In manchen regnerischen Nächten durchdrangen ungewöhnlich hohe Laute das Viertel, sie klangen wie schrilles Trillern und kamen aus dem fernen, vereinzelt stehenden Haus.

Julia war eine Fremde. Man braucht keinen Adam, gepriesen sei er, oder seine Gedichte, um zu erkennen, daß es keiner Auswanderung oder Vertreibung aus dem Paradies bedarf, um fremd zu sein. Der Mensch kann im eigenen Haus und im Kreise seiner Nachbarn ein Fremder sein. Fremde ist jener Schrei aus der Tiefe, der wie schrilles Trillern klingt.

Wenn Ibrahim Julias Jammern in regnerischen Winternächten vernahm, spürte er, daß etwas in seinem Inneren hätte aufschreien können. Aber er schrie nicht auf. Er flüchtete sich in ein Leben, das aus drei Elementen bestand: Pferderennen, Backgammon und Norma. Die Arbeit war eben Arbeit. Nachdem der Supermarkt so gut gediehen war, hatte er keine neuen Perspektiven, und das Geschäft war eintönig. Ibrahim bedeckte sich den Kopf mit einem weißen Tuch, das an den vier Ecken zusammengeknotet wie ein Trinknapf aussah. Wenn bei Sonnenschein ein leuchtendes oder bei Regen ein durchnäßtes Tuch gesichtet wurde, wußte man, daß Ibrahim vom Pferderennen zu Fuß nach Hause zurückkehrte, weil er das gesamte Geld beim Wetten verpraßt hatte und nicht einmal mehr eine Busfahrkarte bezahlen konnte. Ibrahims Liebe zum Pferderennen wurde zur regelrechten Manie in dem Zeitraum, als Hanna as-Salman und dessen Bruder Samuel ins Gefängnis kamen, er Norma die Ehe versprach, Hanna schließlich wieder freigelassen wurde und sich so merkwürdig veränderte.

Hanna veränderte sich, alles veränderte sich.

Hanna wurde aus dem Gefängnis entlassen und war ein anderer Mann. Er spielte kein Backgammon mehr, öffnete die Schusterei nur noch einen Tag in der Woche und ging einer ominösen Arbeit nach. Er blieb tagelang weg und tauchte plötzlich im Viertel wieder auf. Hanna hatte sich verändert, er sprach mit leiser Stimme und stotterte. Es hieß, er spreche und bewege sich wie Sami al-Khoury, der große Schmugglerboß, der 1963 in der jordanischen Wüste, in Damaskus oder sonstwo verschwunden war.

Die Geschichte begann so.

Hanna as-Salman erwachte von einem heftigen Klopfen an der Tür. Es war fünf Uhr morgens, und er dämmerte noch im Halbschlaf. Er hörte das Klopfen, stieg aus dem Bett, öffnete die Tür, sah die Männer draußen stehen und verstand nichts. Die Herren zeigten ihm ihre Ausweise und traten ein. Hanna war kaum bekleidet, er trug nur eine weiße Unterhose. In diesem Aufzug wurde er abgeführt. Seine Frau erwachte von dem Lärm, sah ihn in Unterhose, umringt von fremden Männern, die ihn aus dem Haus stießen. Er schaute seine Frau an. «Halb so schlimm», beruhigte er sie. «Das ist bloß ein Irrtum, in einer Stunde bin ich wieder hier.» Er ging, kehrte aber nicht zurück. Es wurde Anklage gegen ihn erhoben, er gestand, und sein Hinrichtungstermin wurde festgesetzt. Alle glaubten es. Ibrahim glaubte es, Norma glaubte es, Julia glaubte es. Sogar seine Ehefrau glaubte es. Die Indizien waren offenkundig und unwiderlegbar. Und Hanna hatte gestanden. Sein Bruder Samuel wurde für unschuldig erklärt und aus dem Gefängnis entlassen. Hanna behauptete, all die entsetzlichen Verbrechen allein begangen zu haben.

Hanna as-Salmans Leben begann im Gefängnis, genauer gesagt, in dem entscheidenden Monat vor dem nicht vollstreckten Urteil.

Die erste Zeit im Gefängnis verlebte Hanna wie ein Hund. Wie ein Tier wurde er gequält. Er wurde ausgepeitscht, in die Wunden wurde ihm Salz gestreut, und anschließend wurde er erneut gepeitscht. Er wurde aufgehängt wie ein Grillhähnchen und bis zur Erschöpfung seiner Folterer geprügelt. Er wurde in ein winziges Loch gesperrt, in dem er bis zur Hälfte im Wasser stehend vier Tage verbringen mußte. Ihm wurde Brot zugeworfen, welches in das vom eigenen Urin und Kot verschmutzte Wasser fiel. Wimmernd aß er. Er gestand nicht. Es gab nichts zu gestehen. Die Namen, die ihm während des Verhörs genannt wurden, kannte er nicht. Und von den Verbrechen, die ihm zur Last gelegt wurden, hatte er noch nie etwas gehört.

Dann tauchte der Ermittler Ahmad al-Abid auf. Dieser junge Mann war anders. Er befreite Hanna aus dem rostigen Wasserloch, gab ihm wollene Kleidung, setzte sich mit ihm in ein hübsches Büro und bot ihm Kaffee und Zigaretten an. Ahmad al-Abid befragte ihn über die Verbrechen, die er angeblich mit seinem Bruder Samuel begangen hatte. Samuel saß im Büro neben Hanna und war offensichtlich nicht in der gleichen Weise mißhandelt worden. Die Ermittler waren sich darüber einig, daß Hanna der Kopf war und seinen Bruder zu den Verbrechen verleitet hatte. Samuel war fünf Jahre jünger und Schüler der Abiturklasse an der Furn-asch-Schubbak-Oberschule.

Nachdem Hanna die Tasse Kaffee getrunken und drei Zigaretten geraucht hatte, fragte ihn der Ermittler, wie er vorgegangen war.

«Mein Bruder hat damit nichts zu tun», erklärte Hanna.

Ahmad al-Abid schaute den Jugendlichen an, als wollte er sich seiner Unschuld vergewissern. Samuel saß wie an den Stuhl gefesselt und verstand kein Wort. Er schien kein Arabisch mehr zu verstehen, weder das des Ermittlers noch das der Polizisten, der Folterer oder sonst irgendeiner Person.

«Geh du nach Hause», befahl der Ermittler und entließ Samuel. Der Jugendliche wurde freigelassen, der Ältere aber mußte bleiben.

«Und nun zu Ihnen. Na, dann lassen Sie mal hören!»

«Ich habe damit nichts zu tun, ich schwöre, ich bin unschuldig, ich weiß von nichts», sagte Hanna und wartete auf die Ohrfeigen und Fußtritte. So fing es immer mit den Prügel- und Strafeinheiten an. Man stellte ihm eine Frage, und kaum hatte er darauf geantwortet, prasselten die Faustschläge, Hiebe und Fußtritte auf ihn nieder. Dann wurde er der Folterprozedur unterzogen, die sich in sechs Etappen steigerte.

Das Kreisboxen: Bei dieser Methode wird der Gefangene von vier großen muskulösen Männern umringt. Der erste versetzt ihm einen Schlag, worauf der nächste sich seiner annimmt, ihn mit einem Hieb dem dritten und dieser wieder dem vierten zuspielt. Dies wird ungefähr eine Stunde so fortgesetzt, bis die vier Männer erschöpft sind und der Gefangene in der Mitte als blutüberströmter Haufen Fleisch mit zerrissener Kleidung liegenbleibt.

Das Grillhähnchen: Hierbei wird der Gefangene wie ein Grillhähnchen mit Armen und Beinen an eine Stange gebunden. Die Stange beginnt sich zu drehen und mit ihr der Mann, auf den nun blindlings eingeschlagen wird. Das Prügeln wird erst eingestellt, wenn das Hähnchen, beziehungsweise der Mann, das Bewußtsein verliert.

Die Bastonade: Dem Gefangenen werden die Beine an einer Stange hochgebunden, so daß er mit Kopf und Oberkörper auf dem Boden hängt. Ihm wird so lange auf die Fußsohlen eingedroschen, bis diese schwellen und aufplatzen.

Die Nagelmethode: Der Gefangene kniet sich auf den Boden und streckt die Hände vor, die in einer Vorrichtung aus Holz fixiert werden. Ihm wird eine weiße Maske über das Gesicht gezogen, und dann werden ihm mit einer Kneifzange die Fingernägel herausgerupft. Die Nägel werden vollständig entfernt, so daß das Blut aus den

Fingern quillt. Man fährt mit der Arbeit an den Fußnägeln fort, was noch schmerzhafter ist als das Herausreißen der Fingernägel, besonders wenn es unmittelbar im Anschluß an die Bastonade erfolgt.

Die Stromschläge: Dieses Verfahren wird mittels zweier Kabel durchgeführt, von denen das eine an einen positiven und das andere an einen negativen Pol angeschlossen ist. Die Kabel werden dem Gefangenen an den Hoden angebracht. Dann werden ihm aufeinanderfolgende elektrische Schläge versetzt, bis er die Besinnung verliert.

Die Wassermethode: Der Gefangene wird in ein Loch mit fauligem Wasser gesperrt, das nicht größer als ein Quadratmeter ist. Er verbringt vier Tage bis zur Hälfte in der Jauche stehend inmitten seines eigenen Kots und Urins.

Statt vom Verhör zu einer der üblichen Foltermethoden überzugehen, setzte der Ermittler Ahmad al-Abid seine Brille ab, schaute Hanna lange ins Gesicht und erzählte ihm eine Geschichte. Er erzählte sie drei Mal.

«Hören Sie Hanna, mein Freund. Die Sache ist ganz einfach die, daß Sie ein Problem mit Frauen haben. Sie sind ins Rotlichtviertel gegangen, haben mit den Huren geschlafen und sie anschließend erwürgt. Sie haben die Leichen fortgeschleift, in kleine Stücke zersägt, in Jutesäcke gesteckt und am Strand vergraben. Sie wollten nur Spaß am Sex und Spaß am Zerstückeln der Leichen. Sie hatten ja nicht vor, zu stehlen oder zu plündern. Das ist eine psychische Krankheit, mein Freund. Sie sind krank. Sie hatten nur die Lust im Sinn. Sie sind krank. Wenn Sie gestehen, wird das Urteil milder ausfallen. Sie werden nicht verurteilt wie ein gewöhnlicher Verbrecher. Sie sind nämlich kein gewöhnlicher Verbrecher. Sie sind krank. Vielleicht werden Sie für zwei Jahre in eine Klinik eingewiesen und freigelassen, wenn Sie wieder gesund sind und wir uns vergewissert haben, daß Sie solche schrecklichen Taten ganz bestimmt nicht wieder verüben. Gott steh mir bei. Sprechen Sie: Gott steh mir bei.»

«Gott steh mir bei», wiederholte Hanna.

«Jetzt haben Sie verstanden», stellte der Ermittler fest. «Gestehen Sie nun, nachdem Sie Gott um Beistand gebeten haben.»

«Was soll ich gestehen?»

«Gestehen Sie, daß Sie Antoinette und Emily ermordet haben.»

«Aber ich habe nichts damit zu tun.»

Der Ermittler wiederholte den Text wie ein Kassettenrekorder, ohne die geringste Abweichung, und endete mit dem Ausruf, Gott steh mir bei.

«Sprechen Sie: Gott steh mir bei.»

«Gott steh mir bei», wiederholte Hanna.

«Jetzt haben Sie verstanden. Gestehen Sie nun, nachdem Sie Gott um Beistand gebeten haben.»

«Was soll ich gestehen?»

«Gestehen Sie, daß Sie Antoinette und Emily ermordet haben.»

«Aber ich habe nichts damit zu tun.»

Der Ermittler wiederholte den Text zum dritten Mal, ohne die geringste Abweichung, und endete mit dem Ausruf, Gott steh mir bei, doch ergebnislos. Auf das Beistandsgesuch folgte das letzte Folterstadium, welches das schmerzhafteste war. Der Ermittler sprang auf. «Bringt ihn in die Zelle!» brüllte er.

Er starrte Hanna an und sagte: «Es wäre das beste, Sie gestehen. Die Sache ist glasklar. Ich weiß es, und Sie wissen es auch. Ich kann nur wünschen, daß Gott Ihnen beisteht!»

Aber Gott stand Hanna diesmal nicht bei.

Man sperrte ihn in eine Einzelzelle und ließ ihn die Nacht über in Ruhe. Keiner tat ihm etwas zuleide. Hanna konnte nicht schlafen, kaum war er eingenickt, spürte er die Hiebe vom Grillhähnchen auf dem Rücken und das Blut in seinem Körper wallen. Nachdem er die Nacht ungestört verbracht hatte, kamen am Morgen zwei Männer in die Zelle. Der eine hielt eine Tüte in der Hand und der andere einen Krug und eine Peitsche.

«Guten Morgen, das Frühstück», sagte der Mann mit der Tüte. «Hier, bitte, steh auf und iß.»

«Was?» fragte Hanna.

«Du mußt die Tüte leeressen.»

Hanna schaute in die braune Papiertüte und sah etwas Weißes.

«Was ist das?»

«Dein Frühstück. Eine Tüte Salz, ein Kilo Salz, du wirst es aufessen.»

«Das mache ich bestimmt nicht.»

Da stürzte der andere Kerl mit der Peitsche auf ihn, die an den Enden mit massiven Eisenklumpen versehen war.

«Was wollen Sie von mir?»

«Iß!»

«Ich gestehe.»

«Nein, iß!»

Schließlich aß Hanna. Er aß und spülte mit Wasser nach. Hanna erinnerte sich, daß er sich am Boden zwischen den Füßen wälzte und unter den Peitschenhieben aß und nachspülte, aß und nachspülte. Der Kerl mit dem Krug und der Peitsche ging hinaus, füllte Wasser nach und kam zurück. Und Hanna aß weiter. Kaum hatte er alles aufgegessen, verließen die beiden Männer die Zelle, und er blieb nach Wasser schreiend und trinkend am Boden liegen. Er wurde ohnmächtig. Als er wieder zur

Besinnung kam, war er aufgebläht wie ein Ball. Sein Bauch war aufgebläht, sein Gesicht war aufgebläht, alles an ihm war aufgebläht. Er glich einem aufgeblasenen, schrumpeligen Ballon.

«Mein Bauch platzt gleich, ich sterbe», schrie er, aber es kam niemand. Dann wimmerte er nur noch. Obgleich er durstig war und neben ihm Wasser stand, konnte er nicht trinken. Man ließ ihn bis zum Abend so liegen. Dann kam der Ermittler.

«Was ist, gestehen Sie jetzt?»

Doch bevor er die Frage stellte, beugte er sich über Hanna, der aufgebläht in einem komaähnlichen Zustand schwebte.

«Gott steh mir bei», sagte der Ermittler. «Na Hanna, werden Sie gestehen?»

Hanna nickte.

«Schafft ihn weg», befahl er.

Hanna wurde auf einer Bahre zu einem weißen Krankenwagen transportiert und in ein Hospital gefahren. Sein Körper wurde entsalzen, sein Magen gespült, ihm Serum injiziert und sein Kopf mit Eisbeuteln gekühlt. Drei Tage hatte er Schüttelfrost, und am vierten Tag wurde er wieder ins Gefängnis eingeliefert. Er wurde aus der Zelle geholt und in Ahmad al-Abids Büro geführt. Und dort wiederholte Hanna wie ein Kassettenrekorder die Worte des Ermittlers ohne die geringste Abweichung und endete mit dem Ausruf, Gott steh mir bei.

«Gott steh mir bei», sprach Hanna.

Am nächsten Morgen berichteten sämtliche Zeitungen mit roten fettgedruckten Schlagzeilen: «Hurenmörder gesteht. Hanna as-Salman: Ich schlief mit den Huren und erwürgte sie anschließend, dann wickelte ich sie in ein Bettlaken, brachte sie in meinen Laden, zersägte sie in kleine Stücke und steckte sie in Jutesäcke.»

In aller Eile wurde ein Gerichtsverfahren eingeleitet.

Das Geständnis des Angeklagten war unmißverständlich klar. «Die Verbrechen erfolgten ohne jedes Motiv. Der Täter ist psychisch krank», stellte der Strafverteidiger fest. «Das sind bestialische Verbrechen und verdienen die Todesstrafe», forderte der Staatsanwalt, die Fotos der Opfer in der Hand haltend. Hanna stand mit geröteten Augen und herabhängender Unterlippe vor Gericht. Er kratzte sich unentwegt am ganzen Körper, und weiße Schuppen rieselten von ihm.

Das Urteil lautete auf Todesstrafe.

Alle glaubten es, sogar Norma. Sie sagte zu Ibrahim, daß Hanna ihrer Ansicht nach verrückt sei. Die beiden saßen auf dem Balkon, eingehüllt in die leichte Kühle des Abends. Norma rieb sich die nackten Unterarme und sagte, ihr sei kalt. Sie sprach über Hanna und erzählte von der einen Hure, die aufgestanden war und über Hannas bestialische Sexualpraktiken berichtet und ihn als Mörder identifiziert hatte.

«Hast du sie nicht gehört?» fragte Norma. «Sie hat sich hingestellt und unglaubliche Dinge erzählt.»

«Welche war es denn?» erkundigte sich Ibrahim.

«Mirwat, die große Blonde, weißt du nun welche?»

«Ich habe nicht darauf geachtet.»

«Du achtest nie auf etwas. Die Frau hat im Stehen gesprochen. Sie hat gesagt, daß er verrückt sei. Wenn er sich einer Frau nähert, zieht er als erstes seinen Gürtel aus der Hose und schlägt auf sie ein. Sein Gesicht verwandelt sich und schwillt an. Die Gesichtsfarbe verändert sich so seltsam, o Gott wie furchtbar, und die Frau schreit und windet sich vor Schmerzen. Dann befiehlt er ihr mit leiser Stimme, daß sie sich ausziehen soll. Und plötzlich ist sie, wie soll ich sagen, irgendwie hypnotisiert. Sich windend entkleidet sie sich, während er weiter auf sie einschlägt und leise vor sich hin brabbelt. Er zieht sich nicht aus, sondern öffnet nur den Reißverschluß und holt sein Ding heraus, o Gott, wie furchtbar, und dann dringt er in sie ein. Wie ein Feuerspieß penetriert er sie. Wie wahnsinnig.»

Norma lachte. Ibrahim erklärte ihr, daß er Mirwat nicht gehört habe. Darauf schaute sie ihn mit einem überlegenen, wollüstigen Ausdruck an und rieb sich wärmend die Unterarme.

An diesem Abend war Ibrahim wild auf diese Frau. Er war sich sicher, daß sie ihn mit Hanna betrog, und stimmte mit Abu Jahja, dem Klempner, überein, der einmal gesagte hatte: «Norma ist eine Nutte, was willst du von ihr?» In dieser Nacht begehrte Ibrahim sie wie keine Frau je zuvor und erlebte den Sex wie in seinem ganzen Leben noch nicht.

Alle waren der Überzeugung, daß Hanna die Verbrechen begangen hatte. Seine Frau, seine Mutter und die Nachbarn gelangten zu dieser Überzeugung, als er vor Gericht alles gestand.

Während der Verhandlung war Hanna stumm wie ein Stein, und als er an der Reihe war zu sprechen, gestand er alles. Der Staatsanwalt las ihm das Papier vor, das er im Gefängnis nach der Salzmahlzeit unterschrieben hatte und fragte ihn: «Hanna as-Salman, haben Sie dieses Papier unterschrieben?»

«Ja.»

«Bekennen Sie sich der Verbrechen schuldig?»

«Ja.»

«Haben Sie Antoinette Nadjar, Emily Ainturi und Josef Awwad ermordet?»

«Ja.»

«Haben Sie die Leichen zersägt, in Jutesäcke gesteckt und am Strand vergraben?»

«Ja.»

«Warum haben Sie gemordet?»

«Ich weiß es wirklich nicht, verehrter Herr. Vielleicht war ich es ja gar nicht.»

«Das hier ist kein Spiel», brüllte der Richter.

«Doch doch, ich war es schon, aber ich weiß nicht, warum.»

Dann war jene Frau aufgestanden.

Sie war weiß und rundlich, vierzig Jahre alt, hatte einen langen Hals und mandelförmige Augen. Das schwarze, rötlich schimmernde Haar bedeckte ihr Gesicht zum Teil. Sie bestätigte, daß er es gewesen war.

«Ich habe ihn gesehen, Euer Ehren, in der Nacht, als Antoinette ermordet wurde. Er ist bei ihr gewesen, ich habe gesehen, wie er die Treppe hinuntergerannt ist.»

Madame Bianca war es, die dem Ermittler Hannas Beschreibung lieferte, nachdem die Leiche der Prostituierten Antoinette Nadjar entdeckt worden war. Sie wurde allseits als Heldin gefeiert, die zur Ergreifung des Täters verholfen hatte.

«Er war Kunde bei uns, er kam immer zu Mirwat und Antoinette, er heißt Hanna.»

«Ich?» schrie Hanna von der Anklagebank.

«Ja, Sie», bekräftigte sie, mit dem Finger auf ihn zeigend.

Hanna legte den Kopf in die Hände und hockte sich vor der Anklagebank zitternd auf den Boden. Alle schauten ungläubig zu ihm. Hannas Ehefrau verließ mit ihren Kindern den Saal. Ibrahim ging, bevor das Urteil gefällt wurde. Nur Norma blieb sitzen.

In der entscheidenden Zeit zwischen Verkündung und Vollstreckung des Urteils war Norma der einzige Mensch, der Hanna as-Salman im Gefängnis besuchte.

Die Geschichte begann so.

Nach Ibrahim Nasars Tod und seiner raschen Beerdigung ließ sich Norma in seinem Haus nieder. Sie verließ ihr Haus und zog in seins. Alle hielten es für selbstverständlich. Niemand nahm Anstoß daran, aber es besuchte sie auch niemand. Doch, Julia besuchte sie am darauffolgenden Tag. Julia trat aus ihrem Haus mit den verriegelten Fensterläden und begab sich zu Norma, um sich bei ihr Rat zu holen.

«Ich will das Haus verkaufen, was hältst du davon?»

«Welches Haus?» erkundigte sich Norma.

«Na, mein Haus», erwiderte Julia.

«Aber das ist doch nicht dein Eigentum, es ist gemietet.»

«Richtig, aber was heißt das schon?»

«Das heißt, daß du es nicht verkaufen kannst.»

«Ich kann es nicht verkaufen? Wieso denn nicht? Schließlich ist es doch mein Haus. Außerdem haben wir Krieg, wer will denn da schon wissen, ob es mein Eigentum ist oder nicht! Hauptsache, ich finde einen Käufer.»

«Und was machst du dann?»

«Was ich mache! Sobald ich es verkauft habe, nehme ich das Geld und gehe auf Reisen. Ich will zu Eva fahren und bei ihr nach dem Rechten sehen.»

«Und wenn du dort bist, was machst du dann?»

«Na, alles. Ich habe Nachricht erhalten, daß sie den Emir geheiratet und einen Sohn bekommen hat. Der Junge wird einmal König sein, und deshalb hat sich Eva nicht mehr gemeldet. Sie hat ja recht. Ihr Sohn ist ein König, was soll sie ihm denn schon über mich erzählen. Sie kann doch wohl dem König nicht erzählen, daß Julia, die Frau eines Kochs, mit ihm verwandt ist. Das wäre ja absurd.»

Bei dem Wort «absurd» lachte Julia.

«Wie hast du das erfahren?» wollte Norma wissen.

«Er hat es mir gesagt.»

«Wer?»

«Der heilige Elia ist mir erschienen. Der heilige, wahrhaftige Elia. Er und Elisa.»

«Wer ist Elisa?»

«Das braucht dich nicht zu interessieren. Er und Elisa sind mir erschienen, und er trug eine Bananenstaude. Aber nicht irgendwelche Bananen, mein Kind, sondern die gelben mit den schwarzen Punkten, solche, die vor Nektar triefen. Er hat es mir erzählt. Sag mal, mein Kind, kennst du jemanden, der das Haus kaufen will? Tu mir den Gefallen, ich verlange ja kein Geld dafür, nur so viel, daß es für ein Flugticket reicht und mir ein paar Piaster zum Leben bleiben, und dort spiele ich dann das Dienstmädchen, ich arbeite für den Jungen, ist doch nichts dabei, dann ist es halt so, wie es ist, ich weiß, was du sagen willst, die Leute dort sind Muslime, aber das macht nichts, wir haben doch alle ein und denselben Gott. Der Glaube gehört Gott und das Vaterland allen.»

Sie lachte, legte sich die Hand auf den Mund und schüttete sich aus vor Lachen.

«Gott behüte dich, ich weiß, wie sehr du gelitten hast, aber erzähl mir, warum hast du ihn umgebracht?»

«Wen?»

«Ibrahim, du hast doch Ibrahim umgebracht, die Leute behaupten, wegen der Goldstücke, wo hast du die Goldstücke versteckt? Ich verkaufe dir das Haus. Gib mir Geld für ein Flugticket und noch ein paar Piaster dazu, und ich verkaufe es dir. Du hast ja auch recht, verdammt noch mal. Dreißig Jahre hat er mit dir verbracht, mal wollte er heiraten und dann wieder nicht. Zum Teufel mit ihm. Vielleicht hat Eva inzwischen auch den Emir umgebracht, so daß ihr Sohn jetzt König ist.»

«König! Aber Julia!»

«Ich brauche dein Mitleid nicht, heb dir das Mitleid für dich selbst auf, schau dich doch mal an, eine Schlampe, die einen Mann umgebracht hat. Gib mir das Geld.»

«Ich habe keins.»

«So, du hast also keins, wer hat es denn sonst, du verfluchtes Luder!»

Julia sprang auf und fing an, langanhaltende schrille Trillertöne auszustoßen, während Norma sich bemühte, sie zur Ruhe zu bringen. Julia rannte trillernd durchs Haus, fand schließlich zur Tür hinaus und kam nie wieder.

Damals wurde Beirut von Bomben erschüttert. Geschosse flogen durch die Luft, und die Menschen zogen die Köpfe ein. Norma lebte in Nasars Haus, um sie herum herrschte Leere. Dann tauchten die al-Djahils auf und vertrieben sie. Die Männer zwangen sie, alles stehen und liegen zu lassen. Norma nahm nicht einmal ihr blaues Tuch mit. Sie lief auf die Straße – wohin, weiß keiner – und verließ die Bühne dieser Geschichte.

Die Geschichte fand im Gefängnis statt.

Das Verbrechen, das Hanna as-Salman nicht begangen hatte oder zumindest vorgab, nicht getan zu haben, ereignete sich im Gefängnis. Die Geschichte hat vier Helden, drei Männer und eine Frau.

Der Direktor des Raml-Gefängnisses, Herr Hasan Scham', erhielt vom Innenminister persönlich Anweisungen für die Sonderbehandlung des Hinrichtungskandidaten Hanna as-Salman, angesichts des erbärmlichen Zustands, in dem er zur Verhandlung erschienen war. Im Raml-Gefängnis herrschte Aufregung. Man hatte nämlich begonnen, die Strafanstalten zu reformieren. Selbstverständlich wurde gar nichts reformiert. Nur die Medien veranstalteten im Jahr 1948 eine Kampagne, weil ein Gefängnisinsasse an einer Blinddarmentzündung gestorben war. Der Häftling Rabi' Kamil al-Asir war Dichter gewesen, so wurde zumindest behauptet. Es gab großen Wirbel wegen der katastrophalen Zustände in den libanesischen Gefängnissen. Die Zeitungen veröffentlichten Berichte über die miserablen gesundheitlichen Bedingungen in den Strafanstalten, das massenhafte Zusammenpferchen von Häftlingen in winzigen Zellen und den Mangel an Hygiene und sportlichem Ausgleich. Die Kampagne endete mit einem demonstrativen Akt, der vom Gefängnisdirektor Hasan Scham' in die Wege geleitet wurde. Er ließ zahlreiche Farbeimer kaufen und Fotos davon in den Zeitungen abdrucken. Es hieß, man habe die Reform mit dem Streichen der Wände begonnen und die Gefängnisse würden zu wahren Paradiesen werden. Außerdem müßten sich die Strafanstalten, die ja einen therapeutischen und präventiven Zweck verfolgten, zu krankenhausähnlichen Einrichtungen entwickeln. Von diesem Wirbel profitierte als einziger Hanna as-Salman, der im Gefängnis in Hanna, der Salzige, umbenannt wurde. Und Namensänderungen sind eines der wesentlichen Themen, mit denen sich der Mensch auseinandersetzt. Die Salmans entstammten einem Zweig der Familie al-Barudi, die Ende des neunzehnten Jahrhunderts aus dem Nordlibanon nach Beirut umsiedelten. In Beirut wurde aus al-Barudi der Name as-Salman, im Angedenken an Salman al-Barudi, der während des Ersten Weltkriegs vor Hunger aufgebläht im Beiruter Viertel Bardjawi gestorben sein soll, während seine Söhne Getreide aus dem Hauran importierten und Handel trieben. Deshalb wurden sie zur Demütigung und Erinnerung an ihren verhungerten Vater «Salmans Söhne» genannt. Wie sich zeigte, ist unehrenhafter Reichtum nicht von Bestand. Salmans Söhne verloren ihr gesamtes Vermögen, weil sie mit osmanischem Papiergeld und nicht mit Goldstücken gewirtschaftet sowie auf das Fortbestehen des Sultansreiches, wie sie es nannten, gesetzt hatten. Als am Ende des Ersten Weltkrieges das Osmanische Reich zerfiel und die französische Armee im Libanon einzog, war die osmanische Währung nur noch wertloses Papier. Salmans Söhne waren vollkommen abgebrannt. Sie hatten lediglich einen neuen Namen erworben, der aber als Schimpfwort galt. Sie nahmen die einzige Tätigkeit auf, die sie beherrschten, nämlich die Schusterei, die auch der Beruf ihres Vaters gewesen war. Hanna übernahm das Handwerk von seinem Onkel Djirdji, gab es aber nicht an seinen Sohn weiter, weil er, so erklärte er seiner Frau, es nicht mehr ausüben wollte, nachdem er im Gefängnis einen neuen Beruf erlernt hatte.

Der Name wurde ein anderer. Geändert hatte ihn Abu Ahmad, der Oberkalfaktor des Raml-Gefängnisses. Der Gefängnisordnung zufolge wurden in jeder Zelle vierzig Häftlinge untergebracht, an deren Spitze ein Kalfaktor stand. Die Kalfaktoren verteilten Aufgaben, gaben die Eßnäpfe aus und hatten die Befehlsgewalt. Sie vertraten die Direktion bei den Häftlingen und die Häftlinge bei der Direktion. Es ging sogar so weit, daß die Kalfaktoren in den Polizeiapparat integriert und von den anderen Gefangenen abgesondert wurden. Sie genossen Privilegien, schikanierten die Häftlinge und lebten als Könige unter den Gefangenen. Doch wehe dem Kalfaktor, der seines Amtes enthoben wurde. Er wurde zum Putzlappen. Aus diesem Grund waren die Zellenvorsteher gefügig wie

Hunde. Wenn Abu Ahmad, der Oberkalfaktor bei der Polizei, ihnen einen Befehl erteilte, parierten sie ohne Widerrede. Der Vorfall mit Abu Mansur, dem Kalfaktor der Zelle Vier, blieb unvergessen. Er wurde in der Zelle mit einem Strick erhängt aufgefunden, und zwar drei Tage, nachdem er verstoßen worden war, weil er Abu Ahmads Befehlen zuwidergehandelt hatte.

Abu Ahmad gab Hanna den Namen «der Salzige», verlegte ihn in eine separate Zelle von vier Metern Länge und drei Metern Breite und gesellte ihm zwei Häftlinge bei, die sich, wie es hieß, einer Sondersituation erfreuten. Abu Ahmad begründete Hannas Verlegung aus dem großen Saal in eine Zelle mit Ahmad al-Itir und Munir Silwan mit der schwierigen psychischen Lage, in der dieser sich aufgrund seiner bevorstehenden Hinrichtung befand.

«Herr Scham'», sprach Abu Ahmad zum Gefängnisdirektor, «Herr Scham', der Zustand ist nicht mehr auszuhalten, dem Mann geht es sehr schlecht. Er ist voller Salz, immer wenn er aufsteht, rieseln weiße Schuppen von seinem Körper, er ist nicht ganz beieinander, vielleicht hat er Angst vor dem Tod, ich weiß es nicht, aber sein Zustand ist nicht mehr auszuhalten, er muß allein untergebracht und von den anderen Häftlingen isoliert werden.»

Der Direktor war einverstanden. Weshalb er im Fall von Ahmad al-Itir und Munir Silwan zustimmte, war nicht bekannt. Es wurde allgemein angenommen, daß die beiden Männer Abu Ahmad eine beträchtliche Summe hatten zukommen lassen, um ins Gefängniskrankenhaus verlegt zu werden. Da Abu Ahmad dem Arzt jedoch nichts zahlen wollte, weigerte sich dieser, den Bericht zu unterschreiben. Und so blieb nur die Möglichkeit, die beiden bis zu ihrer Verlegung ins Krankenhaus übergangsweise in dieser Zelle einzuquartieren. Die Trennung von den anderen Häftlingen bedeutete für sie eine Verbesserung, also stimmten sie dieser Lösung zu, obgleich sie sich vor Hanna ekelten und sich vor seinen nächtlichen Wahnvorstellungen fürchteten.

In der Zelle ereignete sich das Verbrechen. Doch bevor wir uns dem Verbrechen zuwenden, muß bedacht werden, in welchem Zustand sich Hanna as-Salman, der Salzige, befand. Nachdem er das Geständnis abgelegt hatte, die Verbrechen mit Jutesäcken auf dem Rücken nachgespielt, wie ein Idiot vor Gericht gestanden und immer nur ja gesagt hatte, ihm Tränen die Sicht versperrten und weiße, kristalline Schuppen von ihm rieselten, tauchte er in ein sonderbares Schweigen, das nur während des allnächtlichen grausamen Schlafs unterbrochen wurde. Tagsüber saß er allein in einer Ecke. Nein, er saß nicht, er hockte die ganze Zeit über. Sobald ihm die Haltung zu anstrengend wurde, stand er auf und kratzte sich. Anfangs machten sich einige Häftlinge über ihn lustig, aber sie ließen es bald sein, da ihnen angst und bange wurde, wenn er sich ihnen zuwandte. Die tränenden Augen ließen sie schaudern, und das Gesicht voller weißer Flecken wirkte wie eine Totenmaske. Doch die Nächte verliefen anders. Sie waren grausam. Hannas Schlafplatz bestand aus einer Matratze auf dem Boden. Er lag auf dem Rücken, und sein Bauch, der seit der Salzmahlzeit aufgebläht war und nie mehr in seinen ursprünglichen Zustand zurückkehrte, stach in den Raum. In den ersten Nachtstunden gab er ein ohrenbetäubendes Schnarchen von sich und ging später zum Sprechen über. Seine Zunge war derart schwer, daß niemand die Worte verstehen konnte, die wie Schluchzen aus ihm herausbrachen. Allmählich entwickelten sich aus den Worten Schreie wie von einem Stummen, die alle anderen Häftlinge aus dem Schlaf rissen. Anfangs versuchte Abu Ahmad ihn zu wecken, merkte aber, daß es unmöglich war. Schlaflos und vor Angst zitternd setzten sich die Männer auf und lauschten den Schreien, die der aufgeblähte Körper auf dem Boden ausstieß. Ungefähr um vier Uhr morgens warf sich Hanna, der Salzige, auf die Seite, das Schreien ließ nach und erstarb endlich. «Der Tod» hieß die Ruhephase bei den anderen Häftlingen, die nun in einen immer wieder unterbrochenen Schlaf fielen. Die grausamen nächtlichen Szenen veranlaßten Abu Ahmad, Hanna in eine andere Zelle zu verlegen.

Das neue Quartier war ursprünglich als Wärterraum gedacht, doch Abu Ahmad zahlte ein wenig Geld, und so wurde eine Zelle für die drei Häftlinge daraus hergerichtet. Am Fenster wurde ein Eisengitter angebracht und von der Tür das Innenschloß entfernt. Hier ereignete sich das Verbrechen.

In dieser Zelle wurde alles anders. Die hochkonzentrierten Beruhigungsmittel, unter denen Hanna stand, begannen Wirkung zu zeigen. Er schlief nun ruhig, und das nächtliche Schreien überkam ihn nur noch selten. Der salzige Schleier bröckelte von seinen geröteten, tränenden Augen ab, so daß er wieder sehen konnte. Aus ihm sei ein anderer Mensch geworden, beschrieb Norma. Er sei nun still, gelassen und spreche langsam.

Hanna erinnerte sich an alles.

Er erinnerte sich an die Erzählungen über den Schmuggel von Haschisch und daran, daß der bedauernswerte Ahmad al-Itir, der bald sterben sollte, ihn überredete, in das Geschäft einzusteigen.

«Aber ich werde sterben», sprach Hanna. «Mach dich nur lustig über mich! Du weißt doch, daß ich zum Tod verurteilt bin und eine Begnadigung völlig aussichtslos ist.»

Zum Himmel aufblickend und die Hände erhebend verkündete al-Itir, daß das Leben in Gottes Hand sei. Er gab Hanna die Telefonnummer von Salim Id, dem persönlichen Chauffeur des Herrn Sami al-Khoury.

«Ruf an. Was weiß ich, vielleicht nützt es dir. Ruf an und sag, daß du von Ahmad al-Itir kommst, sag, daß Ahmad al-Itir dich schickt und daß du Weißkohl haben willst, dann weiß er Bescheid.»

Al-Itir starb im Gefängnis, während Hanna wie durch ein Wunder auf freien Fuß kam und durch Salim Id die wunderbaren Eigenschaften von Weißkohl entdeckte. Alles änderte sich.

Doch die Geschichte war Norma.

Die Geschichte nahm ihren Anfang, als Norma ins Gefängnis ging und Hanna sich weigerte, sie zu empfangen. Hanna empfing niemanden im Gefängnis, weil niemand ihn besuchte. Schließlich, das Ende war bereits nah herangerückt, kam Norma, aber er weigerte sich, sie zu sehen. Abu Ahmad teilte ihm mit, daß er Besuch von einer Frau habe. Sofort sah Hanna seine Ehefrau vor sich, wie sie die Kinder an die Hand nahm und den Gerichtssaal verließ, bevor der Richter das Todesurteil aussprach. Seine Frau ging, ohne ihn, der wie von einem Nimbus umgeben auf der Anklagebank saß, eines Blickes zu würdigen. Sogar Samuel, sein Bruder, den er vor dem Strick gerettet hatte, stand zögernd auf und ging hinaus, ohne ihn zu beachten. Hanna versuchte, ihnen etwas hinterherzurufen, doch er brachte keinen Ton hervor. Belagert von Kameras und unter den Beschimpfungen der Schaulustigen, führte man ihn wieder zurück ins Gefängnis. Und dort entwickelte er sich zu einem Ungeheuer, das in einer Zellenecke hauste, mit niemandem sprach und keinen Besuch bekam.

Seine Ehefrau konnte es nicht glauben.

Sie könne es nicht glauben, behauptete sie, und weinte bitterlich, weil sie es doch glaubte. «Was weiß denn ich», klagte sie, saß jammernd im Wohnzimmer und wollte nicht wahrhaben, daß sie es geglaubt hatte.

«Das ist ein anderer Mensch. Allmächtiger, in jedem Menschen steckt noch eine zweite Person. Das ist nicht Hanna, das ist ein anderer Hanna, mein Mann ist anders.»

Ihre Kinder hörten diese Worte und verstanden nicht,

was der Unterschied zwischen dem einen und dem anderen war. Dreißig Jahre später weilte Salman, Hannas ältester Sohn, mit seiner Freundin Lamia in einem kleinen Hotel am Fuße des Sannin-Gebirges. Salman war Angestellter bei der Beiruter Bank und hatte das Gefühl, sein Leben erst zu beginnen. Sein Plan, nach Kanada auszuwandern, war gescheitert, statt dessen handelte er nun mit Devisen und erzielte enorme Gewinne durch den schwankenden Wechselkurs des Dollars auf dem Beiruter Markt. Salman und Lamia begaben sich auf das Zimmer, nachdem sie Grillfleisch gegessen und Arak getrunken hatten. Lamia besann sich eines anderen und wollte plötzlich nicht mehr, obgleich sie Lust hatte. Damals gaben die Frauen eben vor, nicht in Stimmung zu sein, wenn das Verlangen in ihren Augen erwachte. Salman packte sie an der Gurgel, warf sie auf das Bett und vergewaltigte sie, ohne den Griff von ihrem Hals zu lösen. Als er sich entspannt von ihr wälzte und sich auszuziehen begann, hörte er die völlig verängstigte Lamia weinen. «Hör bitte auf zu weinen, das bin nicht ich gewesen, das war jemand anders», erklärte er ihr. Salman kniete nackt vor dem Bett und flehte sie um Vergebung an, denn er sei nicht er selbst gewesen. Er versprach ihr, von nun an, immer er selbst zu sein. Salman hielt sein Versprechen, er heiratete Lamia und würgte sie nie wieder. Wenn sie sich ihm nach einem langen Tag der Hausarbeit und wegen der ihr verhaßten Whiskyfahne verweigerte, erinnerte sie ihn nur an das Sannin-Zimmer und sagte: «Geh weg, du bist nicht du selbst.» Er ließ sie in Ruhe und legte sich traurig schlafen.

Hannas Frau bereute ihre Worte nicht. Denn sie hatte drei Phasen durchlebt. In der ersten Phase hatte sie es nicht glauben können. In der zweiten hatte sie nicht wahrhaben wollen, daß sie es doch glaubte. Und in der dritten Phase hatte sie beschlossen, Hanna zu vergessen und ihn aus ihrem Leben zu verbannen.

Als Hanna mit salzigen Schuppen am ganzen Körper aus dem Gefängnis entlassen wurde und heimkehrte, brach Samia in Tränen aus. Sie habe ihn aus Angst vor dem Tratsch nicht besucht, rechtfertigte sie sich.

«Du hattest also Angst», murmelte Hanna leise.

«Ich hatte Angst vor dir», erwiderte sie. «Ich weiß nicht, was in mich gefahren ist, alle haben mir Angst gemacht. Und ich Ärmste, was hätte ich denn schon tun können?»

Hanna schaute sie mit seinen vorspringenden Augen an, als sei sie eine Fremde. Als er in jener Nacht mit ihr schlief, fühlte er, wie er sich von ihr und seiner alten Welt verabschiedete. Er spürte den Schlaf. Der Schlaf überkam ihn, und er hatte nicht mehr das Gefühl, daß die Frau seine Gattin war. Nun war er Herr über sein Leben.

«Nur im Angesicht des Todes wird man Herr über sein Leben», sprach Hanna zu Norma bei ihrem ersten Besuch.

Die Geschichte war Norma.

Normas Geschichte innerhalb und Normas Geschichte außerhalb des Gefängnisses haben nichts gemeinsam. Draußen gehörte das Mädchen der undurchschaubaren Welt, die sich hinter den geschlossenen Augen ihrer Großmutter abspielte und ohne Anfang war. Umm Isa, die stets ein langes schwarzes Gewand trug, am Ende des Zimmers saß und Geschichten erzählte, war blind. Norma kannte ihre Großmutter nur als blinde Frau, die beim Erzählen die Augenbrauen hochzog, als würden sie anstelle der Augen ihr die Blickrichtung weisen. Am liebsten sprach Umm Isa über das Verwandtschaftsverhältnis zwischen Isa und Falih. Vier Mal hatte Umm Isa geheiratet, und von ihrem letzten Mann, Abu Falih, der nach vier Jahren Ehe starb, stammte das jüngste Kind Nabiha. Mit ihrer kleinen Tochter zog sie nach Beirut und arbeitete als Dienstmädchen bei der Familie al-Aramuni, bevor Mutter und Tochter die Arbeit bei den Nasars aufnahmen. Von Isa und ihren anderen zehn Kindern hatte sie keine weiteren Nachrichten bis auf die, die Nabihas Mann, Lehrer Hatim, überbrachte, wenn er über die Sommerferien zu seiner Frau und seinen Töchtern nach Beirut kam.

Lehrer Hatim kam nicht mit einem einzigen Piaster für den Haushalt auf. Als ein Gast reiste er mit seinem Sohn an, und als ein Gast reiste er mit ihm im Herbst wieder ab. Sein Entschluß, Anton nach Suweida mitzunehmen, hätte Nabiha beinahe umgebracht.

«Nimm uns alle mit», hatte sie ihrem Mann vorgeschlagen.

«Das liegt nicht im Bereich des Möglichen», hatte Lehrer Hatim entschieden.

Hatim Abd al-Masih lehrte Arabisch in den Grundschulklassen der staatlichen Chalid-bin-al-Walid-Schule in Suweida, der Hauptstadt von Djabal al-Arab, auch Djabal ad-Duruz genannt, in Syrien. Er sprach mit seiner Frau und seinen Kindern nur Hocharabisch. Nabiha lauschte seinen schönen Worten und verstand kaum etwas, nur soviel, um seine Lieblingsspeisen und die unentwegte Order nach türkischem Kaffee zu verstehen.

«Wie gedenkt ihr euer Leben dort zu gestalten?»

«Wir leben mit dir, wir ziehen alle dorthin und leben mit dir.»

«Und wie steht es mit deiner Arbeit?»

«Zum Henker mit der Arbeit! Ich bin doch bloß ein Dienstmädchen, aber du bist unsere Krone.»

«Nein, du bleibst hier und gehst deiner Arbeit nach.»

«Wie du willst, aber es ist herzlos von dir.»

Lehrer Hatim bestand auf dieser Herzlosigkeit. Also blieb Nabiha mit den vier Töchtern zurück, während er den Sohn Anton mitnahm.

Nabiha kam nicht nur für die eigenen Haushaltskosten auf, sondern auch für die Kosten ihres Mannes. Wenn er gegen Ende des Sommers in den Hauran aufbrach, gab sie ihm allerlei mit: Marmelade, Halwa, Qawarma und ein wenig Geld. Er steckte die Dinge so selbstverständlich ein, als wäre es ihre Pflicht, ihn zu versorgen.

Sie habe vor, ein Grundstück im Viertel Badawi zu kaufen und ein Haus zu bauen, teilte Nabiha ihm mit.

«Und am Ende, Lehrer Hatim», sagte sie zu ihrem Gatten. Sie redete ihn nicht bloß mit Vornamen an, sondern stellte das Wort «Lehrer» voran, um ihm große Achtung zu erweisen. «Und am Ende, wenn du in den Ruhestand gehst, verheiraten wir Anton und die Mädchen und leben beide zusammen in dem Haus, das ich bauen möchte.»

Wie hatte Nabiha es geschafft, Geld für den Kauf eines Grundstücks und den Bau eines Hauses aufzubringen? Lehrer Hatim fragte nicht nach, wieso sie in der Lage war, ein Grundstück zu kaufen. Stimmte es, daß Herr Mitri Schabbu' ihr das Grundstück als Gegenleistung – keiner wußte wofür – geschenkt hat? Lehrer Hatim brachte kein Interesse für solche Fragen auf, er vertraute seiner Frau, und er vertraute ihrer Arbeit, also wollte er auch nichts Genaueres wissen. Nabiha hatte nicht das Gefühl, daß Hatim ihr Ehemann war. Sie fühlte sich ihm gegenüber fremd, schämte sich in seiner Gegenwart und hatte Angst vor seinen Blicken. Ihre Mutter sagte zu ihr, daß es so besser sei.

«Männer, einmal im Jahr! Alles andere ist geschmacklose Wiederholung.»

Wenn sie über Männer sprach, legte sie die Hand vor den Mund und gähnte. Sie sprach immer gähnend über Männer, als befalle sie die Erinnerung an Lust in Gestalt eines langen Gähnens. Danach legte sie die gefalteten Hände auf den Kopf und verfiel in Schweigen.

Ibrahim Nasar liebte an «Großmutter Umm Isa» ihre unvergeßlichen Geschichten und den Weizenduft, der an ihrem schwarzen Gewand haftete. Wenn Ibrahim «Tante Nabiha» besuchte, spielte er nicht mit den Mädchen im Hof, sondern setzte sich zu Umm Isa auf den Boden und lauschte ihren Geschichten. Die alte Frau leitete die Geschichte immer mit der gleichen Frage ein.

«Na, mein Junge, in welchem Verwandtschaftsverhältnis steht wohl Isa zu Falih?»

«Weiß ich nicht», erwiderte der Junge.

«Er ist sein Bruder, aber weder von seiner leiblichen Mutter noch von seinem leiblichen Vater.» Sie gähnte und fing an zu erzählen. Ibrahim liebte besonders die Geschichte vom halben Hahn. Immer wieder bat er Umm Isa, ihm die Geschichte von dem Gockel zu erzählen, der Goldstücke verschluckte, Feuer löschte, indem er einen ganzen Strom Wasser ließ, und am Ende erstickte.

Nabiha lebte mit ihrer Mutter und ihren vier Töchtern in einer Hütte neben der Kirche. Die Hütte bestand aus einem Raum, einer Küche und einem kleinen Badezimmer. Eines Tages kam Ibrahim, um sich Geschichten erzählen zu lassen. Er war acht Jahre alt. «Tante Nabiha» hielt sich mit ihrer Mutter allein im Haus auf. Die «Tante» badete in der Küche, und die «Großmutter» saß in ihrer Ecke und zählte ihre sogenannten «Könige der Finsternis». Umm Isa glaubte, daß man sich durch Blindheit den Königen der Finsternis annähere und danach der Tod mit dem ewigen Licht käme.

«Komm her, setz dich zu mir und zähle mit.»

«Und was ist mit dem halben Hahn?» fragte Ibrahim, während er sich neben sie setzte. «Erzähl mir doch die Geschichte vom halben Hahn.»

«Zuerst mußt du zählen, und dann ist der halbe Hahn an der Reihe.»

Sie zählte auf, und er sprach ihr die Namen nach, die er sich nicht einmal für einen Tag merken konnte. Plötzlich rief Nabiha nach ihm, ihr den Wassertopf zu bringen. Als er in die Küche trat, sah er jenen Körper, der sich ihm für alle Zeiten einprägte.

Dieses Bild, erzählte er der Aleppinerin, nachdem er mit ihr geschlafen und sich ihre Geschichte angehört hatte, sei ihm unauslöschlich im Gedächtnis haften geblieben: Eine Frau sitzt schlotternd vor Kälte auf einem Schemel, bittet den Knaben, ihr rasch den Topf mit warmem Wasser zu reichen. Der Junge schaut sich unauffällig nach der Badenden um, betrachtet mit verstohlenen Blicken ihren Körper. Er hebt den Topf vom Petroleumkocher und nähert sich der Frau. Er läßt den Topf beinahe fallen. Die Frau klappert mit den Zähnen, bedeckt ihre Brüste mit den Armen, greift nach dem Topf, und ihr rechter Busen kommt zum Vorschein, ist aufgerichtet und glitzert naß. Sie schüttet das Wasser in eine große Schüssel, nimmt einen Behälter und übergießt sich mit Wasser, das ihr über die Haare und den kauernden Körper läuft. Regungslos bleibt der Junge stehen. Sie schaut ihn durch die Rinnsale an, die ihr vor den Augen hinabfließen.

«Danke, mein Sohn.»

Sie seift sich die Haare ein. Schließt die Augen. Auf dem schwarzen Haar bilden sich kleine Bläschen.

«Du bist ja immer noch hier! Na los, geh spielen!»

Zitternd hatte Ibrahim die Küche verlassen. Ihm war gewesen, als hätte er die geheimsten Dinge der Welt entdeckt. Die fünfunddreißigjährige Nabiha hatte mit ihrem weißen, korpulenten Körper auf dem Schemel gesessen. Alles an ihr war rund und weiß gewesen. Das lange Haar hatte ihren Rücken bedeckt, die Schenkel waren aneinandergepreßt und die Knie wie zusammengeheftet gewesen. Heißes Wasser war ihr am Körper hinabgelaufen, und alles war in Dampf gehüllt gewesen.

«Es ward die Frau, und wo die Frau weilt, da wohnt die Schönheit», sagte er zur Aleppinerin. Diese schaute ihn nur gleichgültig an.

«Das heißt wohl, sie ist schöner als ich!»

«Das habe ich nicht gesagt, sie war die erste.»

«Die wichtigste Frau, Schatz, ist die letzte. Man denkt zwar immer, daß die erste die Wichtigste ist, aber eigentlich dreht sich alles um die letzte. Die letzte Liebe gleicht gelben Feigen, so honigsüß, daß sie einem im Munde zergehen und man sich an ihnen totißt.»

Ibrahim stimmte mit ihr nicht überein. Er mochte gelbe Feigen nicht so gern, daß er sich an ihnen hätte totessen können. Aber «Tante Nabiha» liebte Feigen. Jedes Jahr ging Ibrahim Ende September zu ihr ins Haus, um zuzusehen, wie sie Feigenmarmelade herstellte, von der sie selbst, ihre vier Töchter, Lehrer Hatim und Anton sich im Winter hauptsächlich ernährten. Norma und ihre Schwestern füllten die Marmelade in kleine Gläser. Doch Anton, die Mädchen nannten ihn nach seinem zukünftigen Sohn, Abu Hatim, bekam einen großen Tonkrug, damit er die eisigen Winter in Suweida mit warmen Knochen überstand. Als Anton starb, starb auch Hatim. Er hörte auf, ein Vater zu sein. Nach wie vor verbrachte er die Sommer in Beirut, doch Nabiha schämte sich nicht mehr vor ihm. Er glich einem Möbelstück, hockte immer an der Stelle, an der Umm Isa zu Lebzeiten gesessen hatte. Er ging nie aus und bekam auch nie Besuch. Ihn beschäftigte ausschließlich die Tatsache, daß er bald in den Ruhestand treten und endgültig nach Beirut zu seiner Familie ziehen würde. Ansonsten schwieg er. Deshalb nannte man ihn «den Schweigsamen». Ihn interessierte nicht, wie seine Frau das Haus auf dem länglichen Grundstück bauen konnte, das sie Herrn Mitri Schabbu' abgekauft hatte. Ihn interessierte auch nicht, wieso das Leben in dem neuen Haus genauso verlief wie in der Hütte. Zum Schlafen wurden für alle in ein und demselben Raum Matratzen auf dem Boden ausgebreitet. Der Salon durfte nicht betreten werden. Nabiha schloß ihn nur zu Weihnachten für den Besuch auf. Sobald der Festtag vorbei war, sperrte sie die Tür wieder mit dem Schlüssel ab. Das dritte Zimmer nannte sie den Empfangsraum, er war ausschließlich für Gäste bestimmt. Selbst das breite Messingbett wurde verschont. Es stand im Empfangsraum, und Norma schlief darin nur in den Sommermonaten, wenn ihr Mann in Beirut weilte. Die Familie führte in dem neuen Haus das gleiche Leben wie in der alten Hütte. Es gab nur einen einzigen Unterschied. Lehrer Hatim wartete nicht mehr, bis seine Kinder tief und fest schliefen, um mit seiner Frau auf dem Messingbett den Beischlaf zu vollziehen. Inzwischen nächtigte er mit den Mädchen im Zimmer, während Nabiha allein im Bett schlief.

Lehrer Hatim führte ein fades Leben. Seine einzige Sorge bestand darin, das Gedächtnis zu verlieren. Als Umm Isa im Sterben lag, war er aus Suweida angereist. Er hatte bei der alten Frau gesessen, versucht, sich mit ihr zu unterhalten, und dabei festgestellt, daß sie ihn nicht mehr erkannte. Nabiha hatte ihm erklärt, daß Umm Isa ihr Gedächtnis drei Monate zuvor verloren hätte und sich seither an niemanden mehr erinnern könnte.

«Das Gedächtnis ist ein Brunnen», sagte Norma zu

Ibrahim. «Unser ganzes Leben lang tun wir nichts anderes, als darin zu ertrinken. Und zum Schluß vergessen wir alles.»

Ibrahim war erstaunt über Normas Fähigkeit zu großen Worten.

«Warum willst du weggehen? Auswandern ist ein Brunnen.»

«Ich nehme dich mit. Wir gehen fort, heiraten und bekommen Kinder.»

«Kinder! Wozu denn Kinder? Laß uns jetzt heiraten, aber dazu bist du ja zu feige, du steckst in einem Brunnen.»

«Was redest du da?»

«So redete mein Vater. Er saß auf Großmutters Platz und führte Selbstgespräche. Der Ärmste, keiner konnte ihn leiden. Er hatte Angst davor, senil zu werden. Immer, wenn ihm ein Name nicht einfiel, grübelte er vor sich hin und brachte kein Wort mehr heraus. Und zum Schluß wurde der Ärmste tatsächlich senil, er vergaß sogar seinen eigenen Namen und faselte wirr durcheinander. Mein Gott, was aus dem Menschen am Ende seiner Tage so wird!»

«Gott sei seiner Seele gnädig», sagte Ibrahim.

«Gott sei uns allen gnädig. Den Ärmsten konnte keiner verstehen, dann ging er von uns. Meine Mutter zog wieder in ihre Heimat, und ich blieb als einzige zurück.»

Norma blieb allein zurück und hütete das kleine Haus auf dem länglichen Grundstück, das ihre Mutter gebaut hatte. Als der Bürgerkrieg ausbrach, flüchteten viele Menschen aus Beirut. Wer konnte, ergriff die Flucht. Norma aber blieb. Im Krieg verstand sie nichts mehr. Ibrahim hörte auf, vom Auswandern zu reden. Norma erzählte ihm, daß die kanadische Botschaft für Christen Visa ausstelle. «Laß uns fliehen», schlug sie ihm vor.

«Bald. Der Krieg wird nicht lange dauern», beruhigte er sie. Indessen habe er, wie ihr Hanna verriet, seine Auswanderung heimlich vorbereitet. Und aus diesem Grund sei auch seine Tante erstickt.

«Hat er sie erwürgt?» fragte Norma mit leiser, bebender Stimme.

«Ich weiß es nicht», erwiderte Hanna. «Ich weiß nur, daß der Arzt von Erstickungstod sprach. Und ob er sie nun erwürgt hat oder ob sie vor lauter Kummer erstickt ist, das weiß ich nicht.»

Die Tante war erstickt. Ibrahim folgte taumelnd dem Sarg, während Norma an seiner Seite ging und ihn stützte.

Weshalb blieb Norma zurück? Um, wie sie selbst sagte, das Haus zu hüten? Oder um, wie ihre Mutter vermutete, etwas in Erfahrung zu bringen? Oder, so die Nachbarschaft im Viertel Farnaini, wegen Ibrahim? Niemand weiß es.

Norma sprach nie darüber. Angenommen, sie hätte darüber gesprochen, was wäre gewesen?

Angenommen, Norma hätte gesprochen, wie hätte sie dann wohl über ihre Beziehung zu den zwei Männern geredet?

Norma hätte nicht behaupten können, daß Hanna as-Salman, der Salzige, log, als er überall von seiner Beziehung zu ihr herumerzählte. Das Verbrechen im Gefängnis bewies nämlich, daß alles, was über diese Beziehung gesagt worden war, der Wahrheit entsprach. Norma hätte ebensowenig abstreiten können, daß sie Ibrahim wollte und alle erdenklichen Mittel einsetzte, damit er sie heiratete.

Angenommen, Norma hätte gesprochen, hätte sie von ihrer Liebe erzählt? Sie liebte nicht Ibrahim, sondern den

Ort. Sie liebte die verwinkelte Straße in Beirut namens Farnaini. Ihre kleinen leuchtenden Augen sahen eine Welt, der sie sich zugehörig fühlen wollte. Doch sie scheiterte. Scheiterte Norma? Was heißt überhaupt scheitern? Norma dachte nicht einen einzigen Tag in ihrem Leben, daß sie gescheitert war. Aber sie spürte Angst. Sie liebte Ibrahim und ängstigte sich vor Hanna. Sie fühlte, daß Hanna Macht über sie hatte. Einmal hatte sie mit ihm geschlafen, einfach so. Er hatte sie verführt, sie hatte eingewilligt und geglaubt, der Fall sei damit erledigt. Aber der Fall war nicht erledigt. Angst zerfraß sie. In seiner Gegenwart war sie nichts als eine Henne. Sie weinte nicht aus Lust, sondern vor Angst. Sie flüchtete sich vor dem Geruch der schmutzigen Sexualität in Ibrahims Arme, um sich wieder als Frau zu fühlen.

Angenommen, Norma hätte gesprochen, dann hätte sie über ihre Angst geredet. Aber Norma sprach nicht darüber. Sie sprach nicht über ihre Großmutter und das schwarze Gewand, das sich in ihren Träumen auf sie legte, so daß sie schreiend hochschreckte. Sie sprach auch nicht über Hanna, seine Schläge und Drohungen.

Sie hatte kleine Augen. Ibrahim würde ihre Augen als groß beschreiben, was aber falsch wäre. Ibrahim erhielt diesen Eindruck vom feuchten Glanz ihrer Augen in Momenten, in denen sie die ganze Welt mit ihren Blicken hätte umschließen können.

Angenommen, Norma hätte gesprochen, hätte sie etwas in der Art gesagt, hätte gesagt, daß sie nach Beirut gekommen sei und nicht zurückkehren wolle, daß sie einen Anfang gesucht hätte, daß sie wie die Beiruter sprechen und eine von ihnen werden wollte.

Log Norma?

Kommen wir Geheimnissen auf den Grund, wenn wir Worte in uns aufnehmen?

Decken Worte auf, oder verschleiern sie?

Keiner weiß es. Nie werden wir erfahren, ob Norma mit ihrer Beziehung zu den beiden Männern eine tiefe Angst zum Ausdruck brachte oder ob sie in Sphären hinabglitt, in denen der Durst nicht mehr gestillt wird. Sphären, in denen Sexualität ein unstillbarer Durst nach Sexualität und das Leben ein Knäuel verworrener Fäden ist.

chte begann so.

als ging Norma ins Raml-Gefängnis. Sie war drei-zwanzig Jahre alt, hatte einen bronzenen Teint, gro-e Brüste und feuchte, fast tränende Augen. Sie trug ein gelbes Kleid, eine schwarze Handtasche und, um etwas größer zu wirken, schwarze Schuhe mit hohen Absätzen.

Damals ging Norma ins Gefängnis, um Hanna zu sehen. Dies geschah eine Woche, nachdem das Todesurteil verkündet worden war. Die Frau wußte, daß kein Mensch ihn besuchte. Und sie wollte verstehen, warum er die Verbrechen begangen hatte. Norma war eben so, sie wollte die Dinge gerne verstehen und sagte deshalb zu ihrer Mutter, daß sie nicht mit ihr nach Syrien ziehen, sondern in Beirut bleiben und das Haus hüten würde.

Als Norma ins Gefängnis ging, lebte Hanna bereits in der neuen Zelle mit Ahmad al-Itir und Munir Silwan. Und dort ereignete sich ihretwegen das Verbrechen. Der Gefängnisdirektor hatte angeordnet, Hanna mit Nachsicht zu behandeln und ihm privaten Besuch zu gestatten, weil er bald sterben würde. Die Besuchserlaubnis kam aber nur bei Norma zur Anwendung, weil sie der einzige Mensch war, der ihn besuchte. Norma wurde Einlaß in das Gefängnis gewährt. Sie wurde nicht wie die Angehörigen der übrigen Insassen behandelt und in den gewöhnlichen Besucherraum geführt. Dieser Saal war in der Mitte durch eine Eisenwand mit Gitterfenstern getrennt, hinter dem unzählige Sträflinge darauf warteten, sich durch Schreien mehr schlecht als recht mit ihrem Besuch zu verständigen. Norma dagegen durfte in den inneren Bereich des Gefängnisses hineinkommen, wo die drei Häftlinge sie immer am Klacken ihrer hochhackigen

Schuhe erkannten. Wenn Hanna dann aus der Zelle geholt wurde, versuchten die beiden anderen Männer, rasch einen Blick durch den Türspalt zu werfen, bevor Abu Ahmad wieder abschloß.

Normas erstem Besuch trat Hanna gleichgültig entgegen. Er hatte nämlich beschlossen, niemanden zu empfangen. Freundschaft, Ehe, Eltern und Kinder waren für ihn nur noch leere, bedeutungslose Worte. Selbst Samuel, sein Bruder, den er vor dem Strick gerettet hatte, besuchte ihn nicht ein einziges Mal.

Als Abu Ahmad ihm mitteilte, daß er Besuch von einem Mädchen namens Norma habe, weigerte sich Hanna. Doch dann überlegte er es sich plötzlich anders. Denn er hatte keine Geschichten zu bieten, die mit denen seiner beiden Zellengenossen mithalten konnten, und beschloß, Norma zu seiner Geschichte zu machen. Die beiden Männer erzählten ihm viel von der Welt des Schmuggelns und von Sami al-Khoury, dem Boß. Wenn er ihren Erzählungen zuhörte, meinte er, die Welt neu zu entdecken. Hanna entdeckte den Anfang der Welt, als ihm sein Ende kurz bevorstand. Der Strick baumelte ihm vor dem Gesicht, Salz bedeckte seinen Körper, und die Augen schmerzten ihm wegen der Wunden an den Brauen.

Sie hätte ihn nicht gleich erkannt, als er erschien, berichtete Norma. Während der Verhandlung hätte sie ihn nicht gut sehen können, da er von Wachen umringt und sein Gesicht voller weißer Flecken gewesen war. Bei seinem Anblick sei ihr angst und bange geworden. Im Gefängnis hätte sie sich so sehr gefürchtet wie beim ersten Mal, erzählte sie Ibrahim stotternd.

«Wieso bist du hingegangen?» wollte Ibrahim wissen.

«Das versteht sich doch von selbst. Immerhin ist er dein und mein Freund.»

«Ich dachte, er wäre gerade aus dem Grab gestiegen», beschrieb sie. «Er glich einem Gespenst, wie soll ich sagen, er wirkte größer und breiter, sein Körper war aufgedunsen und sein Gesicht mit weißen Flecken übersät, wie Krätze sah es aus. Er stellte sich an die Wand und rieb sich den Rücken. Seine Augen waren irgendwie merkwürdig geschwollen, und er sprach kein Wort.»

«Hast du ihn gefragt, ob er Angst vor dem Tod hat?» erkundigte sich Ibrahim.

«Ich habe keine Angst», sagte Hanna zu Norma. «Angst, was heißt das schon! Wenn du gesehen hättest, wie ich ein Kilo Salz hinuntergewürgt habe, würdest du begreifen, daß Sterben dagegen eine Kleinigkeit ist.»

Norma legte ihre Hand auf die seine und hatte das Gefühl, einen schuppigen Fisch zu berühren. Sofort zog sie die Hand zurück.

«Du mußt all diese Dinge vergessen, Hanna.»

«Bald werde ich sie vergessen. Ich bin auf dem besten Weg zu vergessen. Bald werde ich tot sein und alles vergessen. Und auch du wirst vergessen. Dann ist alles vorbei, und nichts bleibt.»

Er legte seine Hand auf die ihre. Diesmal zog sie sie nicht zurück. Norma verspürte eine Mischung aus Wärme und Schaudern. Sie hätte weinen können, beherrschte sich aber.

Beim ersten Treffen war Hanna anders als sonst. Verschüchtert betrat er den Raum und stolperte beinahe über die eigenen Füße. Er schien sich seiner selbst zu schämen und stand Normas Besuchen anfangs ablehnend oder unentschieden gegenüber.

Er betrat den Raum mit gesenktem Blick, so, als suche er auf dem Boden nach einem verlorenen Gegenstand.

«Wie geht es dir?»

«Gut. Das heißt, schau mich an!»

Sie ging zum Tisch in der Mitte des Raums, der die Grenze zwischen Häftling und Besucher markierte. An der Tür stand ein lahmer Polizist und beobachtete die beiden. Norma ergriff Hannas Hände.

«Ich habe dir eine Stange amerikanische Zigaretten mitgebracht.»

«Danke, aber seitdem ich zum Tode verurteilt bin, bekomme ich hier alles. Plötzlich ist alles anders. Am besten, man wird hingerichtet, dann wird man auf einmal geliebt. Die Menschen lieben nur die Toten. Wenn ich tot bin, werden meine Frau und meine Kinder mich wieder lieben, und du auch.»

«Du sollst so etwas nicht sagen!»

«Was soll ich denn sagen?»

«Sag mir, warum du das getan hast.»

«Was habe ich getan?»

«Du weißt schon.»

«Du weißt es, ich nicht.»

«Also gut, hast du noch einen Wunsch?»

«Ja, ich habe einen.»

«Was denn für einen?»

«Ich will dir etwas sagen. Glaubst du mir auch, wenn ich es dir sage?»

«Ich glaube dir.»

«Nein, du wirst es nicht glauben. Wozu soll ich es sagen? Was will ich überhaupt sagen? Nein, so ist es besser. Auf diese Weise habe ich wenigstens einen Grund zu sterben. Es ist nicht schön, grundlos zu sterben. Alle Menschen, die grundlos sterben, sind Hunde. Ein Mensch ohne Grund ist einfach ein Hund.»

«Schon gut, schon gut. Philosophiere bloß nicht herum. Hast du noch einen Wunsch? Ich muß jetzt nämlich gehen.»

«Wann kommst du wieder zu mir?»

«Willst du denn, daß ich dich besuche?»

«Ja, ich will.»

«Und wieso wolltest du mich dann zuerst nicht sehen?»

«Ich weiß es nicht.»

«Wenn ich morgen komme, empfängst du mich dann?»

Er nickte.

«Soll ich dir Knafe[8] mitbringen?»

Er nickte.

«Nur Mut, schau mich an. Warum läßt du den Kopf so hängen?»

Er hob den Blick und streckte den Arm über den Tisch nach ihrer Taille aus. Norma tat es im Herzen weh. Sie wich zurück, und der Arm blieb in der Luft hängen. Hanna senkte den Arm und begann sich den Rücken an der Wand zu reiben, weiße Schuppen rieselten von ihm.

«Was ist das?»

«Nichts. Das ist Salz, mein Körper schäumt über vor Salz.»

«Ich besorge dir ein Medikament.»

«Dafür gibt es kein Medikament. Der Arzt hat gesagt, das kommt von der Salzmahlzeit. In einem Jahr ist es verschwunden. So verschwinden wir gemeinsam.»

«Sag so etwas nicht!»

Ihr traten Tränen aus den Augen. Sie zog ein weißes Taschentuch aus der Handtasche und wischte sich die Wangen trocken.

«Nur Mut, ich habe dir ein Buch mitgebracht.»

«Ich lese keine Bücher.»

8 Süßspeise aus Käse, Fadennudeln und Zuckersaft

«Das ist kein gewöhnliches Buch. Gestern habe ich Pater Sergius gesehen und ihm erzählt, daß ich dich besuchen würde. Gott möge dir den rechten Weg weisen, hat er gesagt. Außerdem hat er gesagt – du weißt ja selbst, wie er immer auf Hocharabisch spricht –, er hat gesagt, er sei bereit. Jesus Christus sei wegen der Sündigen und Durstigen auf die Erde gekommen. Er sei bereit, zu dir zu kommen, wenn du beichten willst.»

Hanna gab keine Antwort.

«Was soll ich ihm sagen?» fragte Norma.

«Es gibt noch ein paar Sünden, die ich begehen will, und danach beichte ich.»

«Du hast nicht mehr viel Zeit.»

«Wer weiß. Ich fragte Herrn Scham', den Gefängnisdirektor, aber der wußte auch nicht, wann. Ich redete fast schon wie Pater Sergius. Niemand weiß die Stunde, sagte ich. Herr Scham' rezitierte einen Satz, der wahrscheinlich im Koran steht: ‹Und niemand weiß, in welchem Land er sterben wird.› Doch, ich weiß es, antwortete ich. Auf dem Platz vor dem Justizpalast, die Menschen werden kommen und zuschauen. Und wenn ich zappele, werden die Frauen vor Freude trillern.»

«Was redest du da?»

«Meine beiden Zellengenossen haben mir das erzählt.»

«Bei dir in der Zelle sind noch zwei andere Männer?»

«Ja, die beiden sind im Drogengeschäft tätig. Sie haben Köpfchen und sind ganz nach deinem Geschmack. Sie erzählten mir, daß das Viertel jetzt schon geschmückt wird.»

«Welches Viertel?»

«Na, das Viertel für die Herrschaften, das Rotlichtviertel. Die Nutten sollen eine Sondererlaubnis bekommen haben, bei meiner Hinrichtung zuzugucken. Ich habe gehört, daß sie trillern werden. Sie werden Bonbons, Ma'mul[9], arabische und europäische Süßigkeiten verteilen. Kommst du etwa nicht?»

«Ich weiß nicht.»

«Lüg doch nicht, du wirst auch kommen, du wirst trillern, Bonbons lutschen und tanzen, genau wie meine Frau, was weiß ich, vielleicht wird auch sie tanzen. Ihr seid doch alle Nutten.»

Norma drehte sich um und wollte gehen.

«Wohin gehst du? Bist du jetzt beleidigt?»

«Ich bin nicht beleidigt. Ich möchte weinen.»

«Weinen! Nein, du weinst doch nur, wenn ich es dir besorge. Ich kann dir jetzt leider nicht zu Diensten stehen. Sag mal, wie geht es eigentlich Ibrahim?»

«Was interessiert dich Ibrahim? Jetzt hätte ich es fast vergessen. Pater Sergius hat mich gebeten, dir dieses Buch zu geben.»

«Ich will nicht lesen.»

«Nun nimm schon, es ist die Bibel. Pater Sergius hat die Seite markiert. Er hat gesagt, du sollst die Geschichte vom heiligen Elia lesen. Dich könne nämlich nur noch der heilige Elia retten.»

«Und wie soll der mich bitte retten? Wir haben ein Begnadigungsgesuch gestellt, und es ist abgelehnt worden. Es hat einen riesigen Aufstand gegeben. Außerdem hat sich so ein Journalist in einem Artikel lang und breit darüber ausgelassen, daß ich hingerichtet werden muß.»

Hanna zog eine Zeitung aus seiner Gesäßtasche und las vor: «Der Verbrecher Hanna as-Salman gehört an den Galgen. Das ganze Volk muß ihn hängen sehen. Er mordete erbarmungslos, zerstückelte die Leichen und steckte sie in Säcke. Zuerst schlief er mit den unschuldigen Hu-

9 Gebäck aus Grieß, gefüllt mit Walnüssen, Pistazien oder Datteln

ren, und anschließend stieß er sie in den Tod. Diese Hyäne muß sterben. Hanna as-Salman ist kein Mensch, er ist eine Hyäne...»

«Mit dem Rest des Artikels werde ich dich verschonen, weil er reine Wiederholung ist», sprach Hanna, faltete die Zeitung zusammen und steckte sie wieder in die Tasche. «Bekloppte Journaille, wiederholt immer nur den gleichen Satz. Die paar Worte, die sie kennt, schüttelt sie einmal ordentlich durch und schmeißt sie aufs Papier. Ich sei eine Hyäne, behauptet der. Was soll da der heilige Elia schon ausrichten?»

Norma legte das Buch auf den Tisch. «Morgen besuche ich dich wieder und bringe dir Knafe mit.»

«Norma!»

«Was?»

«Hast du Angst, herzukommen?»

Hanna lächelte, und seine beschädigten Zähne kamen zum Vorschein.

«Was ist mit deinen Zähnen?»

«Nichts, die Jungs haben mich nur zur Brust genommen und mich so lange ins Gesicht geschlagen, bis ich nur noch Salz essen konnte.»

Norma ging. Der Aufseher gab Hanna durch ein Zeichen zu verstehen, daß er sich zurück in die Zelle begeben solle. Hanna nahm das Buch und ging zurück.

Diese Szene sollte sich noch oft wiederholen. Doch seit ihrem zweiten Besuch hatte Norma keine Angst mehr vor Hanna. Sie habe ein wildes Tier gebändigt, berichtete sie.

«Er kam mir vor wie ein wildes Tier, das auf einmal zahm wird. Meine Güte, ist der gefügig geworden, wie ein Hund. Der Mensch wird zum Hund, wenn ihm nur noch die Fügsamkeit bleibt.»

«Wieso besuchst du ihn?»

«Ich habe Mitleid mit ihm. Mitleid ist etwas Großartiges», erklärte sie Ibrahim. «Mitleid ist wie Muttermilch. Ich würde ja so gern heiraten und Milch in der Brust haben.»

«Ich werde dich heiraten», versprach Ibrahim.

«Wann?»

«Bald, nach der Hinrichtung.»

«Wir können doch nicht einfach heiraten, während unser Nachbar hingerichtet wird.»

«Wir werden nach der Hinrichtung heiraten. Wir werden ein Fest geben, Bonbons und Ma'mul verteilen, Tante Sarah wird vor Freude trillern, alle Frauen werden trillern.»

«Das gleiche hat er mir auch erzählt.»

«Wer?»

«Na, er, Hanna. Er hat mir erzählt, daß alle zu seiner Hinrichtung kommen werden. Sie werden Bonbons werfen und vor Freude trillern. Aber warum er es getan hat, weiß ich nicht.»

«Hast du keine Angst vor ihm?»

«Nein, ich habe dir doch gesagt, daß er inzwischen gefügig ist wie ein Hund.»

Hanna kehrte nach jedem Besuch völlig verändert zurück und erfand Geschichten über Norma. Die Zelle begann zu wachsen, bis sie schließlich so groß war wie die Welt und Platz bot, um alle möglichen Personen herbeizurufen und sich mit ihnen auseinanderzusetzen. In diesem Raum wurden auch Streitereien ausgefochten, die zu Verbrechen hätten ausarten können.

Hanna blieb Abu Ahmads Stimme in Erinnerung.

«Besuch», brüllte Abu Ahmad, der Oberkalfaktor, wie ein Stier. Die Stimme stieg aus der Bauchhöhle empor, und kurz darauf folgte die Unruhe. Die drei Häftlinge vernahmen den Lärm der anderen Sträflinge, die in die große Besucherhalle eilten. Hanna blieb ruhig sitzen und rauchte, während Ahmad al-Itir und Munir Silwan ihn haßerfüllt anschauten.

«Und was ist mit euch?» erkundigte sich Hanna und blies den Rauch in die Luft.

«Laß uns bloß in Frieden», erwiderte Ahmad.

«Wo bleibt euer Besuch? Verflucht! Euch besucht ja wirklich niemand!»

«Der Boß hat uns Besuch verboten, und wir befolgen seine Befehle», sprach Ahmad.

«Und wieso sagst du nichts?» fragte Hanna mit Blick auf Munir.

«Ich? Wie Ahmad schon gesagt hat» stammelte Munir leise. «Keinen Besuch, hat der Boß angeordnet. Aber gleich wird Abu Ahmad deinen Namen aufrufen, und wir werden die Absätze deiner Allerliebsten hören, wie heißt sie eigentlich?»

«Norma heißt sie.»

«Es leben die Namen!» rief Munir. «Ist sie deine Freundin?»

«Meine Verlobte! Von wegen, Freundin! Das ist meine Verlobte, ich werde sie heiraten.»

«So ein Quatsch», widersprach Munir. «Du bist doch verheiratet, hast Kinder, hast selbst von deiner Frau gesprochen, hast uns erzählt, daß sie es geglaubt hat, daß alle es geglaubt haben, und nichts davon stimmt.»

«Natürlich stimmt es nicht», erwiderte Hanna.

«Du bist also verheiratet.»

«Nein.»

«Du bist also nicht verheiratet.»

«Was geht dich das an?»

«Du hast also nicht gemordet und auch keine Leichen zersägt!» stellte Munir fest.

«Es ist völlig egal, was ich früher einmal getan habe.

Auf das Jetzt kommt es an. Und jetzt könnte ich töten. Ich habe wirklich große Lust, jemanden zu töten. Und weißt du was, mein lieber Munir, du gefällst mir.»

«Und die Nutten, du hast Nutten umgebracht, stimmt's?» wollte Munir wissen.

«Ja, stimmt. Du hast immer recht.»

Hanna näherte sich Munir, weiße Schuppen rieselten von seinem Hemd. Angewidert schaute Munir ihn an und wich zurück, bis er an der Wand stand.

«Bleib mir ja vom Leib! Was willst du?» schrie Munir.

«Du weißt es, oder etwa nicht?» flüsterte Hanna.

«Ich warne dich.» Munir schaute zu Ahmad al-Itir. Ahmad saß lauthals lachend auf dem Bett. Hanna preßte die Hände rechts und links von Munir an die Wand, und Munirs Kopf lugte wie gefangen zwischen Hannas Armen hervor.

«Du Hurensohn!»

«Hör auf zu fluchen», schrie Munir.

«Knie dich nieder!»

«Was willst du?»

«Ich will ein Verbrechen begehen, also knie dich hin, ich will das Verbrechen nachspielen.»

Und Hanna spielte das Verbrechen nach.

Hanna wird Sami al-Khoury zu einem späteren Zeitpunkt begegnen, an dem dieser ihm die Schauspielerei untersagen wird. «Wir spielen hier kein Theater, junger Mann, wir arbeiten.» Hanna wird lächeln, seine beschädigten Schneidezähne werden hervorblinken, und er wird dem Boß erklären, daß er die Schauspielerei nicht gemocht hat, aber gezwungen worden war, die Verbrechen nachzuspielen. Er wird erzählen, wie man ihn in ein Zimmer im Rotlichtviertel gezerrt, ihm eine Holzplanke in Gestalt einer Frau gebracht und von ihm verlangt hatte, mit ihr zu schlafen.

«Hast du mit ihr geschlafen?» wird Sami fragen.

«Natürlich habe ich mit ihr geschlafen», wird Hanna erwidern.

Hanna war umringt gewesen von Ermittlern, Richtern, Soldaten und Fotografen. Auf dem Boden hatten eine Holzplanke, eine Säge und Säcke gelegen. Hanna hatte sich in die Mitte gestellt und die Verbrechen nachgespielt. Er war auf den Boden gesunken, hatte die Holzplanke umarmt, den Ermittler keuchen gehört und bereits selbst geglaubt, der Täter gewesen zu sein. Etwas wie ein großer, grüner Schatten war aus ihm gestiegen und hatte ihn an der Gurgel gepackt. Das Grün hatte ihn gesteuert, und Hanna hatte gehorcht. Er hatte den Schatten aufstehen sehen, war mit ihm aufgestanden und hatte sich mitten in das Grün gestellt, das sich im Raum ausgebreitet hatte. Er hatte sich auf die Ermittler gestürzt, dann hatte er die Säge ergriffen, und bald war die Planke in viele kleine Teile zersägt gewesen. Hanna hatte die Holzstücke in einen Sack gefüllt, den Sack auf den Rücken geschwungen und sich auf den Weg gemacht.

Hanna erzählte Munir und Ahmad nicht, daß das Verbrechen grün gewesen war. Er spielte ihnen den Hergang vor, stampfte fest mit den Füßen auf, blieb stehen, warf sich auf den Boden und ließ die beiden vor Entsetzen über die dargestellte Geschichte erzittern. Er bemerkte, daß sie sich fürchteten, und brach in Gelächter aus. Außer Atem legte er sich hin. Als er wieder erwachte, sah er, daß Munir und Ahmad auch ein Stück spielten, sah, daß sie grüne Schatten hatten.

Er wird Sami al-Khoury erklären, daß das neue Verbrechen nicht von ihm geplant gewesen war. Doch wird ihm der Boß nicht glauben und ihn von Anfang an als mutmaßlichen Mörder behandeln.

Hanna spielte bis zum Ende, dann begannen Munirs und Ahmads Rollen.

«Der Unterschied war, daß ich es wußte», sagte Hanna zu Norma. Er habe gewußt, daß es Theater war, berichtete er. Als Munir und Ahmad jedoch in ihre Rolle schlüpften, geschah das Verbrechen.

Hanna spielte sein Stück zu Ende, legte sich auf den Boden und schlief ein. Jetzt begann zwischen seinen Zellengenossen ein Streit, der mit dem Tod beider endete.

Hanna schrie Munir an, er solle sich niederknien. Er sah, daß der grüne Schatten sich auf der Wand ausbreitete, und wich zurück. Munir setzte sich erschöpft auf den Boden. Ahmad saß auf der Bettkante. Und Hanna drehte sich um sich selbst.

«Schaut her, schaut jetzt her. Ich bin jetzt Hanna. Hanna as-Salman, der Salzige, al-Barudi, der Hundesohn. Hundesohn, nannte er mich. Ich war aufgeblasen wie ein Ballon. Spiel das Verbrechen nach, befahl er mir. Also stampfte ich fest mit den Füßen auf und spielte es.»

(Hanna stampft fest auf und wirft sich auf den Bauch).

«Ich spielte es nach. Man gab mir eine Säge und eine Holzplanke. Umarm die Holzplanke, befahl er mir. Umarm sie, schlaf mit ihr. Und ich schlief mit der Holzplanke. Alles war schon vorbereitet, die Holzplanke in Gestalt einer Frau, die Säge und der Jutesack. Ich schlief mit der Holzplanke. Er trat mir in den Rücken. Umarm sie richtig, brüllte er. Ich umarmte sie. Du Stück Scheiße, schrie er mich an. Schläft man so etwa mit einer Frau? Geh richtig ran, laß sehen, daß du fickst. Aber ich spüre nichts, mein

Herr, sagte ich. Er trat mich immer weiter, während ich die Planke beschlief. Nicht ich keuchte, sondern er. Stopp, brüllte er. Ich drehte mich um und sah, daß der Offizier im Gesicht knallrot war wie eine Tomate. Er wischte sich den Schweiß mit dem Ärmel weg, und sein Sabber lief. Er war wohl richtig aufgegeilt. Ich hatte Angst, daß er mich fickt, also drehte ich mich auf den Rücken.

– Was machst du da, du Zuhälter?

– Ich ruhe mich aus.

Ich bat ihn um eine Zigarette.

– Eine Zigarette, wozu brauchst du eine Zigarette?

– Nach dieser Aktion muß ich eine rauchen.

– Hast du geraucht, bevor du sie umgebracht hast?

– Selbstverständlich habe ich das getan. Ich habe mich auf den Rücken gelegt, ein Bein über das andere geschlagen und geraucht, und sie hat gesungen.

– Wer?

– Antoinette.

Ich sagte Antoinette, weil dieser Name mir als erster in den Sinn kam und weil meine Tante, Gott hab sie selig, auch so hieß. Ich sagte Antoinette und spuckte auf den Boden.

– Und dann?

– Und dann habe ich sie zu mir gerufen, und sie ist gekommen. Ich habe gefragt, ob sie mich heiraten würde, da hat sie den Kopf gesenkt, und Tränen sind ihr in die Augen gestiegen. Ich habe sie umarmt und so getan, als wollte ich sie küssen, dann habe ich zugedrückt. Die Ärmste hat gezappelt wie ein Huhn. Mit den Beinen hat sie gestrampelt, und der Oberkörper war steif, den konnte sie nicht bewegen.

– Und dann?

– Dann hat sie mich gekratzt, meine Hände waren immer noch an ihrer Gurgel.

– Und dann?

– Ist sie gestorben.

Kaum hatte ich ausgesprochen, daß sie gestorben ist, setzte sich der Offizier auf einen Stuhl und entspannte sich, als sei ihm einer abgegangen. Er zündete sich eine Zigarette an, nahm einen tiefen Zug und behielt den Rauch lange in der Lunge. Vielleicht bin ich eingeschlafen, ich weiß es nicht. Aber plötzlich trat mir jemand mit dem Fuß auf meinen aufgeblasenen Bauch, und mir stieg etwas Grünes aus dem Mund. Schafft ihn fort, wir machen nachher weiter, befahl der Offizier den Soldaten. Aber ich wollte nicht nachher weitermachen, ich wollte das Verbrechen hinter mich bringen und meine Ruhe haben. Ohne mich, sagte ich und sprang auf. Ich weiß nicht, woher ich die Kraft nahm. Ich sprang auf, nahm mir die Säge und stürzte los. Die drei Soldaten, die dabei waren, ergriffen die Flucht, der Fotograf ließ seine Kamera fallen, und der Untersuchungsrichter drückte sich an die Wand. Ich nahm die Säge und zersägte die Holzplanke, so daß die Stücke nur so flogen. Ich türmte sie aufeinander und füllte sie in den Jutesack. Dann schwang ich den Sack auf den Rücken und lief los.»

Hanna schreitet durch das Zimmer und versetzt Ahmad al-Itir und Munir Silwan in Staunen, weil er den Eindruck erweckt, tatsächlich einen Sack auf dem Rücken zu tragen, und weil er täuschend echt vor Anstrengung und Schmerzen stöhnt. Hanna richtet sich auf, wirft den Sack vom Rücken und schreit: «Ich habe Schmerzen, Schauspielerei tut weh.»

«Welche Schauspielerei denn?» fragt Munir und schaut Hanna mit ängstlichen Augen an, als würde er ihn zum ersten Mal sehen. «Du bist doch der Verbrecher! Komisch, der Mörder hat Schmerzen, und das Opfer ist still.»

Hanna setzt sich an die Wand und schließt die Augen.

Ahmad: Ich habe Angst.

Munir: Wovor?

Ahmad: Vor Hanna. Er ist ein richtiger Verbrecher, Mann. Der wird uns eines Tages noch umbringen.

Aus Hannas Richtung ertönt ein Schluchzen. Hanna weint wie ein Kind, bedeckt das Gesicht mit den Händen und weint.

Munir: Der ist ja wie ein kleines Kind. Er hat bestimmt Gewissensbisse.

Hanna: Gewissen, was heißt das schon! Meinst du, sie wäre gestorben, wenn sie ein Gewissen gehabt hätte?

Hanna steht auf und geht in die Mitte des Raums, als wollte er wieder etwas vorspielen. Ahmad und Munir stehen verängstigt am Rand.

Hanna: Sie hatte kein Gewissen. Ich brauchte sie nur anzugucken, dann hat sie schon verstanden und sich hingegeben. Als sie den Tod in meinen Augen gesehen hat, ist sie zusammengeklappt. Der Tod ist mir von der Stelle unter den Augen hochgestiegen. Ich habe gespürt, wie er aufgestiegen ist, und sie hat sich ergeben, als wollte sie zu mir sagen: Komm, töte mich. Ich habe sie gepackt, aber sie hat sich nicht gerührt. Wie eine gepflückte Rose hat sie gewirkt. Als sie ihren Geist aufgegeben hat, hat sie gestrampelt. Das Strampeln gehört dazu, wenn der Geist den Körper verläßt. Das war vielleicht schlimm. Ich erzähle es euch. Nein, ich will es nicht erzählen.

Hanna streckt sich auf dem Boden aus, legt den linken Arm wie ein Kissen unter den Kopf und schläft ein.

Munir: Ist er wirklich ein Mörder, oder macht er uns etwas vor?

Ahmad: Ich weiß es nicht. Ich glaube, er ist ein Mörder und hat die ganze Zeit den Unschuldigen und armen

Unterdrückten gespielt. Und jetzt kommt die Wahrheit ans Licht. Ich kann mit ihm keinen Moment länger zusammenleben. Ich werde morgen Abu Ahmad bitten, mich wieder in die große Zelle zu verlegen. Dort ist es friedlicher.

Munir: Schwachkopf.

Ahmad: Wer?

Munir: Ich sagte, du bist ein Schwachkopf. Er wird bald hingerichtet, und dann gehört die Zelle uns. Immerhin haben wir noch fünf Jahre abzusitzen.

Ahmad: Und die Begnadigung?

Munir: Welche Begnadigung? Du bist noch neu im Geschäft. Begnadigung bedeutet, daß das Strafmaß von fünf auf drei Jahre gesenkt wird.

Ahmad: Aber der Boß hat mir eine Begnadigung versprochen.

Munir: Wenn es eine Begnadigung gäbe, hätte er sich selbst begnadigt. Der Gute hat doch nach der Sache mit dem Flugzeug selbst drei Jahre in Ägypten gesessen.

Ahmad: Und Norma?

Munir: Er hat sie mir versprochen.

Ahmad: Hast du sie gesehen?

Munir: Nein.

Munir steht auf, geht durch die Zelle, ahmt durch Schnalzen das Klacken der Schuhabsätze nach, erreicht Norma und schließt sie in die Arme.

Munir: Norma gehört mir. Ich habe mit dem Gefängnisdirektor gesprochen, und er hat mir versprochen, daß wir die gleichen Erleichterungen bekommen wie Hanna. Und Hanna hat sie mir versprochen.

Ahmad: Mir hat er sie auch versprochen.

Munir: Er hat dich angelogen, ich habe ihr einen Brief geschrieben. Schreib ihr zuerst einen Brief, hat er gesagt. Sag ihr, daß du mein Freund bist. Dann lernt ihr euch kennen. Und bevor ich hingerichtet werde, gebe ich dir Sachen für sie. Wenn sie die später bei dir abholt, wird's schon klappen.

Ahmad: Und mir hat er das gleiche gesagt, hier ist der Brief.

Ahmad zieht einen Brief aus der Tasche, Munir zieht ebenfalls einen Brief aus der Tasche, und beide lesen vor.

Ahmad:

Liebe Norma,

mein treuer Freund Hanna, der Salzige, wird die Welt bald verlassen. Ich hoffe, daß Sie die Qualen werden erdulden können. Das Leben ist qualvoll. Mögen Sie Farid al-Atrasch? Farid al-Atrasch ist der größte Sänger...

Munir:

Fräulein Norma,

ich möchte sie hiermit über Hannas Befinden informieren. Es wäre dringend geraten, daß wir uns einmal treffen und gemeinsam über Hannas psychische Krise beraten. Seine Magenschmerzen haben meiner Ansicht nach psychische Ursachen, und er braucht einen Arzt...

(Die beiden Texte werden gleichzeitig gesprochen und sind nicht zu verstehen.)

Diese Szene wiederholte sich nicht mehr, weil Hanna das Verbrechen kein zweites Mal aufführte. Sein Aufenthalt im Gefängnis und in der kleinen Zelle mit al-Itir und Silwan sollte noch dreißig Tage währen. Hanna nahm den beiden die Briefe ab und zerriß sie lachend. Norma erzählte er nichts über seine beiden Freunde. Er war besessen von der Geschichte mit dem Weißkohl. Durch den Weißkohl gelangte er zu der Erkenntnis, daß er sein bisheriges Leben nutzlos vergeudet hatte. Er kratzte sich unentwegt am Körper, der ihm fremd geworden war. Er hatte das Gefühl, sein Körper gehöre einem anderen Mann. Ihm war, als trenne sich seine Seele vom Leib, in dem sie wohnte. Und er begann an die Seele und an Gott zu glauben. Seitdem maß er den quälenden Schmerzen, die er verspürte, keine Bedeutung mehr bei. Er überließ sie seinem Körper und begann nach der Umarmung der Seele zu streben. Er schaute sich seine mit Wunden und weißen Schuppen übersäte Haut an, als betrachte er einen anderen Menschen. Und dann blickte er in das Buch, das ihm Pater Sergius geschickt hatte, und las die Geschichte des heiligen Elia.

Jeden Morgen, wenn er in der Bibel las, schraken seine beiden Zellengenossen aus dem Schlaf. Hanna wachte um vier Uhr morgens auf, zündete die Kerze neben seinem Eisenbett an und begann zu lesen. Er trank Wasser und las. Seit der Salzmahlzeit mußte, ganz gleich, wo er sich aufhielt, eine Flasche Wasser in seiner Reichweite stehen. Hanna setzte sich im Bett auf, trank einen Schluck Wasser und las folgende Passage aus dem zweiten Buch der Könige:

> «Als aber der HERR Elia im Wetter gen Himmel holen wollte, gingen Elia und Elisa von Gilgal weg. Und Elia sprach zu Elisa: Bleibe du hier, denn der HERR hat mich nach Bethel gesandt. Elisa aber sprach: So wahr der HERR lebt und du lebst: ich verlasse dich nicht. Und als sie hinab nach Bethel kamen, gingen die Prophetenjünger, die in Bethel waren, heraus zu Elisa und sprachen zu ihm: Weißt du auch, daß der HERR heute deinen Herrn von dir hinwegnehmen wird? Er aber sprach: Auch ich weiß es wohl; schweigt nur still. Und Elia sprach zu ihm: Elisa, bleib du hier,

denn der HERR hat mich nach Jericho gesandt. Er aber sprach: So wahr der HERR lebt und du lebst: ich verlasse dich nicht. Und als sie nach Jericho kamen, traten die Prophetenjünger, die in Jericho waren, zu Elisa und sprachen zu ihm: Weißt du auch, daß der HERR heute deinen Herrn von dir hinwegnehmen wird? Er aber sprach: Auch ich weiß es wohl; schweigt nur still. Und Elia sprach zu ihm: Bleib du hier, denn der HERR hat mich an den Jordan gesandt. Er aber sprach: So wahr der HERR lebt und du lebst: ich verlasse dich nicht. Und es gingen die beiden miteinander. Und fünfzig von den Prophetenjüngern gingen hin und standen von ferne; aber die beiden standen am Jordan. Da nahm Elia seinen Mantel und wickelte ihn zusammen und schlug ins Wasser; das teilte sich nach beiden Seiten, so daß die beiden auf trockenem Boden hinübergingen. Und als sie hinüberkamen, sprach Elia zu Elisa: Bitte, was ich dir tun soll, ehe ich von dir genommen werde. Elisa sprach: Daß mir zwei Anteile von deinem Geiste zufallen. Er sprach: Du hast Schweres erbeten. Doch wenn du mich sehen wirst, wie ich von dir genommen werde, so wird's geschehen; wenn nicht, so wird's nicht sein. Und als sie miteinander gingen und redeten, siehe, da kam ein feuriger Wagen mit feurigen Rossen, die schieden die beiden voneinander. Und Elia fuhr im Wetter gen Himmel. Elisa aber sah es und schrie: Mein Vater, mein Vater, du Wagen Israels und sein Gespann!»

Die beiden Männer erwachten von Hannas Stimme, die sich ihnen in die Ohren bohrte, stellten sich aber schlafend. Das Bild vom Propheten Elia mit dem feurigen Wagen erfüllte den Raum. Es war Winter. Der kalte Wind pfiff durch das hohe Fenster und kroch Ahmad und

Munir in die Knochen. Die beiden waren in die Decken gehüllt. Derweil saß Hanna mit nacktem Oberkörper im Bett. Seine stark behaarte Brust war übersät mit weißen Flecken. Er hielt das Buch mit beiden Händen, um es nicht fallen zu lassen, und las mit lauter Stimme. Seine beiden Zellengenossen lauschten und sahen geheimnisvolle Bilder von einem Wagen mit feurigem Gespann.

Die Geschichte begann so.

In Ibrahim Nasars Leben kehrte Ruhe ein, als Hanna as-Salman zum Tode verurteilt wurde. Er war sich nicht im klaren, ob er wirklich die Absicht hatte, Norma zu heiraten, oder ob er, wie üblich, sich selbst und ihr etwas vormachte. Plötzlich verschwand jenes unbändige Verlangen, das ihn aus lauter Eifersucht und Befürchtung, Norma könnte ein Verhältnis mit Hanna haben, immer wieder gepackt hatte. Mit dem Schwinden der Eifersucht kam ein Gefühl der Sicherheit auf, die Liebe erstarb. Ibrahim hatte das Wort Liebe vor jenem Tag nicht ein einziges Mal benutzt, war er doch der festen Überzeugung, Norma nicht zu lieben. Die Eifersucht brachte ihn jedoch um und ließ ihn erzittern angesichts ihrer feuchten Augen, ihrer Stimme und ihrer Schultern, die sich vorbeugten, wenn sie ihn an sich drückte. Von all dem blieb nur noch der wöchentliche Beischlaf übrig, als Hanna nach dem Todesurteil von der Bildfläche verschwand. Norma war diejenige, die diesen Brauch einführte und sich weigerte, öfter mit ihm zu schlafen. Sie habe nämlich, erklärte sie, in einem medizinischen Buch gelesen, daß der Liebesakt zum Schutz der weiblichen Haut nicht häufiger als einmal pro Woche vollzogen werden sollte. Und so wurde die Angelegenheit für Ibrahim zu einer Art konditioniertem Reflex. Freitagmittags von der Arbeit heimgekehrt, nahm er ein heißes Bad, aß etwas und hielt einen Mittagsschlaf. Um siebzehn Uhr dreißig stand er auf und wartete. Sobald er das Haus um ungefähr vierzehn Uhr betrat, verspürte er das Beben im Unterleib. Beim Baden wandelte sich das Warten allmählich zum Genuß, und das leichte Kribbeln im Rücken setzte ein. Nach dem Schlaf stand sein ganzer Körper unter Spannung. Und wenn Norma gegen neunzehn Uhr erschien, war Ibrahim gereift, er brauchte nur noch sie. Dann, in nur wenigen Minuten, nahm er sie und rollte sich auf den Rücken. Er begehrte sie nicht so stürmisch, wie sie behauptete. Er hatte es nur eilig, wohingegen sie sich mehr Zeit ausbat. Gemächlich entledigte sie sich ihrer Kleider, hielt inne und forderte ihn aus Furcht vor seiner Tante auf, sich zu vergewissern, daß die Tür verschlossen war. Er schaute nach, kam zurück. Sie beanstandete dann die offenen Vorhänge, auf die sie sich zubewegte, und zog sie Stückchen für Stückchen zu. Anschließend bat sie ihn, den Morgenmantel anzulegen und ihr eine Flasche Cola zu bringen. Ibrahim zog den Morgenmantel über, verließ das Zimmer und kehrte mit einer Flasche Cola aus dem Kühlschrank zurück. Norma trank gern Cola, bevor sie ins Bett stieg. Und Ibrahim erfüllte ihr die Wünsche, er murrte zwar und drängte zur Eile, aber er führte ihre Befehle wie hypnotisiert aus. Ihm schien, als wollten ihre Augen seine Lust bändigen. Doch das Verlangen in ihm behielt die Oberhand, geriet zwar leicht ins Wanken, kam fast zu Fall, doch er fing es wieder auf und gewann es zurück. Zu guter Letzt bettete sich Norma zu ihm und trug ihn mit ihrem Stöhnen in eine andere Welt. Mit geschlossenen Augen gab er sich ihr hin, danach rollte er sich auf den Rücken, zündete sich eine Zigarette an und sang. Stand sie dann eilig auf und zog sich an, bat er sie zu bleiben, einen kurzen Moment zögerte sie, bevor sie einwilligte, den Akt zu wiederholen.

Eines Tages verging ihm die Lust, und er glaubte, nie mehr mit Norma schlafen zu können. Sie befanden sich in seinem Zimmer. Norma zog sich aus, während er in seinem blauen Pyjama wartend auf der Bettkante saß. Es folgte wieder die rituelle Bändigung seines Verlangens. Mit halb geschlossenen Augen betrachtete er Norma, die sich fast nackt vor ihm aufbaute und ihren Traum erzählte. Von ihrem toten Bruder Anton habe sie geträumt, berichtete sie. «Ich war allein im Haus, als Anton kam. Er war ganz gelb. Und als ich mich ihm näherte, fiel sein Fleisch wie ein Gewand von ihm ab, und er verwandelte sich in ein Skelett.» Das Knochengerüst habe sich mit offenen Armen auf sie zubewegt und habe sie umschlingen wollen, während sie zurückgewichen sei. Sie sei davongerannt, und das Skelett hinter ihr her. Das Wohnzimmer habe sich in einen kleinen blauen Raum verwandelt. Norma habe sich an die Wand gepreßt und Antons Skelett habe sich ihr genähert, sie bei der Gurgel gepackt und zu Boden geschleudert. Sie habe gestrampelt. Sie habe gestrampelt und geschrien, erzählte sie. Die Knochenhand habe nach ihrem Rock gegriffen und ihn zerrissen. «Er vergewaltigte mich. Er vergewaltigte mich», berichtete sie weinend. «Ich öffnete die Augen und sah Hanna as-Salman. Das Skelett hatte sich in Hanna as-Salman verwandelt. Gelb und aufgeblasen, er keuchte und stank aus dem Mund.»

Norma setzte sich neben ihren Freund auf die Bettkante und wischte sich mit dem Laken den Schweiß vom Gesicht. Ibrahim zog sich zurück, rollte auf den Rücken und spürte einen Brechreiz in sich aufsteigen. An jenem Abend weinte Norma viel, später legte sie sich zu ihm. Sie zog den Rock aus und drängte sich dicht an ihn. Doch er wollte nur schlafen, während sie vor Lust schluchzte. Ibrahim versuchte es. Norma drückte ihn an sich und küßte ihm den Hals. Er versuchte es. Ihm war, als sei sein Rücken entzweigebrochen. Er fühlte das alte Verlangen in den Augen, doch seine untere Hälfte war bewegungsunfähig, gelähmt. An jenem Tag schämte sich

Ibrahim, vor sich selbst und vor Norma. Sie versuchte, ihm zu helfen, aber ohne Erfolg. So fing sie an zu lachen. Ibrahim lachte zuerst nicht mit, er hatte das Gefühl zu ersticken und hätte die Frau umbringen können, doch dann mußte auch er lachen. Er stand auf und erklärte, während er sich anzog, daß er sie liebe und jenes nichts mit Liebe zu tun hätte. Selbstverständlich nicht, bestätigte sie und kleidete sich auch an.

Dieser Vorfall dämpfte die wöchentliche Lustbarkeit, ohne sie aber völlig zum Erliegen zu bringen. Vor dem folgenden Freitag fürchtete sich Ibrahim. Angsterfüllt erwartete er Norma. Als sie endlich kam, war ihm ein wenig übel, und er verspürte kaum Verlangen. Trotz mangelnder Lust schlief er mit ihr und begriff, daß alles einerlei war. Die Angst wich von ihm, er spürte seinen Höhepunkt nahen und hörte Normas Stöhnen im Kissen.

Die Beziehung, die einzig von Gewohnheit, Wiederholung und Angst angetrieben wurde, kehrte zu ihrem üblichen Rhythmus zurück. Die Routine durchbrach Ibrahim an anderer Stelle, nämlich auf der Pferderennbahn. Dort verwandelte sich die Welt in geballte Spannung, und dort fand Ibrahim sich selbst. Er liebte die Pferde, liebte die kleinwüchsigen, leichtgewichtigen Jockeys, wie sie die Rosse herumführten, galoppierten, sprangen und von den Kehlen der Wettenden zum Sieg getrieben wurden.

Eines Tages beschloß Ibrahim, ein Rennpferd zu kaufen und sich einen Stall anzuschaffen. An dem Tag bekam Tante Sarah einen Tobsuchtsanfall, sie schrie und zerschlug Teller im Haus. Ibrahim bemühte sich, ihr zu erklären, daß Pferde besser seien als Gold und daß Henry Bey Far'on es mit ihnen zu großem Reichtum gebracht hätte. Die Frau aber schrie weiter. Er beteuerte, daß er nichts von ihr verlange und sie nicht um ihr Vermögen bitte, seine eigenen Goldmünzen dafür aufwenden und ihr ihren Anteil aushändigen würde. Ibrahim ließ jedoch von jener Idee ab, die ihm wie Fieber zu Kopf gestiegen und wieder verschwunden war. Wenn er an Pferde denke, bekomme er einen heißen Kopf, erzählte er damals Norma. Kaum sah er die schönen, schlanken Beine der Pferde vor sich, nahm er sich vor, die Fliesen im Zimmer seines verstorbenen Vaters aufzuschlagen und die Goldmünzen herauszuholen. Doch im letzten Moment bekam er Angst und ließ es sein.

Ibrahim ging jeden Samstag und jeden Sonntag auf die Pferderennbahn und verwettete fünfhundert Lira, was Anfang der Fünziger Jahre ein Vermögen darstellte. Er gewann nie. Doch, einmal, als er auf Faruk setzte, einen Vollblutaraber, der Radji al-Baschawati gehörte, gewann er fünftausend Lira. Welches Pferd siegen würde, erschien ihm in seinen Träumen. Emil az-Zaghbi, der Inhaber des Paroli-Wettbüros, machte sich über ihn und seine Träume lustig und riet ihm, auf die Pferde zu setzen, die auf der Siegerliste standen. Ibrahim aber folgte seinen Träumen, ohne sich von Herrn Emil belehren zu lassen.

Als die Pferderennen 1958 wegen des sechsmonatigen Bürgerkriegs eingestellt wurden, verfiel Ibrahim in tiefe Trauer. Er glaubte, daß Charles Bey Abdu, einer der Männer mit den größten Gestüten und den meisten Rennpferden, die Menschen vorsätzlich betrogen und sich ihres Vermögens bemächtigt hatte, weil er wußte, daß es einen Krieg geben würde.

Die Geschichte ist die von Emil az-Zaghbi, der nach jenem Ereignis an einem Herzschlag starb. Doch vor seinem Tod hätte er beinahe Charles Bey getötet. Damals tappte Emil wie viele andere in die Falle, indem er auf Djabal al-Hawa setzte. Als Kreuzung zwischen arabischem und englischem Vollblut, so hieß es, vereinige dieses Pferd die Behendigkeit jener und die Kraft dieser Rasse in sich. Charles Bey hatte speziell für es einen Pferdeburschen aus Ägypten und einen französischen Jockey mit spärlichem blonden Haarwuchs namens François kommen lassen. Am Sonntag, dem 18. Mai 1958, spielte Djabal al-Hawas Fieber allen Wettenden einen Streich, die tausende von Liras auf es gesetzt hatten. Ibrahim hatte nicht von diesem Pferd geträumt, verkannte aber dieses eine Mal seine Vision und tippte auf es. Ganz Beirut wettete an dem Tag auf Djabal al-Hawa und den französischen Jockey François. Charles Bey Abdu saß in der vordersten Zuschauerreihe und schaute mit einem Lächeln durch das Fernglas. Menschenmassen drängten sich wie am Tag des Jüngsten Gerichts im Stadion und drum herum. Es ging ins zweite Rennen, Djabal al-Hawa raste los, und die Herzen der Zuschauer rasten mit. Plötzlich, behaupteten einige, habe François die Zügel angezogen. Andere meinten, er sei gestürzt. Das Tier geriet aus der Bahn, und der Jockey stürzte zu Boden, während die anderen Pferde das Rennen fortsetzten. Die Zuschauer warteten das Ergebnis erst gar nicht ab, stürmten von der Tribüne, um François, den die Massen umzingelten und an der Flucht hinderten, den Kopf abzureißen. Hätte die Polizei nicht eingegriffen und in die Luft geschossen, hieß es damals, wäre der Jockey zu Tode getrampelt worden. Die Polizisten feuerten Schüsse in die Luft, François kam wieder auf seine dünnen Beine und wollte weglaufen, fand sich aber von Männern umringt. Als er versuchte, den Kreis zu durchbrechen, sausten Schläge auf ihn nieder, und Blut schoß ihm aus Nase und Ohren. Von hier an unterschieden sich die Erzählungen. Einige behaupteten, François habe geschrien: «Ihr Hurensöhne, ich habe nichts damit zu tun, wendet euch an den Bey.»

Andere hielten entgegen, er habe nichts gesagt, ein paar Polizisten hätten in die Luft geschossen, und so habe François inmitten des Durcheinanders flüchten können. Am gleichen Tag erfuhren die Menschen, daß François nicht François war und daß Charles Abdu sie betrogen hatte. François war nämlich ein Kurde, der bei Charles Bey als Stallbursche arbeitete. Der Anstoß für die Idee, den Kurden in François umzubenennen, stammte von Mademoiselle Angel, der Tochter des Bey, und war spontan entstanden. Die junge Dame hatte den kurdischen Stallburschen wegen seiner blonden Haare für einen Franzosen gehalten und ihn auf Französisch angesprochen, aber keine Anwort erhalten. Sie erzählte die Episode ihrem Vater, der in Gelächter ausbrach und sie zur Idee ausbaute.

Der Betrug kam ans Licht. Charles Bey versuchte, durch den Hintereingang aus der Pferderennbahn zu entkommen, als plötzlich Emil, sein Paroli-Agent, vor ihm stand. Emil stürzte sich auf ihn, packte ihn bei den Hoden und zog. «Charles Bey, du Hurensohn», schrie er, «du hast mein Leben zerstört.» Fluchend zerrte Emil. Der Bey gab keinen Ton von sich. Er fiel in Ohnmacht. Emil wurde von der Polizei verhaftet. Bankrott starb er zwei Tage nach seiner Freilassung an einem Herzschlag.

Obwohl Ibrahim Nasar dort gewesen war, hatte er nichts mitbekommen. Die Zuschauer waren plötzlich losgerannt, also war er mitgerannt. Er hatte Schüsse gehört, und an alles Weitere konnte er sich nicht erinnern. Ibrahim glaubte, der Jockey sei mit Geld bestochen worden, und zweifelte an Emils Geschichte.

«So etwas kann er unmöglich getan haben», sagte er. «Charles Bey ist ein Held der Unabhängigkeit. Man kann doch unmöglich die Unabhängigkeit unten packen und daran ziehen.»

Ibrahim Nasar erinnerte sich, Charles Bey Abdu einmal auf einer Demonstration für die Unabhängigkeit gesehen zu haben. Der Bey war auf den Balkon hinausgetreten und hatte eine großartige Rede gehalten, hatte über die Einheit von Halbmond und Kreuz gesprochen, über den Libanon, der nur mit seinen beiden Flügeln, dem christlichen und dem muslimischen, fliegen kann, und über den Präsidenten, der in der Burg von Raschaijja gefangengehalten wurde. Ibrahim erinnerte sich, daß Charles Bey zu den Demonstranten auf den Balkon des Polizeigebäudes beim Marktviertel hinausgetreten war, eine Rede gehalten und dabei mit einem Papier in der Hand gewedelt hatte. Der Bey war von kleiner Statur, hatte weiße Haut, einen großen Wanst und auf der rechten Wange ein schwarzes Muttermal. Dieser Fleck, so hieß es, verdanke er den Gelüsten seiner Mutter nach Erdbeeren, während sie mit ihm schwanger war. Hanna war felsenfest davon überzeugt, daß das Mal die Ursache für Charles Beys berüchtigte sexuelle Abnormität war, die er seiner Ehefrau und seiner Tochter Angel, der Gattin des Bankierssohns Schami, zum Trotz auslebte. Charles Abdu hatte mit dem Papier winkend die Ansprache gehalten und war verschwunden. Die Demonstranten waren in Wallung geraten, senegalesische Soldaten unter dem Kommando französischer Offiziere hatten sich auf die Menschen gestürzt, Schüsse waren gefallen. Der Libanon hatte seine Unabhängigkeit erlangt. Und Charles Bey wurde zu einer führenden Persönlichkeit und war fortan Mitglied in sämtlichen Ministerien.

Im Zusammenhang mit dem Vorfall mit Djabal al-Hawa kassierte François, der Kurde, höchstwahrscheinlich eine beachtliche Summe für das Anziehen der Zügel beim Start. Auf diese Weise wurden das Pferd und die Wetträume zu Fall gebracht. Man bauschte das Durcheinander zusätzlich auf, weil zwei Wochen später der Bürgerkrieg ausbrach. Die Tore der Pferderennbahn wie auch die Wettbüros wurden geschlossen, und die Direktion gab die Aufnahme von Ermittlungen bekannt, um die Verantwortlichkeiten festzustellen. Doch als der Krieg ausbrach, fielen die Verantwortlichkeiten dem Vergessen anheim, und Charles Bey verschwand von der politischen Bühne. So geht es im Libanon eben zu: Kriege brechen aus und Verantwortlichkeiten verjähren. Anstatt daß Verbrecher belangt werden, macht der Krieg alle zu Verbrechern und zu Opfern.

«Wir sind geflohen. Mein Leben lang hörte ich meine Eltern von nichts anderem erzählen als von der Flucht. Krieg bedeutet, zu fliehen und zu heulen. Als mein Vater schließlich Bronchitis hatte, heulte er wie ein einsamer Wolf im Tal. Tante Sarah weinte. Dies sei ein Zeichen, daß mein Vater bald sterben würde, sagte sie. So war es auch bei seinem Vater gewesen. Als dieser in hohem Alter kurz vor seinem Tod stand, heulte er und starb. Vielleicht, weil sie damals auf der Flucht von Ain Kisrin nach Deir al-Qamar einen Wald durchquerten und sich nachts vor Wölfen und Schakalen fürchteten. Mein Großvater beschützte sie, wenn sie im Wald schliefen, indem er von Zeit zu Zeit wie ein Wolf heulte, um die wilden Tiere zu verjagen. So starb mein Großvater, und so starb auch mein Vater. Wenn ein ganzes Volk auf der Flucht ist und heult, wird der Mensch zum Tier. Auf diese Weise sind wir zu Tieren geworden.»

Norma hörte sich Ibrahims Rede über Tiere an und fürchtete sich vor Hanna. Anfangs hatte sie Angst, später gewöhnte sie sich daran. Doch wahre Beklemmungen bekam sie erst, nachdem sich der Mord ereignet hatte. Als sie ihn damals sah, glich er einem Verbrecher, und ihr wurde angst und bange. Er wirkte ruhig und gelassen, spielte mit einer Schachtel Zigaretten, die er vor sich auf den Tisch gelegt hatte, und sprach so leise, daß er kaum zu hören war. Auf ihre Frage hin erzählte er. Er sprach nicht über die beiden Briefe und seine Versprechen. Er habe geschlafen, als er ein Ächzen hörte, sagte er. Dann habe er gesehen, daß Munir sich über Ahmad beugte. «Ich habe ihn umgebracht», habe Munir geschrien, die Wärter seien herbeigeeilt, und Munir habe gezittert.

Sein Leben habe im Gefängnis begonnen, sagte Hanna.

Im Raml-Gefängnis sei ihm durch drei Geschichten, die Munir und Ahmad ihm erzählten, der Sinn des Lebens klargeworden, wobei die Geschichte vom Kohl ihn fasziniert habe.

Damals, so die Geschichte, hatte Sami al-Khoury das Gefühl, die Welt sei für ihn mit Brettern zugenagelt, die Polizeispitzel hätten seine Netze unterwandert, und er werde in die Enge getrieben. Also verkündete er seinen Komplizen den festen Entschluß, das Gewerbe aufzugeben und sich dem Gemüseanbau zu widmen. Keiner glaubte ihm. Doch er blieb dabei, daß er das Gewerbe aufgeben wolle. Er zog sich in sein Haus in Zahle zurück und verließ es nur noch, um das Kaffeehaus nebenan aufzusuchen, wo er Schach spielte und Wasserpfeife rauchte. Er beauftragte Munir und Ahmad, ein Stück Land in Damur zu pachten und darauf Kohl anzubauen.

«Ja, ja, unser lieber Meister!» sprach Munir. Baut Weißkohl an, befahl er uns. Zuerst dachten wir, er sei völlig übergeschnappt. Pachtet das Land und baut Weißkohl an, wiederholte er. Keiner machte den Mund auf. Wir waren neu im Geschäft, kannten niemanden von dem alten Netz. Aber Boß, erklärten wir, wir sind hier, um unsere Brötchen zu verdienen, Landwirtschaft ist nicht unsere Sparte. Pflanzt ihr nur, den Rest besorge ich, sprach er. Also bauten wir Weißkohl an. Du weißt doch, wie ein Kohlkopf aussieht. Aber wenn er frisch aus der Erde sprießt, ist er geöffnet.» Munir demonstrierte es Hanna mit geöffneter Hand. «Wir bewässerten die Pflanzen, betrachteten sie und kapierten nichts. Natürlich bauten wir das Zeug nicht selbst an, sondern beauftragten Bauern aus der Gegend. Wir führten die Aufsicht und kontrollierten, ob die Kohlköpfe geöffnet waren. Und dann, in einer mondlosen Nacht, tauchte der Boß auf. Er kam mit zehn Männern, die amerikanische Magnum-Revolver trugen, und mit zehn Autos, vollgepackt mit Haschisch. Nun, wir legten das Haschisch in den Kohl. Die ganze Nacht waren wir damit beschäftigt. Der Boß wollte unbedingt selbst mit Hand anlegen, denn ihm ging es nicht bloß um den Schmuggel, dies war sein Hobby. Wie ein Arzt, der seinem Patienten ein Medikament einflößt, verabreichte er dem Kohl das Haschisch. Dann fuhr er wieder ab, und die Männer blieben bei uns. Sie wachten, und wir bewässerten die Pflanzen. Nach zehn Tagen, die länger waren als hundert Jahre, schlossen sich die Pflanzen endlich, falteten sich für immer zusammen und verschluckten das Haschisch. Wir sahen die Kohlköpfe wachsen und bestaunten die göttliche Schöpfung. Später ernteten wir und exportierten sie, als Kohlfracht deklariert, mit einer Transportmaschine nach Ägypten. Nachdem das Flugzeug ohne Zwischenfälle gelandet und entladen war, rief der Boß Oberst Djamil at-Tajjara an, unterrichtete ihn von der Aktion und lachte. Seitdem war der Oberst einer von uns. Unglaublich. Einfach erstaunlich, wie der Kohl sich zusammenfaltet.»

Hanna lauschte der Geschichte und träumte fortan von dem Kohl und den Geheimnissen, die die Natur in sich birgt. Der Mensch gleicht dem Kohl, in seinem Innern kann alles Erdenkliche verborgen werden. Ahmad erzählte Hanna, daß der Boß stotterte und leise sprach und daß er Frauen mit seiner Fähigkeit, die Geheimnisse in ihrem Innern zu enthüllen, betörte. «Frauen sind durchschaubar. Entsprich ihren Erwartungen, und sie geben dir, was du willst.» Hanna hörte sich Samis Ausführungen über Frauen und Durchschaubarkeit an und versuchte, ihm klar zu machen, daß er sich nicht für Frauen, sondern ausschließlich für Geld interessiere. Sami hielt dies aber für einen Fehler, und Hanna erfuhr später selbst, daß der Boß recht hatte.

Als Hanna aus dem Gefängnis entlassen wurde, begab er sich ohne Umwege zu Sami al-Khoury. Er machte sich selbständig auf den Weg zu dem kleinen Bungalow am Acapulco-Badestrand im Viertel Gnah. Auf Hannas Klopfen hin öffnete Sami al-Khoury die Tür. Er war im Bungalow allein mit einer Blondine.

Der Schmugglerboß begrüßte ihn wie einen alten Bekannten.

«Gestatten Sie, daß ich mich vorstelle», bat Hanna.

«Aber, aber, Hanna, du bist doch allgemein bekannt. Dein Foto ist in allen Zeitungen abgedruckt. Außerdem habe ich dich schon erwartet. Ich bin ein Bewunderer von dir. Du bist ein ganz schön ausgekochter Bursche. Nach allem, was ich über dich las, dachte ich, du wärst viel älter. Wie alt bist du?»

«Ich bin achtundzwanzig Jahre alt, Herr Khoury.»

«Na, na, nicht so förmlich. Nenn mich nicht Herr. Ich bin hier ganz einfach der Boß, und du gehörst zu mir. Als ich hörte, wie du dich geschickt aus der Affäre gezogen hast, zwei Männer hast sterben lassen und selbst völlig unschuldig dagestanden hast, sagte ich mir: Das ist er.»

Wie kann man den Boß, Sami al-Khoury, beschreiben?

Er war ein kleiner, schmächtiger Mann, vierundzwanzig Jahre alt, hatte kleine schüchterne Augen, buschige

Augenbrauen und eine kleine Nase, sein Blick richtete sich stets leicht in die Höhe. Da er zögerlich sprach, stotterte und eine leise Stimme hatte, mußte man genau hinhören, um seine Worte zu verstehen. Er war ein praktisch veranlagter Mann, gab viel Geld aus, erzielte große Gewinne und liebte die Frauen. Er hatte immer ein Glas Whisky vor sich stehen. Zwar trank er selbst nicht, aber er hielt die anderen zum Trinken an und hörte ihnen genau zu, um ihre Schwachpunkte herauszufinden. Dreimal täglich wechselte er Hemd und Krawatte. Er aß wenig und schnell.

Sami bin Salim al-Khoury wurde 1920 in Zahle geboren. In den Drogenschmuggel war er im Alter von vierzehn Jahren eingestiegen. Die Geschichte mit dem Kohl zählte zu den vielen Anekdoten über seine erstaunlichen Fähigkeiten, den Fängen der Polizei zu entwischen. Sein durchschlagender Erfolg, der ihn zu einer Größe im internationalen Schmuggelgeschäft machte, war der Coup mit dem ägyptischen Flugzeug. An sich war es keine bedeutende Aktion, aber ihre Besonderheit lag darin, wie Sami einem ägyptischen Polizeioffizier fest in die Augen schaute und ihn anlog, ihn bis zum Schluß anlog. Dabei machte Sami die Entdeckung, daß Lügen das Gegenüber einschüchtern. Denn das Auge ist die Grenze zwischen Aufrichtigkeit und Macht. Er schaute dem Offizier in die Augen und behauptete, nichts mit der Sache zu tun zu haben. Derweil saßen seine Komplizen gesenkten Hauptes im Offiziersbüro, sie hatten alles gestanden. Der libanesische Pilot, Kapitän Akar, der die Maschine von Beirut zum Flughafen Qulai'at im Nordlibanon geflogen hatte, sprang auf, als Sami Khoury den Raum betrat.

«Du hast mich ruiniert! Ich wünsche dir deinen Untergang! Ich habe damit nichts zu tun, er köderte mich mit Geld, legte mich rein und manövrierte mich ins Verderben.»

Sami al-Khoury musterte Kapitän Akar von oben bis unten, als kenne er ihn nicht, und setzte sich in aller Gelassenheit hin.

«Was haben Sie zu sagen, Herr Khoury?» fragte der ägyptische Offizier.

«Wer ist das?» entgegnete Sami.

«Das ist ja'n Ding, Boß. Kennst du mich etwa nicht mehr?»

«Wer ist das, Herr Offizier? Und was will er von mir?» beharrte Sami.

Dann folgte die Augenschlacht, wie Sami al-Khoury zu sagen pflegte, und er gewann. An jenem Tag lernte er, wie man gewinnt. Als Hanna as-Salman, der Salzige, zu ihm ging, erkannte er sogleich die Überlegenheit der kleinen hüpfenden Augen Samis. Der Boß wußte, daß die Augenschlacht in den ersten Sekunden einer Begegnung ausgefochten wurde. Hanna ließ sich schnell einschüchtern und avancierte zum Verbindungsoffizier zwischen dem Boß und Oberst Djamil at-Tajjara. Auch als er den Boß hätte hintergehen können, der eine vernichtende Niederlage erlebte und nur noch amerikanische Zigaretten von Tanger nach Beirut schmuggelte, wollte er ihm nicht untreu werden. Er wollte es nicht aus Furcht vor Samis Augen, die er nicht betrügen konnte.

Sami schwieg. Der Offizier wußte, daß er log. «Aber er ließ sich bezwingen», sagte Hanna. «Er ließ sich einschüchtern und wußte nicht, was er sagen sollte. Wenn sich jemand nicht einschüchtern läßt, ist es hoffnungslos. Das Auge ist ein Spiegel, und Spiegel lügen. Wer sagt denn, daß Spiegel die Wirklichkeit wiedergeben? Spiegel zeigen, was sie wollen.»

Der Offizier ließ sich von Samis hüpfenden Augen einschüchtern, die ihm ins Gesicht schauten. Sami war ruhig und fest entschlossen, alles zu leugnen.

«Ich bin Tourist in Ihrem Land, Herr Offizier. Und diese Männer hier lügen. Sie sind meine politischen Gegner im Libanon und wollen mir etwas anhängen. Ich kenne keinen von ihnen.»

Sami al-Khoury war achtzehn Jahre alt, als er nach Kairo ging, sich in Heliopolis im gleichnamigen Hotel einmietete und sich an der Ambaba-Universität für Zivile Luftfahrt einschrieb. Dort kam seine Begabung zum Piloten ans Licht. Als er an der Universität die ägyptischen Kommilitonen Muhammad Munir und Abd al-Djalil Salam für seine Zwecke gewann, konnte der Coup beginnen. Sami charterte eine kleine Beechcraft und beauftragte Kapitän Akar, sie von Beirut nach Kairo zu fliegen, nahm unterwegs aber eine Kursänderung vor und ließ die Maschine auf dem Flughafen Qulai'at landen, der außer Betrieb war. Auf der verlassenen Landebahn beluden Samis Männer die Maschine mit fünfzig Kilo in Plastiksäcken verpacktem Haschisch. Der Pilot startete wieder und setzte die Route zum Kairoer Flughafen Almadha fort. Kurz vor dem Ziel überflog er in geringer Höhe die Wüste Balbas, in der die beiden ägyptischen Piloten Muhammad Munir und Abd al-Djalil Salam als verabredetes Zeichen weiße Flaggen aufgestellt hatten. Diese zeigten Kapitän Akar die Windrichtung und den Standort Samis ägyptischer Komplizen an. Der Pilot verringerte die Flughöhe noch mehr, ließ die Ladung über der Wüste abwerfen, zog die Maschine wieder hoch und landete schließlich auf dem Flughafen Almadha. Der Zufall wollte es, daß gerade zu der Zeit, als sich die Beechcraft im Tiefflug befand, ein Wagen der ägyptischen Nil-Wacht vorbeifuhr. Die Männer schöpften Verdacht und fanden die Säcke. So wurde die Aktion aufgedeckt, und alle wurden verhaftet.

Die Ermittlung leitete Generalmajor Abd al-Aziz Safwat persönlich. Er machte kein Geheimnis aus seiner Bewunderung für den Schmuggler, der jegliche Verbindung zu der Angelegenheit abstritt. Beim Prozeß verweigerte Sami ein Geständnis, obgleich alles offensichtlich war. «Das Schönste am Pokern ist der Moment, in dem man die Karten aufdeckt und deine Gegner ihren Augen nicht trauen, weil du nur geblufft hast.» Beim Prozeß bluffte Sami und verlor, behauptete aber, gewonnen zu haben. «Man sammelt eben Erfahrungen. Das Leben ist dazu da, Erfahrungen zu sammeln. Eine Schlappe einzustecken ist nicht schlimm, aber man muß ein Gewinner bleiben, dann gewinnt man, selbst wenn man verloren hat.»

Das Kairoer Strafgericht tagte siebenundzwanzig Mal, und zwanzig Rechtsanwälte hielten ihre Plädoyers. In der zehnten Sitzung ließ sich der Staatsanwalt vier Stunden über Sami und eine Dreiviertelstunde über die anderen Angeklagten aus. Alle Indizien, beteuerte er, deuteten darauf hin, daß der Libanese einer der gefährlichsten Drogenschmuggler sei.

Das Gericht verhängte folgende Strafen:
Sami bin Salim al-Khoury; fünf Jahre Gefängnis
Hafidh asch-Scha'ar; fünf Jahre Gefängnis
Pilot Muhammad Munir; drei Jahre Gefängnis
Pilot Abd al-Djalil Salam; drei Jahre Gefängnis
Kapitän Josef Akar; drei Jahre Gefängnis

Sami al-Khoury verbüßte nur drei Jahre Haft, da ihm wegen guter Führung Straferlaß gewährt wurde. Nach seiner Rückkehr in den Libanon, wo er am Beiruter Flughafen von fünfhundert Autos empfangen wurde, begann eine neue Phase des Schmuggels mit Hilfe von Flugzeugen. Keiner erfuhr jemals, ob Sami al-Khoury hinter diesen Aktionen steckte oder ob er lediglich geistiger Urheber der Methode war, die im Libanon Anwendung im großen Stil fand.

Sami entdeckte, so erklärte er seinem Anwalt Djamil Ghandur, «das Geheimnis des Lebens von oben». Herr Ghandur wurde nicht nur sein Anwalt, er wurde auch zu seinem Vertrauten, aber nicht etwa, weil Sami al-Khoury ihn mit Geld und Frauen überhäufte, sondern einen gewissen Zauber auf ihn ausübte. «Er war wie ein Magier», schrieb der Anwalt in einer libanesischen Zeitschrift nach Samis Verschwinden im Jahr 1963. «Sein Wesen verkörperte den Zauber guter Eigenschaften. Er war treu, galant und verrückt; aber er verlor sein Leben im Abenteuer. Da er nie wußte, wann das Spiel zu Ende sein würde, wurde er von ihm verschlungen.»

Als Hanna as-Salman, der Salzige, den Artikel las, verfluchte er den Anwalt. Seiner Ansicht nach wußte Sami genau, daß das Spiel zu Ende war. Deshalb ging er auch in die transjordanische Wüste, in der er verschwand. Er wußte, daß er in den Tod ging und daß die Geschichte ihr Ende erreicht hatte. Also beschloß er, sich den Schirhals, die drei Millionen Lira von ihm forderten, zu stellen, ohne einen einzigen Piaster davon zu besitzen. Das große Haschischgeschäft nach Israel war gescheitert, weil die israelischen Schmuggler für die gelieferte Ware unter dem Vorwand, sie sei beschlagnahmt worden, nicht gezahlt hatten. Hussain Schirhal bezweifelte dies und ging davon aus, daß Sami das übliche Schmugglerspiel spielte. Sami suchte ihn in seinem Damaszener Hotel auf, wohlwissend, daß es das Ende bedeutete.

«Der Anwalt ist ein Dummkopf», sagte Hanna zu Oberst Djamil at-Tajjara. «Das allerwichtigste an einem Helden ist die Art, wie er stirbt. Und Sami al-Khoury wußte, wie er zu sterben hatte.»

Der junge Mann aus Zahle sorgte zeit seines Lebens

bei allen für Verwirrung. Am Ende stiftete er mit seinem Verschwinden Verwirrung und wurde zu einer Legende. Aus dem Viertel Barbara in Zahle im Bekaatal, wo neben Weizen, Weintrauben und Pfirsichen Haschisch wächst und seinen angenehmen Duft über die weiten Felder verströmt, zog Sami in die transjordanische Wüste und ließ seine Männer im Ungewissen zurück, die bis zum Ausbruch des langjährigen Bürgerkriegs 1975 auf ihn warteten. Selbstverständlich arrangierten sich auch einige mit der neuen Situation und betätigten sich in anderen Netzen, was Hanna, der Salzige, aber ablehnte.

«Sami ist unersetzbar», sagte er zu Oberst Djamil at-Tajjara. «Ich warte auf den Boß. Vielleicht kommt er nicht mehr zurück, aber ich will trotzdem warten.»

An jenem Tag begriff der Oberst und ließ von Hanna ab. Es war schwierig, jemandem begreiflich zu machen, daß ein Schmuggler sein Gewerbe aufgibt. Doch Hanna gab es tatsächlich auf, kehrte heim und wartete. Er kehrte zu seinem Leben in Armut zurück und behielt von der Zeit, die er mit dem Boß verbracht und Aktionen organisiert hatte, nur die Erinnerung an den Weihrauch. Sami al-Khoury bezeichnete Haschisch als Weihrauch, ohne es aber zu rauchen. Fortan bezeichnete auch Hanna Haschisch als Weihrauch, und er schnupperte an ihm. Bis an sein Lebensende blieb er darauf versessen, bei Saisonbeginn ein halbes Kilo feinstes Haschisch zu besorgen. Er wickelte das Stück in Alufolie, legte es in die Schublade, in der sich seine Unterwäsche befand, und schnupperte zweimal täglich, jeweils nach dem Mittag- und nach dem Abendessen, daran, um sich auf diese Weise zu berauschen. Der Weihrauch versetzte ihn in seltsame Trance. Aber er rauchte ihn nicht. Der Boß hatte es auch so gehandhabt. Niemals hatte er Haschisch geraucht, aber daran geschnuppert und es bisweilen gekaut. «Ißt du es,

Boß?» hatte Hanna gefragt. Er koste es nur, um die Qualität festzustellen, hatte Sami erwidert. «Haschisch rauchen ist etwas für Kinder und Idioten. Wir rauchen das Zeug nicht, wir schnuppern daran und verkaufen es», hatte der Boß gesprochen.

Nach Samis Verschwinden hörte Hanna auf, es zu verkaufen, schnupperte aber nach wie vor daran.

Die Geschichte nahm ihren Anfang, als Hanna as-Salman, der Salzige, aus dem Raml-Gefängnis kam und sich zum Bungalow am Acapulco-Badestrand begab. Er klopfte an die Tür und trat ein. Sami al-Khoury hatte eine Blondine im Bikini bei sich sitzen. Er selbst war vollständig bekleidet, vor ihm stand ein Glas Whisky und ein Teller mit Apfelstückchen.

Hanna trat ein und erklärte, er sei in Sachen Kohl gekommen.

«Setz dich», lud Sami ihn ein. «Ich kenne dich schon lange. Sei herzlich willkommen. Bei mir gibt's aber keine Verbrechen, hier wird geschmuggelt, nicht gemordet.»

«Aber, Herr Khoury», widersprach Hanna.

«Mord ist verboten.»

«Ich habe niemanden umgebracht, Herr Khoury. Ich bin vom Gericht freigesprochen worden.»

Sami warf ihm einen prüfenden Blick zu. «Erstens», sprach er langsam und mit leiser Stimme, «nenn mich nicht Herr Khoury, sondern einfach nur Boß. Zweitens bist du nicht unschuldig. Die Morde hat zwar Viktor Awwad begangen, aber du hast ein noch viel größeres Verbrechen auf dem Kerbholz, du hast zwei meiner Männer auf dem Gewissen, weil du sie auf der ganzen Linie reingelegt hast. Und drittens, wenn du Frauen willst, hier sind, so viele du willst, aber Mord ist verboten. Die Blondine, gefällt sie dir?»

«Die Sache ist aber anders gewesen, Boß.»

«Antworte! Gefällt sie dir?»

«Ja, sie gefällt mir.»

«Nimm sie, nimm sie, sage ich dir. Aber glaub ja nicht,

daß mir etwas entgeht, ich weiß alles. Los, mein Freund, nimm das Weibsstück. Wir reden nachher weiter.»

«Aber ...»

«Was, aber? Hier gibt's kein Aber. Ich habe noch eine Kleinigkeit zu erledigen, in einer Stunde bin ich wieder hier. Mach es dir solange gemütlich, wir reden dann weiter.»

Als Sami eine Stunde später zurückkam, war die Blondine bereits gegangen. Hanna saß allein im Bungalow, vor ihm stand ein Glas Whisky, und sein Gesicht voller weißer Schuppen strahlte zufrieden. Sami sprach kein Wort. An jenem Tag begriff Hanna, der Boß brauchte nichts zu sagen. Worte waren überflüssig. Und schon ging es an die Arbeit. Zunächst im Rotlichtviertel und später als Verbindungsoffizier mit Oberst Djamil at-Tajjara.

«Er war es, der uns ruiniert hat, Boß. Ich werde ihn umbringen», tobte Hanna.

«Ich weiß, ich weiß, aber wir können nichts machen. Bei mir ist Mord tabu.»

Sami wußte, daß der Oberst, der dank der Zusammenarbeit mit ihm Millionär geworden war, ihn hinterging. Die Kooperation zwischen Schmugglern und Polizei konnte ja auch nicht ewig währen. Entscheidend war, wer den ersten Hieb austeilte. Und der gehörte immer Sami, doch diesmal steckte er eine Niederlage ein. Der Oberst wußte, wie er einen Treffer landen konnte. Der Opiumschmuggel in die Türkei via Syrien bedeutete Samis Ruin, da er sein gesamtes Vermögen in dieses Geschäft, den Coup seines Lebens, investiert hatte. Deshalb schlug die Aktion des Oberst ein wie ein Blitz. Samis Fahrzeugkolonne deckten sie an der syrisch-türkischen Grenze auf und verhafteten zehn seiner Männer, er selbst verlor sein gesamtes Vermögen und fand sich plötzlich in der Situation eines bankrotten, verfolgten und in die Enge getriebenen Mannes. Dies markierte den Beginn seines Niedergangs. Er sah sich gezwungen, amerikanische Zigaretten auf die primitivste Art zu schmuggeln, und endete nach der Blamage mit den israelischen Schmugglern schließlich in Transjordanien.

Alles war zu Ende.

Am fünfzehnten Mai 1963 bestieg Sami al-Khoury mit seinem Freund, dem Anwalt Munir Alawijja, den roten Buick und ließ sich von seinem Chauffeur Michel Mudawwar zuerst nach Amman und dann nach Damaskus fahren. Dort verbrachten die Männer vier Monate in einer Wohnung im Viertel Abu Rummane, die Sami anmietete. Von diesem Standort aus nahm der Boß Kontakte zu einigen führenden Schmugglern auf. Am vierzehnten September um neun Uhr morgens verließ Sami al-Khoury in Begleitung seines Chauffeurs die Wohnung, ohne jemals zurückzukehren. Drei Tage später leitete der Anwalt eine Suchaktion in die Wege, die mehrere Jahre andauerte. Munir Alawijja war überzeugt, daß Sami nicht ermordet oder entführt worden war, sondern aus freien Stücken verschwand. Hanna hingegen war überzeugt, daß die Geschichte aus und vorbei war.

Der Boß wählte sein Ende, und die Geschichte verlor sich ebenso wie das Geheimnis.

Worin bestand das Geheimnis der Freundschaft zwischen Ibrahim Nasar und Hanna as-Salman, dem Salzigen?

Die beiden Männer hatten keine Gemeinsamkeiten. Selbst Norma war unwichtig geworden, seit Hanna sie in den Jahren seiner Zusammenarbeit mit Sami endgültig verlassen hatte. Mit welcher Frau er statt dessen zusammengewesen war, erkannte seine Gattin am Parfüm, nach dem er duftete. Bei einer Aussprache nach seiner

Entlassung aus dem Gefängnis hatte er seiner Gattin verziehen, ihr aber gleichzeitig zu verstehen gegeben, daß ihre eheliche Beziehung zu Ende war. Samia protestierte nicht, zumal sie selbst auch keinen sexuellen Kontakt mehr wünschte, weil sie sich vor seinem chronischen Hautleiden fürchtete. Die Krankheit war zu einem festen Bestandteil seines Lebens geworden. Im Frühjahr blühten weiße Flecken auf seiner Haut, mit denen Schmerzen einhergingen, die bis Ende September andauerten. Auf die sechs Salzmonate folgten sechs Monate gesunder Haut. Hanna gewöhnte sich an diesen Zustand. Dem Hautausschlag, diagnostizierte der Arzt, lägen psychische Ursachen zugrunde. An sich rufe der Verzehr von Salz keine bestimmten Krankheiten hervor. Der entscheidende Faktor bestünde vielmehr in der Zeit, die er im Gefängnis auf die Vollstreckung des Todesurteils gewartet hatte. Diese Erfahrung habe sich in einem Zustand permanenter psychischer Gefangenschaft manifestiert. Hannas Frau begnügte sich, mit ihm zusammenzuleben, und stellte keine Ansprüche mehr an ihn. Ein ehrbares Dasein führen war alles, was sie wollte. Sie schämte sich ihrer selbst, weil sie ihren Ehemann in schweren Zeiten im Stich gelassen hatte, und gab sich mit den neuen Lebensumständen zufrieden. Sie registrierte die vielen verschiedenen Duftnoten, wagte aber nicht, Fragen zu stellen.

Ibrahim Nasar wußte Bescheid, spielte seinem Freund aber den Ahnungslosen vor. Freundschaft bedeutete, die Dinge unausgesprochen auf sich beruhen zu lassen. Darin bestand das Geheimnis ihrer Freundschaft. Selbst Norma blieb zwischen ihnen stets ein Geheimnis. Die beiden Männer sprachen lediglich ein einziges Mal über sie, und das nur beiläufig. Hanna wußte, daß Ibrahim seinetwegen Norma niemals heiraten würde. Es wäre undenkbar gewesen, daß Ibrahim ein Mädchen heiratet, das er mit seinem besten Freund geteilt hatte. Schuldgefühle kannte Hanna aber nicht. Er war der Überzeugung, daß jeder dem Schicksal folgt, das er sich selbst auswählt. Vom Boß lernte er, daß der Mensch von seinem Schatten gelenkt wird. «Der Schatten führt uns, wohin er will. Und wenn wir unseren Kurs korrigieren wollen, ist es zu spät, denn dann sind wir bereits die Geiseln unserer Schatten.» Ibrahim Nasar versuchte nicht, seinen Schatten zu korrigieren, er war verloren und ein Fremder. Im Haus lebte Tante Sarah ihren Wortschwall und ihren Wahnsinn aus. Die sogenannten Symptome der Wechseljahre führten bei ihr in einen Zustand von Wahnsinn, der zehn Jahre andauerte. Zehn Jahre zielloses Herumirren mit einer wahnsinnigen Tante vor Augen. Einmal bemächtigte sich seiner das Gefühl, sie beschlafen zu müssen, um sie von ihrem Jungfräulichkeitskomplex zu befreien, der sich zur Katastrophe auswuchs. Sprach sie jemand mit Madame an, erwiderte sie: «Nein, Mademoiselle», und der «Jemand» grinste, Ibrahim wäre am liebsten im Erdboden versunken. Sie färbte sich die Haare nicht mehr mit Henna, benutzte ein Shampoo mit aufhellender Wirkung und legte sich Locken. Sie glich dem Teufel. Ibrahim lebte mit diesem Teufel zusammen und faßte derweil den Entschluß auszuwandern. Sein Leben lang wollte er auswandern, tat es aber nicht.

Als Norma eine Anstellung fand, nachdem sie das Abitur bestanden hatte, unterstützte sie ihre Mutter bei der Finanzierung des Hausbaus.

«Das Haus wurde von unserem Geld erbaut», klagte Tante Sarah ihrem Neffen. Es war unglaublich, wie Nabiha allein von ihrer Arbeit als Dienstmädchen in Beirut und von dem wenigen Geld, das Norma aus ihrem Verdienst als Sekretärin bei dem assyrischen Großhändler

Sa'id Chawwam beisteuerte, ein Haus bauen konnte. Es hieß, Norma würde die Probemodelle, die Sa'id seinen Kunden unentgeltlich mitgab, stehlen und verkaufen. Sie würde die Mäntel für den halben Preis veräußern und von den Einnahmen Sand, Eisen und Kiesel kaufen. Und so wuchs das Haus auf dem kleinen länglichen, zum Bauen ungeeigneten Grundstück aus dem Nichts. Nabiha schuf ein Haus, das aus zwei Schlafzimmern, einem Wohnzimmer, einer Küche und einem Bad bestand. Dann kam Lehrer Hatim Abd al-Masih, um seine letzten Tage in dem neuen Haus mit seiner Tochter, der alten Jungfer, und seiner an Rheuma leidenden Frau zu verbringen.

«Es ist ein Mißverständnis», sprach Hanna zu Norma, die ihm ihr Leid über Ibrahim klagte.

«Aber was will er von mir?» fragte Norma.

«Ich weiß es nicht.»

«Erklär mir mal, wie ihr Männer funktioniert. Bei uns Frauen ist die Sache klar, entweder wir lieben jemanden, oder wir lieben ihn nicht. Und wie ist es bei euch?»

«Wieso, wen hast du denn jemals geliebt?»

«Ich liebte dich, aber du wolltest mich ja nicht. Und wenn ich bei Ibrahim war und die Augen schloß, sah ich dich. Später fing ich an, ihn zu lieben. Liebe beginnt mit dem Geruch. Ich fing an, seinen Geruch zu lieben. Als ich ihn aber liebte, spürte ich, daß es bei ihm vorbei war. Vorher konnte ich sehen, wie er sich die größte Mühe gab. Es war, als würde er mich in sich hineinschlürfen. Und plötzlich hörte er auf.»

Die Liebe sei ein Mißverständnis, erklärte ihr Hanna. «Du erwartest etwas bestimmtes, und er erwartet etwas anderes. Liebe ist Einbildung, und Einbildung ist ein Mißverständnis. Solange das Mißverständnis besteht, hält die Liebe an. Wenn aber Verständnis an seine Stelle tritt, ist alles zu Ende.»

Mit einem Mißverständnis begann auch jenes Verbrechen, das sich im Gefängnis ereignete. Alles verlief so, als wäre es geplant gewesen. Hanna konnte schwören, daß er nichts geplant hatte, daß die Sache ein reines Mißverständnis war.

Hanna wußte nicht, wie ihm geschah. In ihm erwachte plötzlich eine Gier nach allem, und er fühlte sich einsam. Zum erstenmal in seinem Leben spürte er, daß er existierte. Die Existenz ist ein Gefühl der Einsamkeit, ist das Gefühl, einsam zu sein. Und dieses Einsamsein ist dein Dasein. Bevor du das Gefühl verspürst, existierst du nicht, doch sobald es aufkommt, stürzt du in einen tiefen Abgrund, verlierst von einem Augenblick auf den anderen all dein Verlangen, und was folgt, ist die lange Schlaflosigkeit, die dich quält und innerlich zerfrißt. Die eigenen Augen werden zu deinem Feind. Augen, die sich nicht schließen lassen, geschlossene Augen, die dennoch nicht schlafen, und schlafende Augen, die dir das Gefühl geben, nicht zu schlafen. Hanna lebte im Gefängnis mit dieser Einsamkeit, bis er erwachte und sich in einer kleinen Zelle mit den beiden Häftlingen Ahmad al-Itir und Munir Silwan wiederfand. In dieser Zelle taten sich Abgründe in seinem Inneren auf, und die Einsamkeit verwandelte sich in Unersättlichkeit. Zügelloses Essen, zügelloses Lachen, zügelloses Betrinken, zügellose sexuelle Gier, und der Gedanke, daß er hingerichtet werden sollte, schockierte ihn nicht mehr. Er gelangte zu der Überzeugung, daß es nicht zur Hinrichtung kommen würde, weil Pater Sergius recht hatte und der heilige Elia ihn retten würde. Hanna fing an zu beten. Er konnte die Geschichte vom heiligen Elia in dem Buch, das ihm Norma mitgebracht hatte, nicht oft genug lesen. Das Beten bändigte seine Unersättlichkeit jedoch nicht. Er betete nicht, weil er bald sterben sollte, denn ein Todgeweihter betet nicht selbst, sondern für ihn wird gebetet. Ein Mensch, der betet, ist überzeugt, daß er leben wird. Beten ist eine Ausdrucksform, und der Tod ist das Ende jeden Ausdrucks. Das Beten bändigte Hannas Unersättlichkeit nicht, es weckte in ihm das Verlangen zu töten. Am meisten begeisterte ihn am heiligen Elia[10] das Massaker, das er mit dem Eselskinnbacken anrichtete, indem er dreihundert Baalpropheten tötete. Wenn Hanna die Geschichte von dem Blutbad las, sah er seine Hände, wie sie die beiden Männer, die am anderen Ende der Zelle schliefen, an der Gurgel packen.

Seitdem er das Gefühl von Einsamkeit hatte, behandelten sie Hanna anders. Vielleicht bereuten sie, daß sie ihm solche Qualen zugefügt hatten, und ließen nun in seinen letzten Tagen Milde gegen ihn walten. Hannas Qualen waren der Alptraum sämtlicher Gefängnisinsassen. Das Winseln und die Zuckungen jagten allen Angst ein. Aus seinem Dämmerzustand erwachte er als ein völlig anderer Mensch. Die Verbrechen umhüllten seinen Kopf wie ein Nimbus. Er sprach nicht. Er ächzte und schlief. Wie ein Lappen lag er Tag und Nacht herum, war bedeckt von weißen Flecken und stöhnte aus allen Körperteilen. Er nahm nur eine Mahlzeit am Tag zu sich. Um sechs Uhr abends aß er seine Ration, die ihm die anderen Häftlinge hingestellt hatten. Er stand auf, schleppte sich zur Toilette, hockte sich einsam in seine Ecke, aß, und sofort kamen die Schmerzen. Kaum hatte er das Essen beendet, fing er an zu winseln. Später wurde er in die neue Zelle verlegt.

Abu Ahmad trat an ihn heran und teilte es ihm mit.

10 Der Autor bezieht sich hier – anders als in der Bibel, wo von Simon die Rede ist – auf einen Volksmythos, der von Elia spricht.

Der Oberkalfaktor legte ihm die Hand auf den rechten Arm und verkündete ihm, die Gefängnisdirektion habe beschlossen, ihn in eine bessere Zelle umzuquartieren und ihm ein Besuchsrecht besonderer Art einzuräumen. Hanna starrte ihn mit seinen weißen Augen an, unverständliche Worte stammelnd. Hanna rechnete mit keinem Besuch. Auch wollte er nicht sein Quartier wechseln. Es war für ihn ohne Belang, denn er hatte den Tod vor Augen, wartete bereits auf ihn.

Er wolle nicht umziehen, sagte er zu Abu Ahmad. «Es lohnt sich eh nicht mehr.»

«Wieso denn nicht, Hanna? Man wird dich dort viel besser behandeln. Du wirst sehen.»

«Ich will aber nicht, hab' ich gesagt! Mir geht's gut hier.»

Abu Ahmad wich vor Angst zurück. Zum ersten Mal erlebten die Häftlinge einen verängstigten Abu Ahmad. Er wich zurück. Anstatt wie sonst zum Angriff überzugehen und den Sträfling zu verprügeln, verließ er die Zelle und kam mit vier Soldaten zurück, denen Hanna aber nur einen gleichgültigen Blick zuwarf. Als einer der Soldaten ihm mit dem Knüppel einen Stoß versetzte, machten sich alle auf einen Kampf gefaßt. Die Häftlinge glaubten, es käme zu einer Gewalttat mitten im Gefängnis, weil der große Verbrecher sich keine Erniedrigung gefallen lassen würde. Doch Hanna fiel nicht wie erwartet über den Soldaten her, sondern warf sich auf die Knie. Er beugte sich mit ausgestreckten Arme vor, begann, wie ein Tier auf allen vieren zu kriechen, sich um die eigene Achse zu drehen, und krabbelte schließlich hinaus. Er krabbelte zur Tür und hinaus aus der Zelle. Die übrigen Häftlinge brachen nicht in Gelächter aus, sondern fielen voller Entsetzen und Angst in Schweigen. Sogar Abu Ahmad, die Bestie des Gefängnisses, war den Tränen nahe.

«Was hat man ihm bloß angetan! Gott steh ihm bei!»

Der Soldat, der ihm mit dem Knüppel einen Stoß versetzt hatte, wich zurück, lehnte den Kopf an die Wand und hielt sich die Hände vor das Gesicht.

In der kleinen Zelle lebten sie zu dritt. Munir Silwan und Ahmad al-Itir schliefen auf der rechten Seite, während Hannas Eisenbett auf der linken Seite stand. Dort erwachte Hanna aus seinem lang andauernden Dämmerzustand, wurde wieder Mensch.

«Das ist der Frau zu verdanken», stellte Abu Ahmad fest.

Hanna und die Frau genossen eine Freiheit, die bisher noch keinem Insassen eines libanesischen Gefängnisses eingeräumt worden war. Norma kam dreimal wöchentlich zu Besuch, und der Takt ihrer hohen Absätze wurde in der Zelle schon erwartet. Eintönig und langweilig war das Leben im Gefängnis. So empfanden die Häftlinge die langen Tage, die sie dort verbrachten. In der Dreierzelle hatte das Leben jedoch ein anderes Gesicht. Die Eintönigkeit wurde von der Zukunft durchbrochen, nicht von den Erinnerungen. Selbstverständlich erzählten sich die Männer ihre Geschichten aus der Vergangenheit. Munir und Ahmad betrachteten Hanna als toten Mann und plauderten alles über ihr Geschäft aus. Und Hanna in seiner Eigenschaft als Toter hörte ihnen zu; offenbar haben Tote ein besseres Gedächtnis als Lebende. Hanna verwandelte sich in ein alles verschlingendes Gedächtnis und wappnete sich mit Bedacht auf jenen großen Augenblick, den Augenblick, an dem er mit dem Boß zusammentreffen würde. Er hatte keinen Zweifel, daß der wahrhaftige, heilige Elia ihn vor dem Strick retten würde. Nachts träumte er von Schlangen. Schlangen hätten nichts zu bedeuten, beruhigte ihn Munir. Er brauche sich nicht vor ihnen zu fürchten, denn sie symbolisierten nur den Strick, der sich ihm um den Hals legen würde.

«Statt mich zu beruhigen, jagst du mir Angst ein», wehrte sich Hanna.

«Wieso? Hast du etwa Angst vor dem Tod?» wollte Munir wissen.

«Nein, aber ich habe Angst vor dem Strick. Ich habe Angst, daß es weh tut.»

«Es soll nicht weh tun. Kaum, daß der Stuhl weggezogen wird, baumelst du, verlierst die Besinnung und merkst nichts mehr», erklärte Ahmad.

«Aber bevor du die Besinnung verlierst, sollst du richtig geil werden und einen Orgasmus bekommen», berichtete Munir.

«Auf diesen Genuß kann ich verzichten, mir reicht Norma.»

Sie brachen in Gelächter aus. Hanna begann, sich vor Schlangen und Träumen zu fürchten. Er schlief nur noch unruhig, stand dreimal nachts auf und wandelte durch die Zelle, während die beiden anderen aus Angst, die Nacht mit ihm zu wachen, schliefen.

Hanna erwachte um vier Uhr früh, las mit lauter Stimme und betete anschließend. Einmal forderte er Ahmad auf, ihn im islamischen Gebet zu unterweisen. «Ich weiß ja auch nicht, womöglich stellt sich irgendwann raus, daß ihr recht habt. Zeig mir, wie ihr betet», sagte er und lachte, als hätte er einen Witz erzählt. Fast wäre es zu Handgreiflichkeiten zwischen den beiden Männern gekommen, wäre Munir nicht dazwischengegangen und hätte die Geschichte vom Jaguar erzählt, wegen der er und Ahmad einsaßen.

Munir verdächtigte den Boß, die Sache arrangiert zu haben. Er glaubte, Sami habe sie ans Messer geliefert, um von einem großen Coup abzulenken, den er ohne seinen Komplizen, den Oberst, landen wollte. Die Jaguar-Kolonne fuhr vom Dahr al-Baidar talwärts, beladen mit sechzig Kilogramm Haschisch für den lokalen Absatz. An solchen kleinen Aktionen, die den Anfängern überlassen wurden, waren Munir oder Ahmad eigentlich nicht beteiligt. Doch bei dieser Operation hatte Sami al-Khoury ihnen die Leitung übertragen. Dreihundert Meter nach der Polizeistation Dahr al-Baidar wurden die drei Wagen von einer Patrouille angehalten. Die Drogenfahnder ließen die Kofferräume öffnen, ohne fündig zu werden. Erst als sie die Autos nach geheimen Verstecken durchsuchten, deckten sie die Aktion auf.

Der Boß ließ ihnen die Nachricht zukommen, alles werde zum richtigen Zeitpunkt geklärt, sie sollten ausharren und keinen Besuch empfangen. Es gab ohnehin niemanden, der sie besuchte. Munirs Mutter kam drei Mal zu ihrem Sohn ins Gefängnis und erschien danach nie wieder. Ahmads Vater hingegen gab in den Zeitungen bekannt, er sage sich von seinem Sohn los, da er der Familie Schande zugefügt habe. Beide Häftlinge hatten ein eintöniges Dasein in der Welt ihrer Erinnerungen gefristet, bevor Hanna auftauchte und ihr Leben von Grund auf änderte. Die Zwietracht liege im Wesen der Frau, sollte Abu Ahmad sagen, nachdem sich das Verbrechen ereignet hatte. «Sie sind voller List und Tücke», sollte er zitieren. Munir Silwan sollte vor dem Disziplinargericht, das seine Verlegung ins Halba-Gefängnis in Akkar anordnen würde, auf sämtliche Heiligen Schriften schwören, um sich des Bestechungsvorwurfs zu erwehren und um zu beteuern, daß er an der Bosheit der Frau keine Schuld trage. Er sollte außerdem folgende Worte des Imam Ali, möge Gott ihm Ehre erweisen, zitieren: «Die Frau an und für sich ist bösartig, doch trotz all ihrer Bösartigkeit ist sie unverzichtbar.» Es sollte beschlossen werden, Hannas Hinrichtung zu beschleunigen.

Was war geschehen?

Das Leben in Gefängnissen ist voll alltäglicher Streitereien, die in der Regel damit enden, daß der Störenfried geringfügig bestraft wird. Die Häftlinge zanken und vertragen sich wieder, so daß sich die Situation problemlos wieder beruhigt. Munir und Ahmad spielten immer Karten. Einer verlor, der andere gewann. Außenstehende schlugen sich stets auf die Seite des Siegers, denn der Einsatz bestand aus einem Kilo Grillfleisch, einer Flasche Arak und einem Besäufnis im Gefängnis. Spielten die beiden, schlug Hanna sich den Bauch voll und betrank sich.

Hanna aß für drei Männer. Sein Magen war ein Faß ohne Boden, und er hatte niemals das Gefühl, genug zu haben. Er aß, ohne satt zu werden, soff, ohne betrunken zu werden, und sang, ohne Freude zu empfinden. Gier erfüllte ihn. Schon beim ersten Witz brüllte er. Er gab vor, seine beiden Zellengenossen gleichzeitig bumsen zu können. Sein aufgeblähter Körper, der sich nie mehr normalisierte, gab ihm den Anschein, kräftig zu sein. Und durch Normas Besuche entstand der Eindruck, er sei ein «Sex-Monster», wie Munir ihn nannte. In ihrer Zelle drehte sich alles um Normas Schritte.

Weshalb beherrschte diese sexualisierte Stimmung die Zelle?

Weil die Erinnerungen an Weißkohl, Flugzeuge und Jaguare an ihr Ende kamen? Oder weil die beiden Männer, die ihre letzten Tage mit Hanna verlebten, nicht genügend Erinnerungen besaßen, um die Zelle mit Geschichten zu füllen?

Die Erinnerungen eines einzigen Tages seien ausreichend, um von ihnen ein ganzes Leben im Gefängnis zu zehren, erklärte Hanna seiner Frau.

Ein einziges Mal zeigte sich Hanna seiner Frau gegenüber als Mensch. Und zwar zu dem Zeitpunkt, als der Boß verschwunden war und Hanna den Entschluß faßte, das Schmuggelgeschäft aufzugeben und sich wieder seinem alten Beruf, der Schusterei, zuzuwenden. Die Erinnerungen eines einzigen Tages seien ausreichend, um von ihnen ein ganzes Leben im Gefängnis zu zehren, erklärte Hanna. Er habe, vertraute er ihr an, mit dem Bild eines bestimmten Tages im Leben seines bedauernswerten Großvaters gelebt.

Als der Erste Weltkrieg tobte, war Hanna noch nicht geboren. Er kam 1920 auf die Welt, in dem gleichen Jahr, als General Gouraud im Namen der französischen Armee den *Grand Liban* ausrief. Hanna erzählte, wie er mit neun Jahren im Geschäft seines ältesten Onkels Djirdji als Schuster zu arbeiten begann. Weshalb seine Mutter gerade dieses Handwerk für ihn ausgewählt habe, wußte er nicht. Möglicherweise, weil der Onkel einen Jungen zur Aushilfe gebraucht habe. Vielleicht aber auch, weil die Mutter, die nach dem Fiebertod ihres Mannes nie mehr heiraten wollte, befunden habe, der beste Beruf für ihren Sohn sei der seines Großvaters, da er dem Jungen bereits im Blut liege.

Jenen Tag würde er niemals vergessen, sagte Hanna zu seiner Frau. Kurioserweise behauptete er, sich an den Tag erinnern zu können, obwohl er sich nicht sicher war, ihn überhaupt erlebt zu haben. Seine Großmutter habe ihm auf ihre Weise davon erzählt und ihn in eine Erinnerung verwandelt.

Im Gefängnis, erzählte er seiner Frau, habe er lange Tage mit der Erinnerung an jenen Tag verbracht, der ihn irritierte. Genau der gleiche Geruch habe ihm in der Nase gehangen. Seine Großmutter Malaka habe ihn mitgenommen. Sie habe ihn an der Hand geführt, sei mit ihm in ein Taxi gestiegen, habe sich vor dem französischen Entbindungsheim absetzen lassen und sei mit ihm zum Haus jener Frau gelaufen. Er habe seinen Großvater aufgebläht mitten auf der Straße liegen sehen. Nein, eigentlich habe er ihn nicht gesehen, berichtigte sich Hanna, aber seine Großmutter habe geweint, und die Frau habe geweint. Sie hätte den Mann aufgebläht auf dem Schotterweg, einem Abzweig der Straße nach Damaskus, die bergauf zur al-Aschrafijja führt, liegen sehen, habe die Frau erzählt. Sie sei zu ihm gegangen, habe ihn mit Wasser benetzt und ihm ein Stück Brot gereicht, doch er habe nicht essen können.

«Er konnte die Augen wohl nicht öffnen. Seine Augen waren von einem dicken, gelben, kleisterähnlichen Schleim verklebt.»

«Haben Sie versucht, ihn zu füttern?» habe Malaka gefragt.

«Ich habe es versucht. Ich feuchtete Brot mit Wasser an und versuchte, ihm ein kleines Stück zu geben, aber er konnte einfach nicht essen.»

Das Sterben, so habe die Frau erzählt, habe sich lange hingezogen, und sein Großvater mußte große Qualen erleiden, ehe die Seele seinen Körper verließ. Die Frau habe in einem Haus gewohnt, das von Jasminsträuchern und einer Mauer umgeben war. Sie sei weiß gewesen, habe ihr weißes Haar im Nacken zu einem Knoten gebunden getragen und mit den Händen gesprochen.

«Die Frau weinte, meine Großmutter weinte, und ich weinte», erzählte Hanna.

Malaka habe sich von dem alten Sessel erhoben, sich mit den Händen ins Gesicht geschlagen und die Stunde verflucht, in der sie sich darauf eingelassen hatte, vor der Hungersnot zu ihren Eltern nach Niha, einem Dorf im Bekaatal, zu fliehen.

«Er wollte es so», habe Malaka gesagt.

«Das ist Schicksal. Es gibt keine Macht und keine Stärke außer bei Gott», habe die Frau gesprochen.

Er habe den alten Mann aufgebläht auf dem Schotterweg liegen sehen und ihn gerochen, erzählte Hanna.

«Im Gefängnis lebte ich mit der Erinnerung an ihn. Allmächtiger, daß die Erinnerung niemals ein Ende hat.»

Hanna wußte nicht, weshalb die beiden Männer keine Erinnerungen zu haben schienen. Sie erzählten ihm viele Geschichten, die aber in der Zelle nicht ausreichend waren, deshalb vertrieben sie sich die Zeit mit Streitereien. Mitleidig und überlegen beobachtete Hanna sie, las in dem Buch, erinnerte sich an die aufgeblähte Leiche und sah zu, wie das Weiß seiner Augen die Iris auffraß.

Ibrahim Nasar befragte seine Tante nach den Ereignissen von 1860.

«Woher soll ich das wissen?» erwiderte sie.

Ibrahim begann zu erzählen, als rezitierte er aus einem Buch. Er hatte einen Roman gelesen, der von dem Krieg im Jahre 1860 handelte und beschrieb, wie die Menschen von den Blutbädern ins Nichts getrieben worden waren. Es war kein Roman. Das Buch hatte den Titel «Sammlung des Frohsinns». Der Autor, Schakir al-Khoury, trug darin zahllose Tragödien zusammen und gab ihnen den Namen «Frohsinn».

Die Zeit renne davon, sprach Tante Sarah. Er solle heiraten und ihr mit einem kleinen Jakob erfüllte Tage bescheren. «Aber auf keinen Fall diese liederliche Person. Norma führt einen liederlichen Lebenswandel. Ich wünsche nicht, daß sie mein Haus betritt.»

Ibrahim Nasar spürte, daß ihm die Zeit davonrannte. Plötzlich war er vierzig, und sein Körper spielte ihm bereits die ersten Streiche. Mittlerweile haßte er das Gemüse und die Hülsenfrüchte, die er in seinem Geschäft verkaufte. Sein einziges Interesse galt den Pferderennen. Er kaufte sich Rennzeitungen, sammelte sie und brachte endlose Stunden damit zu, die Ergebnisse der achtzehn Rennen von Sonnabend und Sonntag zu studieren. Er knüpfte Bekanntschaften mit Stallburschen und Reitern und freundete sich besonders mit Faris an. Der Fünfzehnjährige stammte aus Deir Mimas, einem Dorf im Südlibanon nahe der israelischen Grenze. Er war Jockey und hieß in Wirklichkeit anders. Den Namen Faris hatte er sich selbst gegeben. Sobald der Mensch seinen Beruf gefunden habe, so sprach er zu Ibrahim, müsse er sich einen neuen Namen auswählen. Ibrahim eröffnete seinem jungen Freund, daß er mit dem Gedanken spiele, sich drei Pferde anzuschaffen, und bat ihn um seinen Rat. Er wollte sich einen Stall und einen neuen Namen zulegen. Doch er schwankte, mal war er fest entschlossen, mal besann er sich wieder eines anderen. Er hatte Skrupel, die Goldmünzen auszugeben, die unter den Fliesen im Zimmer seines Vaters versteckt waren. Er konnte sich zwischen den zwei Möglichkeiten, auszuwandern oder einen Stall zu kaufen, nicht entscheiden. Zum Schluß überwog der Wunsch fortzugehen, den er aber, wie bekannt, nicht umsetzte. Sein Beschluß auszuwandern hinderte ihn keineswegs daran, die Freundschaft zu Faris aufrechtzuerhalten und ihn immerzu im Stall zu besuchen. Dort saß er lange und schaute dem Jockey zu, wie er die Pferde pflegte und mit ihnen «Luftschnappen» übte. Im Jargon des Rennsports hieß das frühmorgendliche Training der Pferde «Aperitif». Doch Ibrahim nannte es «Luftschnappen». Er sah zu, wie sich die Nüstern der galoppierenden Tiere blähten, und atmete ihren Schweißgeruch ein, der den Platz erfüllte.

Dies war nun für alle Zeiten vorbei.

Ibrahim fand sich plötzlich am Anfang eines Bürgerkriegs wieder, des Bürgerkriegs, der 1975 ausbrach und lange Jahre andauern sollte, für ihn aber nicht endete, weil er gleich zu Beginn starb.

Was mit Norma geschah, weiß niemand. Nach jenem Tag, an dem Hanna sie auf der Straße hatte stehen sehen, war sie verschwunden.

Hanna verweigerte sich der Sprache. Der Krieg machte ihn stumm.

Was war das Geheimnis des Verbrechens, das sich 1948 im Raml-Gefängnis ereignete?

Weshalb ermordete Munir Silwan seinen Freund Ahmad al-Itir?

Ging Sami al-Khoury recht in der Annahme, daß Hanna das Verbrechen arrangiert hatte? Oder sprach Hanna vor dem Ermittler die Wahrheit?

Diesmal wurde er nicht gefoltert. Denn er habe, so der Ermittler, nichts zu verlieren.

«Wenn Sie reden, verschieben wir die Hinrichtung um ein paar Tage, wenn Sie nicht reden, verlegen wir sie vor. Es handelt sich sowieso nur um ein paar Tage! Aber es ist eine Frage des Gewissens. Sagen Sie die Wahrheit, damit Sie mit reinem Gewissen vor Ihren Schöpfer treten können.»

«Ich habe ein reines Gewissen. Das einzig Reine ist mein Gewissen.»

«Sie müssen es selbst wissen.»

Einen Satz, den Hanna vor dem Ermittler gesprochen hatte, führte Munir Silwans Verteidiger als Argument an, um den Hals seines Mandanten vor der Schlinge zu retten.

«Euer Ehren», sprach der Anwalt, «Sie fragen sich, weshalb mein Mandant seinen Freund tötete, und erwarten von ihm und mir eine Antwort. Die Antwort, Herr Richter, finden Sie in sämtlichen Heiligen Schriften. Weshalb tötete Kain seinen Bruder Abel? Er tötete ihn aus Neid, heißt es dort. Weshalb aber der Neid? fragen wir uns. Wegen der göttlichen Bestimmung, Euer Ehren! So wollte es die göttliche Bestimmung. Hätte Kain nicht Abel getötet, so hätte Abel Kain getötet.»

An den Worten des Verteidigers fanden die Zeitungen Gefallen. Es erschien ein Kommentar, dessen Verfasser die Hinrichtung des neuen Kain forderte. «Und so versöhnen sich die Brüder im Jenseits, vereint an ein und demselben Ort, was Kain und Abel nicht vergönnt war. Sie wurden im Jenseits getrennt, denn der erste landete in der Hölle, der zweite im Himmel. In diesem Fall kommen Mörder und Opfer beide in die Hölle, und Munir Silwans Hinrichtung wird die Voraussetzung dafür schaffen, daß die göttliche Gerechtigkeit ihre Entscheidung über das weitere Schicksal der beiden Männer fällen kann.»

Hanna hatte es anders formuliert.

«Was weiß denn ich, Herr Inspektor? Sie fragen mich nach dem Grund und wissen selbst mehr. Warum hat Kain wohl seinen Bruder umgebracht? Na, weil er ihn tagaus, tagein auf der Pelle hocken hatte. Er ist ausgerastet. Er hatte ihn satt. Er hatte den Kanal voll. Jeden Tag das gleiche Geschwätz, die gleichen Witze, die gleichen Gehässigkeiten, und da hat er ihn umgebracht.»

«Und das Mädchen?» hakte der Ermittler nach.

«Welches Mädchen?»

«Norma, was hat sie mit der Sache zu tun? Sie hat eine Aussage gemacht.»

«Was denn für eine?»

«Sie hat ausgesagt, daß Sie die beiden belogen haben.»

«Ich bitte Sie, Herr Inspektor! Sie werden doch wohl einem dahergelaufenen Mädchen nicht mehr glauben als mir! Die beiden waren scharf auf Norma, und ich habe gesagt, sie können sie gerne haben. Norma ist ja schließlich nicht mein Privateigentum. Glauben Sie nicht an die Freiheit der Frau? Also, ich schon. Mit der Geschichte haben wir uns die Zeit vertrieben. Ich hatte meinen und die Jungs hatten ihren Spaß. Hätte ich ihrer Meinung nach lieber in der Ecke hocken und auf den Tod warten sollen? Über den Zeitpunkt des Todes bestimmt Seine Exzellenz, der Präsident. Und unterschreiben wird Seine Exzellenz erst, wenn er eine göttliche Eingebung hat. Und niemand weiß, in welchem Land er sterben wird. Diese Weisheit habe ich von Ahmad, Gott hab' ihn selig. Wir haben gespielt und uns amüsiert. Aber Kain hat ein Verbrechen begangen, weil er ausgerastet ist.»

«Wieso hat er nicht Sie getötet?»

«Fragen Sie ihn selbst! Woher soll ich das wissen? Vielleicht, weil die Tat völlig überflüssig gewesen wäre. Ich bin ja sowieso schon ein toter Mann. Was hätte er also damit gewonnen?»

«Aber er behauptet, aus Notwehr getötet zu haben, daß Ahmad ihn angegriffen habe und es bei dem Streit um Norma gegangen sei.»

«Kann sein. Ich habe geschlafen und weder etwas gesehen noch gehört. Doch, zum Schluß habe ich Schreie und Schnarchen gehört. Verflucht, heißt das etwa, daß man beim Sterben schnarcht? O Herr, rette uns!»

«Und wie lautet die Wahrheit, Hanna?»

«Das ist die Wahrheit, Herr Inspektor.»

Die Wahrheit lautete, daß das Verbrechen sich wegen Norma ereignete. Der Hinrichtungstermin war herangenaht. Der Gefängnisdirektor kam zu Hanna und teilte ihm mit, daß es nur noch ein paar Tage dauern und er im Laufe der Woche in eine Einzelzelle verlegt werden würde. Er fragte den Todeskandidaten, ob er ein Gespräch mit Pater Sergius wünsche, und zeigte ihm ein handschriftliches Gesuch, in dem der Priester den Mörder noch einmal zu treffen bat. Hanna lehnte ab. Er fühlte sich von dem Geistlichen betrogen, sah die Verheißungen des heiligen Elia sich im Nichts auflösen und verspürte kein Bedürfnis mehr zu beten.

Er habe einen letzten Wunsch, sagte Hanna zum Gefängnisdirektor.

«Dort», erklärte der Direktor.

«Wo, dort?»

«Dort, unter dem Galgen. Und womit kann ich Ihnen in der Zwischenzeit dienen?»

«Mit Norma», wünschte sich Hanna. «Ich möchte Norma jeden Tag sehen.»

«Aber gern», erwiderte der Direktor.

Mit strahlendem Gesicht kehrte Hanna in die Zelle zurück. «Er war überglücklich», erzählte Munir. «Lachend kam er herein und berichtete uns, daß die Gefängnisdirektion Norma die Erlaubnis erteilt habe, ihn nun täglich statt nur an drei Tagen der Woche zu besuchen. Er öffnete eine Flasche Arak, und während wir tranken, sprach er über die verschiedenen Stellungen beim Beischlaf. Dann legte er sich schlafen.»

«Ich war betrunken», antwortete Munir dem Ermittler. «Nein, bevor er schlafen ging, setzten er und Ahmad sich nebeneinander aufs Bett und tuschelten. Ahmad gab Hanna ein Stück Papier. Das ist bestimmt der Brief, dachte ich mir. Ich hörte sie lachen. Als Hanna sich schlafen legte, tranken Ahmad und ich weiter. Nein, Ahmad, protestierte ich, wir sind und bleiben Partner. Er widersprach mir. Eine Frau sei wie ein Gewehr, erklärte er. Und beides, Frau und Gewehr, teile ein Mann nicht. Er sprach wie ein reicher Pinkel. Da kriegte ich einen Haß auf ihn. Ich hatte das Gefühl, daß er mir die Frau ausspannt, wie er mir auch schon den Meister ausgespannt hat. Wahrscheinlich wußte er über das Doppelspiel der Schmuggelaktion Bescheid. Wahrscheinlich! Ja, ich erinnere mich, mir schien, als hätte er der Polizei verraten, wo der Stoff im Jaguar versteckt war. Also brachte ich ihn um. Nein, er hat angefangen. Ich weiß nicht mehr, was er sagte, aber er beschimpfte mich und griff mich an. Ich weiß nicht mehr. Was ich aber weiß, ist, daß ich plötzlich auf ihm hockte und ihn würgte, während er schrie, o Gott, vergib mir. Daran ist Hanna schuld. Hanna ist der eigentliche Mörder, wenn er etwas gesagt hätte, aufgestanden wäre oder versucht hätte, mich von ihm wegzuzerren, ich war nicht ganz bei mir, ich war nicht ganz bei mir, Herr Inspektor. Ich bin unschuldig, ich tötete ihn nicht vorsätzlich oder planmäßig, es war ein Versehen, ich wollte es nicht, Herr Inspektor, gehen Sie doch einfach davon aus, daß er gestürzt ist oder daß Hanna ihn getötet hat, er hat ja schon all die Frauen umgebracht, auf einen Mord mehr kommt es auch nicht mehr an, ich will nicht sterben, ich flehe Sie an.»

Der Ermittler befand, Munir sei ein Feigling und verdiene kein Mitgefühl.

Während der Gerichtsverhandlung befand sich Munir am Rande eines Zusammenbruchs. Wie von Sinnen redete und weinte er. Es täte ihm leid um Ahmad al-Itir, erklärte er.

«Er war mein einziger Freund, Euer Ehren. Meine Tränen gelten ihm.»

«Die Tränen vergießt er nur um seiner selbst willen», brüllte der Staatsanwalt.

Als Ahmad sein Todesurteil vernahm, brach er ohnmächtig zusammen. Auf dem Weg zum Galgen verlor er ein weiteres Mal die Besinnung. Er fiel zu Boden, so daß er von den Polizisten getragen werden mußte. Er wurde im Zustand der Bewußtlosigkeit hingerichtet, was gesetzwidrig ist. Laut Gesetz ist der Verurteilte im Falle einer

Ohnmacht zur Besinnung zu bringen, denn der Mensch ist bei vollem Bewußtsein zu exekutieren.

Munir Silwan wurde im Zustand der Bewußlosigkeit hingerichtet, derweil stand Hanna mit Tränen in den Augen bei den Schaulustigen.

Er habe geweint, behauptete Hanna.

Einsam stand er unter den Schaulustigen auf dem Platz vor dem Justizpalast und dachte, daß der Tod gerecht sei, und daß der Strick ihn tagaus, tagein verfolge.

Die Geschichte begann in Ain Kisrin.

Ain Kisrin ist zwanzig Kilometer von Beirut entfernt. Das kleine Dorf, von dem man auf das Meer blickt, liegt in ungefähr vierhundert Meter Höhe. «Das Meeresdorf» nannte es Jakob Nasar liebevoll, wenn er auf der von Mandelbäumen und einem Sumachwald umgebenen Veranda vor seinem Haus saß, Wasserpfeife rauchend über das Leben nachdachte und das Gefühl verspürte, er treibe im Wasser wie auf einem Schiff inmitten des Meeres.

Woher kam ihm plötzlich der Gedanke, fortgehen zu müssen? Niemand weiß es. Lag die Ursache dafür im Tod seiner Frau und in der Einsamkeit, die er fühlte, oder in dem Schlangentraum?

Jakob Nasar fuhr jeden Sommer in das Dorf, um nach den Ländereien zu schauen, die er von seinen Vorfahren geerbt hatte. Um die Landwirtschaft kümmerte er sich nicht. Mit der Aufsicht darüber war Nabil Azar, Inhaber der letzten Seidenmanufaktur in der Gegend, betraut. Als Ertrag aus ihren Ländereien erhielten die Nasars nur fünf Kilo Sumach und einen Korb grüne Mandeln jährlich sowie zwei Kanister Olivenöl alle zwei Jahre. Über den Rest des Ertrags entschied Nabil Azar, oder er ließ ihn verrotten.

Die Früchte, die sein Land hervorbrachte, bedeuteten Jakob Nasar nichts. Er war Beiruter und konnte weder Dörfern noch Landwirtschaft etwas abgewinnen. Er wußte, daß die ausgedehnten Ländereien, die er von seinem Vater geerbt hatte, einen großen Wert hatten, war aber überzeugt, daß die Grabstätte den wahren Reichtum der Familie darstellte. Dort lag der Goldschatz, der den Frauen beigelegt worden war. Sein Sohn Ibrahim bezweifelte die Existenz eines solchen Schatzes, denn die Gräber waren im Bürgerkrieg von 1860, der die Familie nahezu vollständig aus dem Dorf vertrieben hatte, durchwühlt worden. Als nach dem Einzug der französischen Truppen im Libanon – zum Schutz der Christen, wie es damals hieß – die Gräber ihren rechtmäßigen Besitzern wieder zugeordnet wurden, sprach niemand mehr von irgendeinem Schatz.

Ain Kisrin erfreut sich keinerlei Besonderheiten. Historische Funde, wie etwa phönizische Sarkophage, auf die man in den umliegenden Dörfern stieß, wurden hier nicht entdeckt. Selbst Ursprung und Bedeutung des Namens Ain Kisrin sind ungeklärt. In Anis Fraihas Lexikon der Namen libanesischer Städte und Dörfer, welches die Ortsbezeichnungen auf Ursprünge im Altsyrischen, der Sprache, die vor dem Arabischen in Syrien, Palästina und im Libanon gesprochen wurde, zurückverfolgt, heißt es, daß das Altsyrische den Stamm «kisr» nicht kenne. Dies schließe jedoch die Existenz eines phönizischen Wortstammes *kisr* mit der Bedeutung, die Erde pflügen, nicht aus. Im Volksmund heißt *kasara al-ard* die Erde pflügen, und *ard maksura* bezeichnet gepflügte Erde. Aller Wahrscheinlichkeit nach ist der Name Ain Kisrin eine Ableitung der Wurzel *kischr* und bedeutet ‹der Geschicklichkeit und Fertigkeit in Arbeit und Handwerk dienlich›. Sucht man die Erklärung von «Kisrin» im Arabischen, so scheint das Wort von *al-kisr*, dem Namen eines Gebiets im Hadramaut im Jemen, abzustammen, wie in Faragallah Dib Salihs Werk «Der Jemen ist der Ursprung» geschrieben steht.

Unwichtig dagegen ist die Geschichte Ain Kisrins. Ein Dorf ohne Geschichte, mit unglaubwürdigen Erzählungen. In der Schatulle, die voller Mottenkugeln war, fand Ibrahim Nasar rätselhafte Dokumente. Sie waren morsch und kaum zu entziffern. Ein Schriftstück jedoch schien ihm das Testament seines Urgroßvaters zu sein. Es war nur noch bruchstückhaft erhalten, da das Papier bereits zerfallen war. Ibrahim entnahm der Mottenkiste ein Fragment, das folgende Beschreibung der Grabstätte enthielt:

«Die dritte Grabstätte nach dem Grab des Germanus, dort entlang......... die Frauen...... keiner darf sie öffnen und niemand darf dort bestattet werden...... Und... (eine lange unlesbare Passage) hütet Euch vor dem Gerede... vor den Frauen, weil Frauen...»

Er entzifferte das Wort «Faradj». War es «Faradj» oder eher «Farah»? Hieß die Großmutter Farah?

Ibrahim beschloß, ins Dorf zu fahren und das Grab des Germanus zu suchen. Doch der Bürgerkrieg brach aus, bevor er sein Vorhaben in die Tat umsetzte.

Ibrahim Nasar kannte Ain Kisrin nicht. Für ihn existierte der Ort als Schatten. Er zählte zehn Jahre, als er das letzte Mal dort gewesen war. An dem Tag hatte sein Vater in Vorbereitung auf die Reise nach Kolumbien das Land verkauft. Früher war Jakob mit seinem Sohn einmal im Jahr zu Mariä Himmelfahrt ins Dorf gefahren, wo er das Fest mit seinen Cousins feierte. Während sie auf dem Kirchplatz saßen und darauf warteten, daß der Priester das Zeremoniell zu Ende brachte, nahmen sie Tamarijja[11] und Rosenblütensaft zu sich. Anschließend trafen sie sich im Haus von Jakobs Cousin Nadjib. Dort wurde Arak und Harissa herumgereicht. Ibrahim liebte dieses Gericht, das nur anläßlich des Todestages der Jungfrau zubereitet wurde und aus einer eigenartigen Mischung von Weizen, Fleisch und Knochen bestand. Er konnte sich aber nicht erinnern, daß die Männer, während sie

11 Mit Zucker bestreutes Grießgebäck

aßen und sich betranken, von den Gräbern gesprochen oder den Namen Germanus erwähnt hätten.

Ibrahim suchte nicht nach dem Grab. Im Grunde seines Herzens hielt er die Angelegenheit für eine Legende, die zu den vielen phantastischen Geschichten gehörte, mit denen er aufgewachsen war. Da er, nach den Worten seiner Tante, dem halben Hahn gleich, weder Mann noch Kind war, kennzeichnete Unentschlossenheit sein Leben auf allen Ebenen. Als er von der fixen Idee ergriffen wurde, auswandern zu müssen, wurde Tante Sarah angst und bange. Sie hatte ihn bisher als ein Kind angesehen und stellte nun fest, daß dieser halbe Mann wie ein ganzer Kerl zu Entscheidungen fähig war.

«Jetzt, wo ich alt und häßlich bin, willst du mich auf Reisen schicken. Du bist genau wie dein Vater Jakob, Gott hab ihn selig. Du wirst am Ende eh nicht fortgehen.»

Tante Sarah erzählte, wie ihr Bruder von der fixen Idee ergriffen wurde, auswandern zu müssen. Er sei plötzlich völlig verdreht gewesen und habe nicht mehr schlafen können. «Ich weiß nicht, was passiert ist. Wie eine Tüte, die auf einmal von innen nach außen gestülpt war. Ich verstand nichts mehr, er konnte nicht mehr schlafen; wenn ich mitten in der Nacht aufwachte, saß er rauchend irgendwo im Haus und führte Selbstgespräche. Er wolle endlich frei sein, sagte er: ‹Ich will endlich frei sein, es ist Zeit zu gehen. Was haben wir in diesem Land denn noch! In Kolumbien sammeln die Leute das Gold von den Straßen, wir haben dort viele Verwandte, die sind vor ungefähr siebzig Jahren dorthin ausgewandert, und jedes Jahr ziehen welche nach, die ganze Familie ist schon dort, in Ain Kisrin ist nur noch zurückgeblieben, wer keinen Ehrgeiz hat. Was mache ich eigentlich noch hier? Ich muß heiraten, Kinder in die Welt setzen, zu Geld kommen und vergessen.› »

Sarah wußte nicht, was er vergessen wollte. Jakob war ihr als einziger erhalten geblieben. Die übrigen Geschwister waren vor dem Tod ihres Vaters Ibrahim fortgegangen. Jakob war geblieben, und sie, sie hatte es seinetwegen und wegen ihres alten Vaters in Beirut ausgehalten. Sie hatte mit Jakob gelebt und ihn mit al-Djahils Tochter verheiratet. Sie selbst hatte das Mädchen ausgewählt, seine Eltern aufgesucht und ohne das Wissen ihres Bruders den Handel vereinbart.

Sarah vermochte nicht zu beschreiben, wie es ihr mit Miriam al-Djahils Einzug in das Haus ergangen war und wie der Boden unter ihren Füßen bebte, als Jakob drei Tage hinter verschlossener Tür in seinem Zimmer verbrachte und sie sich die Lustschreie seiner Frau anhören mußte.

Damals ergriff Sarah das Gefühl, ihr Leben sinnlos vergeudet zu haben. Immerhin war sie Jakob zuliebe im Libanon geblieben. Um an seiner Seite zu sein, war sie nicht ausgewandert und hatte auch nicht geheiratet. Und nun gehörte er einer anderen Frau. In seinen Augen sah sie Hörigkeit, und sie bemerkte, daß er sich ihr entzog. Auf einmal wurde das Haus mit seinen hohen Decken und großzügigen Räumen zu eng. Sarah brachte die meiste Zeit im Garten zu, sie hegte die Bäume, setzte Pflanzen in die Erde und säte Kräuter. Sogar in den feuchten, kalten Beiruter Wintertagen setzte sie sich, sobald sie das Essen gekocht hatte, draußen auf die Veranda, von der man auf den Garten schauen konnte. Sie sah lächerlich aus. Obgleich sie erst Anfang dreißig war, wirkte sie wie eine alte Frau. Mit dickem Mantel und Wollmütze saß sie einsam auf der Veranda.

Jakob versuchte nicht, die Situation seiner Schwester zu verstehen. Wahrscheinlich fiel ihm nicht einmal etwas auf. Seitdem er verheiratet war, fragte er sie in keiner Angelegenheit mehr nach ihrer Meinung. Sarah erledigte die Hausarbeit wie eh und je. In die Küchenwirtschaft, den Abwasch und alle übrigen Tätigkeiten mischte sich Miriam al-Djahil nicht ein. Sie verhielt sich wie ein Gast, und so blieb Sarah die Herrin des Hauses, jedoch eine einsame Herrin.

Im zweiten Monat ihrer Ehe geriet Miriam in den Strudel der Schwangerschaft und der mit ihr verbundenen Gelüste. Sie hatte ausgefallene Wünsche, erbrach sich viel und litt unter Schwindelgefühlen. Sie verbrachte die meiste Zeit bei ihrer Familie. Indessen kochte und aß Sarah für sich allein, weil auch Jakob sich überwiegend im Haus seiner Schwiegereltern aufhielt.

Als Ibrahim auf die Welt kam, änderte sich alles. Sarah riß den Jungen an sich und zog ihn auf, als wäre er ihr Sohn. Die Mutter zeigte keinerlei Absichten, sich mit ihrer Schwägerin um das Kind zu streiten. Die beiden Frauen teilten das Haus gerecht untereinander auf, jede nahm sich einen Mann und gab sich mit ihm zufrieden. Sarah hatte den kleinen Ibrahim, Miriam begnügte sich mit ihrem Ehemann, und allmählich kehrte Routine in das Haus ein.

Durchbrochen wurde das Einerlei nur durch zwei Ereignisse:

Das erste war die langwierige und entsetzliche Krankheit, an der Miriam litt und die sie vor Schmerzen zerriß.

Das zweite war der Entschluß Jakobs, nach Kolumbien auszuwandern.

Als Jakobs Frau erkrankte, nahm Sarah im Haus alles in die Hand. Jakob flüchtete vor seiner Frau, als fürchtete er, sich bei ihr mit Krebs anzustecken. Sarah verstand nicht, was in ihren Bruder gefahren war. Als hätte ihn der Horror gepackt. Nachdem Miriam etlichen Operationen unterzogen und aus dem Krankenhaus entlassen worden war, begriff Jakob, daß es mit seiner Frau zu Ende ging. «Bringen Sie Ihre Frau heim, damit sie in Ruhe sterben kann», hatte der Arzt gesagt. «Schade um das Geld. Der Krebs hat sich bereits in ihrem ganzen Körper ausgebreitet, es ist hoffnungslos.» Jakob brachte sie heim, übernachtete nur noch im Kinderzimmer und ängstigte sich, ihren Raum zu betreten. Sarah war überall zugegen, sie schlief bei der Kranken, kümmerte sich um den Jungen, kochte unentwegt und verjüngte sich. Zwar zeigte sie sich in Gegenwart von Miriams Geschwistern, die einmal wöchentlich zu Besuch kamen, als griesgrämige, klagende und stöhnende Frau, aber sie hatte sich verändert. Jakob kam zurück zu ihr, er trank mit ihr wieder den Morgenkaffee, den sie mit viel Orangenblütenwasser aromatisiert hatte, und fragte sie bei allem nach ihrer Meinung. Als seine Frau starb, wendete sich das Blatt für Sarah, an Miriam erinnerte sie nur noch Ibrahims weißes Gesicht, das dem seiner Mutter ähnelte. Mit dem Tod der Frau erlosch im Haus jede Erinnerung an sie, alles war wieder wie früher, als hätte Jakob Nasar nie geheiratet und als wäre das Kind, das durch das Haus krabbelte, nicht seins. Wenn Jakob mit seiner Schwester über Ibrahim sprach, nannte er ihn «dein Sohn». Und Sarah war glücklich, Mutter, Schwester und Ehefrau zu sein.

Als Jakob den Entschluß faßte, auszuwandern, war er wie ausgewechselt. Jakob war nicht mehr Jakob. Jakob verwandelte sich, und aus ihm wurde ein Mann. Sarah sah ihren Bruder nicht als Mann, wie etwa andere Frauen Männer sehen, sie behandelte ihn wie eine Frau, mit der sie in einem Haus zusammenlebte. Als er aber seinen Entschluß faßte, verwandelte er sich in einen Mann. Sarah irritierte die Entscheidung. Denn über eine Auswanderung hatte Ibrahim, der Großvater, bereits endgültig entschieden, indem er seinen Söhnen nicht nach Kolumbien gefolgt war, sondern beschlossen hatte zu bleiben. Er hatte Jakob das gesamte Erbe überschrieben, ihn aber verpflichtet, niemals fortzugehen. Jakob hatte sich auf die Bedingung eingelassen, weil er ohnehin zu bleiben gedachte. Jakob war der Auffassung, daß zum Auswandern kein Grund bestünde. «Damals war es verständlich, daß Menschen auswanderten», sagte er zu den Eltern seiner zukünftigen Frau, als er offiziell um ihre Hand anhielt. Miriam war die einzige Tochter neben vier Söhnen, und ihre Eltern hatten Bedenken, weil die Nasars zum Auswandern neigten. Damals, erklärte Jakob, sei es verständlich gewesen, daß Menschen weggingen, doch dazu bestünde heute kein Grund. «Damals», sagte er und erzählte ihnen undurchsichtige Geschichten. War es denkbar, daß ein Mann nach jenem entsetzlichen Blutbad, bei dem die Hälfte der Männer seiner Familie ums Leben gekommen waren, hingerichtet wurde? Denkbar, daß der Mann, angeblich wegen des konfessionellen Gleichgewichts, in Beirut gehängt wurde, obgleich unschuldig, voller Angst, arm und hungrig?

Jakob erzählte, ohne jedoch Namen zu nennen. Ist es möglich, Geschichten zu erzählen, ohne Namen zu nennen? Die Geschichte der Nasars war ohne Namen. Einer der Vorfahren wurde, nachdem er dem Blutbad in Ain Kisrin mit heiler Haut entkommen war, von osmanischen Soldaten unter der Anschuldigung, zu den konfessionellen Unruhen angestiftet zu haben, in Beirut verhaftet und gehängt. War der Mann ein Aufhetzer, oder war er ein notwendiges Opfer, damit die vom osmanischen Minister Fu'ad Pascha verhängten Strafen ausgewogen erschienen? Weshalb wurde er gehängt? Niemand weiß es. Aber er soll, wie es hieß, bei seiner Hinrichtung vor Angst zitternd zusammengebrochen sein.

Doch die Geschichte ist das Blutbad.

Es fehlen Dokumente oder Texte. Nur Worte existieren, die gesagt und vergessen werden. Worte, die gesprochen werden, um der Vergessenheit anheim zu fallen, doch sie fallen der Vergessenheit nicht anheim, da sie gesprochen werden mit Zusätzen und Streichungen, und keiner weiß es.

Es hieß, und Gott weiß es am besten, daß die flüchtenden Männer der Familie Nasar auf den schmalen, staubigen Dorfwegen abgeschlachtet worden seien. Es ereignete sich ein Blutbad. Damals, in den Jahren 1858 und 1860, versank der südliche Teil des Libanongebirges, von Raschaijja über Hasbaijja bis nach Deir al-Qamar und asch-Schahhar, in Blut. Es ereigneten sich jene Blutbäder, derer zu erinnern sich die Menschen heute schämen, deshalb werden sie ins Buch des Vergessens abgelegt.

Was geschah in Ain Kisrin?

Stimmt es, daß der Priester Abdallah Nasar zu den Unruhen aufhetzte, die Flucht ergriff und die Menschen den Preis für die furchtbare Rache zahlen ließ?

Vielleicht war er ein Heiliger, hatte von Schlangen geträumt und die Männer im Dorf gewarnt. Da er von ihnen aber nur verspottet wurde, überließ er sie sich selbst und ergriff die Flucht. Er floh nach Beirut, überquerte das Meer nach Marseille und fuhr weiter nach Kolumbien. Dort gründete er den ausgewanderten Zweig der Familie und holte seine Angehörigen allmählich zu sich.

Was ist Erzählung? Und was ist Wahrheit?

Ibrahim, der Großvater, erzählte seinem Sohn Jakob folgendes:

Das Gemetzel begann am Dorfrand. Ain Kisrin war von den Kämpfen und Massakern, die im Libanongebirge um sich gegriffen hatten, nicht betroffen. Die christlichen Bauern unterstanden der Herrschaft drusischer Feudalherren, und es gab keinen Anlaß für Krieg. Während um das Dorf herum Gemetzel wütete, ging man in Ain Kisrin seiner Arbeit nach, als sei nichts geschehen. Am 12. Februar 1860 jedoch erwachten die Menschen in Ain Kisrin von dem Massaker an Familie Abu Amer, die am südlichen Rand unweit von Ain Annub lebte. Das Dorf fand beim Erwachen die Leichen von drei Männern, vier Frauen und fünf Kindern vor, alles Angehörige der Abu Amirs. Ain Kisrin teilte sich in zwei Familien: Die Abu Amirs im südlichen und die Nasars im nördlichen Teil des Dorfes. Beide Familien lebten trotz ihrer unterschiedlichen konfessionellen Zugehörigkeit – die Abu Amirs waren Drusen und die Nasars Katholiken – im Schatten von Eintracht und Freundschaft miteinander. Die Männer beider Familien bestellten das Land der Nakads und arbeiteten in der Seidenmanufaktur des Herrn Edmond at-Tannir, der zu den Beiruter Notabeln gehörte und Übersetzer an der österreichischen Botschaft war. Für Feindseligkeiten unter den beiden Familien gab es keinen Anlaß. Die umliegenden Dörfer verfärbten sich von dem Blut, in dem das Libanongebirge während der erbitterten Machtkämpfe zwischen maronitischer Kirche und drusischer Feudalherrschaft versank. Das Land verwandelte sich in den Turm zu Babel, in dem internationale Streitigkeiten um die Ablösung des Osmanischen Reiches ausgefochten wurden. Derweil schlummerte Ain Kisrin seelenruhig, als gehörte es nicht zum Libanon.

Dann wurden die Abu Amirs niedergemetzelt.

Es wurde behauptet, ein Priester, ein Angehöriger der Nasars, habe das Blutbad angerichtet oder dazu aufgehetzt und sei an jenem unglückseligen Morgen verschwunden.

Behauptet wurde aber auch, der Priester habe nichts

mit den Ereignissen zu tun gehabt, das Blutbad sei Resultat familiärer Auseinandersetzungen zwischen zwei Zweigen der Abu Amirs um ein kleines Grundstück gewesen, und der Konfessionskrieg sei genutzt worden, um familieninterne Rechnungen zu begleichen.

Wer hätte wem in jenen Tagen geglaubt, da das Blut in den Adern brodelte und die Gesichter sich in Masken verwandelten?

Was nach der Entdeckung des Massakers geschah, sei nicht zu beschreiben gewesen. Die Menschen hätten die Flucht ergriffen, die Häuser seien in Flammen aufgegangen, Feuer habe gelodert, Frauen und Kinder hätten sich auf die Felder und aufs freie Land geflüchtet. Die Männer seien mit Messern abgeschlachtet worden.

Man erzählte sich, ein Mann sei mit Messern im Rücken weitergerannt, bis er das Viertel Uza'i am südlichen Rand Beiruts erreicht habe, und dort sei er gestorben.

Die Männer hätten sich wie im Tanz gewunden, Schlächter und Geschlachtete hätten um den Tod getanzt.

Woher kam all der Tod?

Keiner weiß es, die Erinnerungen Jakobs, seines Vaters und seines Großvaters nützen uns nichts. Die Erinnerungen tauchen verschwommen auf, als wären sie verschüttet in einem Brunnen. Sie tauchen auf, als sickerten sie aus einer alten, nicht vernarbten Wunde.

Sarah konnte von ihrer Großmutter Umm Jakob berichten. Die Großmutter habe ihr erzählt, daß die Männer geheult hätten wie Wölfe. Umm Jakob habe erlebt, daß die Schreie eines Mannes, wird er getötet, dem nächtlichen Heulen eines Wolfes glichen. Sie selbst sei noch ein Kind gewesen, doch das Heulen der in den Tod torkelnden Männer habe sie niemals vergessen.

Die Großmutter habe auswandern wollen, alle hätten vom Auswandern geträumt, und die nach Marseille auslaufenden Schiffe seien überfüllt gewesen mit Menschen aus dem westlichen Bekaatal, aus Zahle und aus den Bergen.

Es gebe keinen Anlaß mehr zum Auswandern, erklärte Jakob dem Bruder Miriams, als er um ihre Hand anhielt. Die Kriege seien vorbei, die Franzosen würden den Libanon regieren, und das Schreckgespenst der Hungersnöte, das im Ersten Weltkrieg geherrscht hatte, würde nie mehr zurückkehren.

Weshalb also verkaufte Jakob das Grundstück und faßte den Entschluß auszuwandern?

Sarah sah den Grund dafür im Traum. Seine Frau war nicht das Motiv gewesen. Sie war bereits seit sieben Jahren tot, und alles war beim alten geblieben. Trotzdem stand Jakob nachts auf, saß allein mit einem in die Ferne schweifenden Blick und rauchte Wasserpfeife. Ihm seien im Traum Schlangen erschienen, erzählte er seiner Schwester. Drei Schlangen habe er in seinem Bett gesehen. Als er ins Bett gegangen sei, habe er darin drei Schlangen mit aufgerichteten Köpfen vorgefunden, die ihm etwas mitteilen wollten. Verängstigt habe er aufstehen wollen, doch die Schlangen seien an ihn herangekrochen, hätten sich ihm um den Hals gelegt und ihn gewürgt. Jakob habe ihr angstzitternd von dem Traum erzählt und seither nicht mehr schlafen können, berichtete Sarah.

Sarah suchte Julia, die Frau des Kochs, auf, um sich bei ihr Rat zu holen. Julia wußte alles. Vor dem Tod ihres Mannes und der Auswanderung ihrer Tochter war sie eine andere Frau gewesen. Sie las aus dem Kaffeesatz und besaß alte Bücher, die sich mit Vergangenheit und Zukunft beschäftigten. Sarah fragte sie, was es mit Schlangenträumen auf sich habe. Julia holte ein altes Buch aus ihrem Zimmer und las:

«Derjenige, der Schlangen im Basar sieht, wisse, daß es zu einem Krieg kommen und er die Feinde besiegen wird. Die Schlange ist eine Macht heimlicher Feindseligkeit. Derjenige, der eine Schlange aus seinem Penis heraus- und wieder hineinkriechen sieht, wisse, daß er ihn im Stich lassen wird. Derjenige, der eine Schlange sich um seinen Hals legen sieht und sie in drei Teile zerteilt, der wird seine Frau unwiderruflich verstoßen. Derjenige aber, der sich in eine Schlange verwandelt, wird von einem Zustand in einen anderen übergehen. Die Schlange ist eine Frau, wer im Traum auf dem eigenen Bett eine Schlange tötet, dessen Frau wird bald sterben.»

Julia las, und Sarah lauschte, ohne zu verstehen. Überzeugt, daß Ibn Sirin – so hieß der Autor des Buches, aus dem Julia las – in seiner Traumdeutung irrte und Schlangen eine Reise ankündigten, gab sie ihrem Bruder nach, zumal sie ohnehin keine andere Wahl hatte.

Sie begannen die Reisevorbereitungen, Briefe nach Bogotà, Verhandlungen um den Verkauf des Grundstücks, Aufregung im Haus. Jakob sprach über die voraussichtliche Heirat mit einer dort lebenden Cousine und versprach Sarah, einen Bräutigam für sie zu finden. Und seither konnte er wieder schlafen.

Doch eines Tages zerschlugen sich alle Pläne. Als jener geheimnisvolle Brief eintraf, brach Jakob alles ab. Den Brief vergrub er in der Schatulle.

«Ich gleiche Abd al-Djalil», stellte er fest. «Abd al-Djalils Fluch verfolgt uns.»

«Wer ist Abd al-Djalil?» fragte Sarah.

«Der Mann, der zuerst im Dorf und später noch einmal in Beirut starb, ich habe keine Ahnung, ich weiß gar nichts.»

Der unwissende Jakob starb aus Gram über die Reise.

Kannte Ibrahim Abd al-Galil?

Ihn interessierten diese Geschichten nicht. Auswandern wollte er aus anderen Gründen. Den Entschluß fortzugehen faßte er wahrscheinlich nach dem Vorfall beim Pferderennen und nicht wegen Norma Abd al-Masih. In dieser Phase seines Lebens war Ibrahim besessen von dem Jockey Abbas. Abbas' Tod war eines der seltsamsten Ereignisse, die sich auf der Beiruter Pferderennbahn zutrugen. Der Junge, der aus den Gassen des Armenviertels Schijjah stammte, galt als der beste Jockey. War er der Reiter, siegte jedes Pferd. Nicht mehr die Namen und Eigenschaften der Tiere waren beim Wetten ausschlaggebend, sondern Abbas. Er siegte immer, und er nahm keine Bestechungsgelder an. Er ritt, weil er Pferde liebte und weil er es liebte, auf ihnen durch die Luft zu fliegen. Ibrahim Nasar hatte ihn entdeckt und war ihm schon seit der ersten Begegnung zugetan. Damals war der Junge elf Jahre alt und übte Reiten. Hanna Salman, der Salzige, behauptete, daß eine undurchschaubare Beziehung zwischen Ibrahim und Abbas bestünde. Doch das stimmte nicht. Denn Abbas war nur in eins vernarrt, in Pferde. Er war der Erstgeborene des Stallburschen Afif Sbaih, der sein Leben lang Pferde gepflegt und gefüttert hatte. Der Junge kam zwischen den Beinen von Pferden auf die Welt und träumte von frühester Kindheit davon, Jockey zu werden. Er besuchte die Schule nur unregelmäßig und schwänzte den Unterricht, um auf die Rennbahn zu gehen. Im Alter von zehn Jahren lernte er das Reiten, und mit vierzehn war er Jockey. Ibrahim Nasar bestärkte ihn und schloß ihn ins Herz. In dem Jungen sah er sein unverwirklichtes Bild. Abbas war ihm der Spiegel, in dem er das eigene Wunschbild erblickte. Er war ein hübscher, schlanker Junge mit großen Augen, schmalen geschwungenen Augenbrauen und breiter Stirn. Durch ihn lernte Ibrahim sich selbst lieben. Abbas, der aus besonderem Lehm geformte Jockey, nahm an den Rennen nicht teil, um zu gewinnen, sondern aus Liebe zum Rennen, und die Pferde flogen mit ihm an die entlegensten Orte des Universums. «Ein galoppierendes Pferd, das rennt nicht, sondern es fliegt, es trägt dich, wohin du willst, und du mußt ihm freien Lauf lassen, damit es sein eigenes Tempo findet», formulierte Ibrahim Abbas' Philosophie in seiner Vorstellung. Anfangs siegte der junge Jockey nicht, dies lag jedoch daran, daß er zweitklassige Pferde ritt oder die Stallburschen den Tieren Mittel verabreichten, durch die sie während des Rennens an Tempo verloren. Aber als richtiger Jockey akzeptierte Abbas so etwas nicht mehr. Er behielt die Pferde mit beginnendem Tagesanbruch im Auge, galoppierte, flog auf ihnen über den Rennplatz und siegte. Dies war die Zeit, in der Ibrahims dringender Wunsch, einen Stall und Pferde zu besitzen, abklang. Doch mit Abbas gewann er das Vertrauen ins Leben zurück. Er gewann dem Leben, das gegen seinen Willen unaufhaltsam verfloß, wieder einen Sinn ab.

Und er sah Abbas sterben.

Abbas ritt Sinko, einen Schimmel mit kurzem Schwanz. Abbas flog auf Sinko durch die Lüfte, und was dann geschah, wußte niemand. Keiner hatte ihn fallen sehen, Abbas lag jedoch auf dem Boden, und Sinko trampelte über ihn hinweg.

«Ein Pferd trampelt niemals über seinen Reiter hinweg, das ist eine Verschwörung, ein Verbrechen», brüllte Ibrahim und rannte zu Abbas, der tot dalag.

«Pferde sind die edelsten Tiere», sprach Ibrahim bei seinem Kondolenzbesuch, «man hat dem Tier etwas verabreicht, bestimmt hat man ihm etwas verabreicht, es kann nicht sein, Sinko ist ein Vollblut, und Abbas war ein echter Jockey. Unmöglich, Pferde trampeln nicht über ihren Reiter hinweg, außer sie sind nicht ganz normal.»

Die im Kreis um Abbas' Vater sitzenden Trauernden murmelten übereinstimmend.

«Männer, wo seid ihr?» schrie Ibrahim. «Wir müssen etwas unternehmen, das geht so nicht!»

Keiner gab eine Antwort. Abbas' Vater empfing, dem Eingang gegenüber sitzend und stotternd vor Tränen, die Trauergäste, während die Männer nicht zu existieren schienen.

Ibrahim verfluchte den Pferderennsport.

Er wußte, Pferderennen ist ein Spiel. Er hatte nicht vergessen, wie Emil, der Inhaber des Paroli-Büros, Charles Bey angegriffen und ihn an den Hoden gepackt hatte, als die Wahrheit über François, den Kurden, ans Licht gekommen war, und wie Emil danach an einem Herzschlag gestorben war.

«Mein Gott, hier geht es um Menschenleben! Man kann doch den Jungen nicht draufgehen lassen! Wenn sie betrügen wollen, dann sollen sie es tun, aber ohne den Tod in Kauf zu nehmen! Ein Land, in dem Betrug den Tod von jungen Männern bedeutet, das ist kein Land!»

Ibrahim wandte sich ab vom Pferderennen und beschloß auszuwandern.

In der Phase, in der Pferderennen und Abbas eine Rolle für Ibrahim spielten, war er ein anderer Mann. Der junge Jockey hatte einen gewissen Zauber, nicht bloß den Zauber eines Jünglings, sondern den Zauber des Fliegens. Ein Vogel auf einem Pferd, durch die Lüfte fliegend. So sah er ihn.

Bei seinem ersten Rennen siegte Abbas nicht. Dennoch fiel er Ibrahim auf. Er wartete das Ende der Runde ab und machte sich auf die Suche nach ihm. Abbas befand sich im Stall und half dem Stallburschen, das Pferd abzustriegeln, als Ibrahim auf ihn zuging, ihn küßte und ins Restaurant Abu Afif einlud.

«Guten Tag, mein verehrter Herr», sagte Abbas.

«Ich bin gekommen, um dir meine Glückwünsche auszusprechen», erklärte Ibrahim.

«Danke, aber vielleicht haben Sie gesehen, daß ich zwei Nasenlängen zurücklag.»

«Macht nichts, das nächste Mal gewinnst du. Komm, laß uns etwas essen gehen.»

«Danke, mein verehrter Herr, danke.»

«Ja, ja, schon gut, keine Ursache, komm, laß uns gehen.»

Der Junge ging mit. Im Restaurant sprach Ibrahim über die Schönheit der Pferde, und Abbas erkannte sich in den Worten des Mannes wieder. Seit jenem Tag waren die beiden durch Freundschaft verbunden. Nach den Rennen suchten sie das Restaurant auf, und Ibrahim sog Abbas' Ausführungen über das Leben der Pferde und deren Training bis ins kleinste Detail auf. Er sah sich selbst in dem Jüngling. Ibrahim konzentrierte sich auf Abbas' zarten Kiefer, der sich beim Sprechen gleichmäßig bewegte. Und ihm fiel auf, daß der Jockey seinen Kiefer beim Reiten ebenfalls bewegte. Die Bewegung nachahmend stellte er sich vor, auf einem Pferd zu reiten. Eines Tages lud er Abbas zu sich nach Hause ein und bot ihm ein Glas Arak an. Der Jüngling zierte sich zu trinken, gab aber auf Ibrahims Drängen nach, kostete, trank, betrank sich und brach in heiteres Gelächter aus. Tante Sarah, die die beiden beobachtete, wunderte sich, wie kindisch doch Männer sind.

Das war alles.

Norma malte sich wie alle frustrierten liebenden Frauen Geschichten aus. Doch Ibrahim hatte keine sexuelle Beziehung mit dem Jüngling. Er mochte ihn. Ihn faszinierten die großen Augen, die Bewegung des Unterkiefers und die langen Finger.

Ibrahim vertraute es niemandem an.

Jenen Traum vertraute Ibrahim niemandem an. Kein Mensch hat Kontrolle über seine Träume. Träume sind Visionen, philosophierte Hanna, als er Ibrahim von den Gefängnisträumen und der Vision vom wahrhaftigen, heiligen Elia erzählte.

Ibrahim hatte eine Vision, in der er eine nie im Leben gekostete Lust empfand. Er sah sich und Abbas zusammen in einem Bett. Abbas war nicht nackt, er trug ein Reitkostüm und Stiefel. Ibrahim selbst trug einen Pyjama. Zwar wußte er nicht, wie sie ins Bett gelangt waren, doch Abbas lag an seiner Seite. Ibrahim umarmte den Jungen, umarmte ihn lediglich, führte den Mund an dessen Hals und küßte ihn. Plötzlich schüttelte ihn jene alberne Lust, wegen der er wie von Sinnen aus dem Bett sprang und ins Bad stürmte. In diesem Traum überwältigte ihn eine Lust, die er nie zuvor erlebt hatte, weder mit Norma noch mit der Aleppinerin noch mit sonst irgend jemandem. Sein Leib lag ausgestreckt über dem Körper des Jünglings, er sah dessen lodernde Augen und reckte sich wie nie zuvor. In jener Nacht begriff er, daß die Lust im ganzen Körper wohnt und nicht nur in einem einzigen Glied.

Ibrahim hütete diesen Traum wie ein Geheimnis.

Fortan verspürte er eine gewisse Scham bei den Treffen mit dem schönen Jüngling. Er glaubte in Abbas' Augen Vorwürfe und Schwäche zu sehen, als erahnte oder spürte dieser Ibrahims Traum.

Die Zeit gab Ibrahim keine Gelegenheit, die Beziehung zu Abbas zu vertiefen. Der Tod brach herein, und mit ihm zeichnete sich im Gesicht des letzten Nachfahren Abd al-Djalils das Unglück ab. Alle Männer der Familie waren in aufeinanderfolgenden Etappen nach Südamerika ausgewandert. Was Abd al-Djalil betrifft, so wußte keiner etwas über ihn. War er der Mann, der am dritten Juni 1860 auf dem Märtyrerplatz hingerichtet worden war? Oder war er derjenige, der am zwölften Februar 1860 in Ain Kisrin brutal abgeschlachtet worden, der, wie es hieß, mit zwanzig Messern im Rücken drei Stunden gegen den Tod angekämpft und sich taumelnd weitergeschleppt hatte, bis er schließlich heulend im Viertel Uza'i zusammengebrochen war?

Keiner weiß es.

Ibrahim fand keine Hinweise auf Abd al-Djalil in der Schatulle, in der er nach dem Aufbewahrungsort des Goldes suchte, als er auszuwandern beschloß.

Weshalb wanderte Ibrahim nicht aus?

Denkbar waren zwei Gründe, die ihn hinderten, seine Pläne in die Tat umzusetzen.

Der erste bestand in der permanenten Unentschlossenheit, die Ibrahim bei jeder anstehenden Entscheidung plagte. Und der zweite lag im Hintergrund seines Beschlusses verborgen. Er hatte das Gold, das den Frauen ins Grab beigegeben worden war, vor seiner Abreise suchen wollen und hatte sich fest vorgenommen, nach Ain Kisrin zu fahren und die Ruhestätte des Germanus zu finden. Doch der Bürgerkrieg, der 1975 ausbrach, verwandelte alle Pläne in Illusionen. Ibrahim sollte 1976 sterben und das neue Blutbad nicht miterleben, das sich 1983 in Ain Kisrin und den umliegenden Dörfern ereignete. Und Gott wisse am besten, hatte man dort vorausgesagt, daß die kommenden Blutbäder grausamer sein würden als die von 1860, daß die französische Armee nicht wie 1860 herbeikommen würde, um die Überlebenden Nasars in ihr Dorf zurückzuführen, daß der gesamte Friedhof umgegraben und niemand die Ruhestätte des Germanus finden würde.

Die Geschichte begann so.

Beirut litt zu der Zeit unter den Schreckenstaten eines Mannes, sein Name war Viktor Awwad. Der vollständige Name lautete Viktor Hanna Awwad. Er stammte aus dem Dorf Fitri bei Byblos. Der mittelgroße, schlanke Fünfunddreißigjährige hatte einen dunklen Teint, runzelige Wangen und ein längliches Gesicht mit breitem Mund und feiner Nase. Über den schwarzen Augen waren die Brauen zusammengewachsen, die Stirn war recht gewöhnlich, das Haar tiefschwarz. Er hatte ein hitziges Gemüt, und seine Kleidung deutete auf die Armut und die schlechten Verhältnisse hin, in denen er lebte.

Dieser Mann beherrschte nicht nur die Gedankenwelt der Menschen in Beirut im Jahr 1948, er trat auch in Hanna as-Salmans Leben, ohne es jemals wieder zu verlassen. Die Bilder, wie er Antoinette Nadjar tötete, Emily Ainturi verscharrte oder Leichen in Kohlensäcke steckte, nach Karantina nahe der Brücke über den Beirutfluß schleppte, mit Asche bedeckte und vergrub, blieben an Hanna als Teil einer undurchschaubaren Existenz in einem lange zurückliegenden, früheren Leben haften.

Hanna machte sich bereit zu sterben.

Pater Sergius kam ins Gefängnis, und Hanna legte die Beichte ab. Während der Beichte entstand ein Problem. Das Todesgespenst vor Augen entschloß sich Hanna, ein einziges Mal in seinem Leben die Wahrheit zu sagen. Zum Treffen mit dem Priester führten sie Hanna in den Raum, in dem er sich vor Ahmad al-Itirs Ermordung mit Norma getroffen hatte. Als Hanna kniend seine Sünden gestand, traute der Geistliche seinen Ohren nicht. Hanna sprach ausschließlich von dem Mädchen. Er sei sich nicht sicher, sagte er, glaube aber, ihre Jungfräulichkeit auf dem Gewissen zu haben. Er bereue es nicht, erklärte er.

«Pater, mit ihr war Sex für mich wirklich Sex, es gab nichts anderes. Ein Bild sehe ich stets vor mir, mich selbst. Hübsch und jung steht sie mit ihren zwanzig Jahren vor mir und zieht sich aus, ich warte nicht ab, bis sie fertig ist, sondern stürze mich auf sie und schlafe mit ihr, ich sehe mich selbst, sehe, wie ich sie beschlafe, und wenn sie zu weinen anfängt, fühle ich mich wie der König über die ganze Welt.»

Während Hanna, die priesterliche Stola auf dem Haupt, in die Einzelheiten ging, saß Pater Sergius mit weit aufgerissenen Augen auf dem Stuhl, als wollte er sich vergewissern, daß er im Gefängnis Hanna as-Salman die Beichte abnahm und nicht träumte.

«Schon gut, schon gut, mein Sohn», unterbrach er Hanna, «diese Sache haben wir nun begriffen. Und was gibt's sonst noch?»

«Nichts, Euer Hochwürden.»

«Wenn ich Ihnen Absolution erteilen soll, müssen Sie schon alle Sünden beichten, Sie stehen jetzt vor Gott.»

«Das ist alles, was ich zu beichten habe», erwiderte Hanna.

«Was soll das heißen, mein Sohn! Beim Prozeß legten Sie ein Geständnis ab, hier aber schweigen Sie.»

«Aber Pater, ich habe niemanden umgebracht.»

«Was haben Sie dann getan?»

«Ich habe nichts damit zu tun, Pater, ich gestand unter den Prügeln und wegen des Salzes, ich wurde gezwungen, ein Kilo Salz zu essen.»

«Ich bin kein Richter, Hanna. Diese Worte nutzen Ihnen nichts, Gott sieht alles und weiß alles. Nun tun Sie endlich Buße, damit ich Ihnen Absolution erteilen und gehen kann.»

«Ich spreche die Wahrheit, Pater, ich bin wirklich unschuldig.»

An dieser Stelle verlor der Geistliche die Geduld, er riß die Stola von Hannas Kopf.

«Was für eine Wahrheit?» drohte er ihm mit erhobenem Zeigefinger. «Glauben Sie etwa, daß Ehebruch ein geringfügigeres Vergehen ist als Mord? Für Gott sind alle Sünden gleichwertig, nun gestehen Sie endlich, bald werden Sie vor den himmlischen Richter treten. Kein Haar, das Euch vom Kopf fällt, verliert Ihr ohne seine Erlaubnis. Vor ihm gibt es kein Lügen, nun machen Sie schon, meine Arbeit wartet, ich habe schließlich auch noch etwas anderes zu tun.»

«Ich schwöre bei Gott, Pater, ich sage die Wahrheit.»

«Nein, Sie lügen.»

Hanna stand auf. «Ich bin kein Lügner, der Lügner sind Sie. Was wollen Sie eigentlich von mir? Ich gestehe, was ich will, Sie sind doch nicht der liebe Gott.»

Lautes Geschrei ertönte. Es hieß, Hanna habe den Priester beschimpft und geschlagen, die Wache habe sich auf ihn gestürzt, ihn mit Fäusten und Tritten übel zugerichtet und ihn, als er unfähig war zu atmen, in die Zelle zurückgeführt.

Zwei Wochen nach diesem Zwischenfall sollte Hanna sich zum Gottesdienst in die Sankt-Nikolas-Kirche begeben und das Gotteshaus mit einem Messer betreten. Der Geistliche sollte zu flüchten versuchen, dann aber niederknien und reuig Hannas Hand küssen. Die Predigt an jenem Sonntag sollte von dem Mörder Viktor Awwad handeln, wie auch von Hanna as-Salmans Unschuld, der ihm widerfahrenen Ungerechtigkeit und der von ihm durchlebten Erfahrung. Der Priester sollte darüber sprechen, daß der Herr seine Liebsten auf die Probe stelle, und ein Gleichnis von keuschen Propheten anführen, die um des Heilands Willen geknechtet und gemartert worden seien.

Nach Ahmad al-Itirs Ermordung wurde Hanna as-Salman in eine Einzelzelle verlegt. Er lebte für sich und wartete nicht mehr auf Normas Besuche. Er wußte, daß die Stunde nahte. Nach dem Streit mit Pater Sergius hörte er auf, die Bibel zu lesen und über die Geschichte des heiligen Elia nachzudenken. Hanna trat in eine tiefe innere Stille, die wie ein schwerer Stein auf der Seele lastete.

Eines Morgens besuchte ihn sein Anwalt, Ahmad Junis. Hanna mochte Ahmad Junis, den einzigen Menschen, der von seiner Unschuld überzeugt war, sogar noch nach dem Geständnis, das er vor Gericht abgelegt hatte.

Der Anwalt hatte nichts unversucht gelassen, um das Todesurteil in ein Lebenslänglich umzuwandeln. Er hatte Artikel in Zeitungen veröffentlicht, Briefe an den Staatspräsidenten und den Premierminister verfaßt, doch ohne Erfolg.

An jenem Morgen kam Ahmad Junis mit düsterer Miene und teilte ihm mit, daß die Angelegenheit schwierig sei.

«Ich weiß, mein Herz sagt es mir», erwiderte Hanna mit gebrochener Stimme.

«Nach dem Gefängnismord ist die Sache sehr viel komplizierter geworden, wir müssen etwas tun», sprach der Anwalt und riet Hanna, einen langen Brief an den Staatspräsidenten zu schreiben und ihm zu schildern, welchen bestialischen Folterungen er unterzogen worden war.

«Ich will nichts schreiben», widersetzte sich Hanna, «ich will die Sache hinter mich bringen, mir ist alles egal. Früher dachten wir, der Tod sei nur Schlaf, hielten das ganze für Unsinn und machten uns darüber lustig. Und jetzt, da ich weiß, daß der Tod Schlaf ist, weshalb sollte ich mich fürchten? Das einzige, was mir Kummer bereitet, ist der Strick. Haben Sie eine Ahnung, ob es sehr weh tut, wenn man gehängt wird?»

Der Anwalt erklärte ihm, daß man nur minimale Schmerzen verspüre, denn sobald der Strick sich straffe, würde der Hals brechen und der Gehängte ohnmächtig werden. In der Besinnungslosigkeit verliere man jedes Gefühl. «Das heißt, in zwei, drei Augenblicken ist alles vorbei.»

«Herr, steh mir bei!» sagte Hanna, küßte den Anwalt zum Abschied auf beide Wangen und bat ihn, seine Kinder und Frau von ihm zu grüßen und ihnen die Nachricht zu überbringen, daß ihr Vater unschuldig gewesen und zu unrecht gestorben sei. Hanna liefen die Tränen, dem Anwalt liefen die Tränen, sie gingen auseinander.

Am Morgen des dritten Oktober 1948 veröffentlichten die Zeitungen folgende vom libanesischen Staatspräsidenten Bishara al-Khoury erlassene Verordnung:

«Der Staatspräsident verfügt
gemäß der libanesischen Verfassung
und gemäß des am 28. September 1948 vom Vorsitzenden des Begnadigungsausschusses gefällten Urteils
sowie gemäß des Antrags des Ministerpräsidenten, dem Justizminister
folgendes:

1. Das am 24. Juni 1948 vom Strafgericht gefällte Todesurteil wird an dem Angeklagten Hanna as-Salman vollstreckt.
2. Die Vollstreckung erfolgt auf dem Platz vor dem Justizpalast.

Diese Verfügung wird öffentlich bekanntgegeben und den erforderlichen Stellen gemeldet.»

In der Nacht des vierten Oktober 1948 streuten Arbeiter der Beiruter Stadtreinigung den Platz des Justizpalastes mit rotem Sand aus und stellten den Galgen auf. Die al-Mutanabbi-Straße blieb wach, um rechtzeitig auf den Platz zu gelangen und den Mörder zu sehen. Ganz Beirut bereitete sich darauf vor, Hanna as-Salmans Hinrichtung zu feiern. Ibrahim Nasar trank in seinem Haus ein Glas Arak und beklagte sich, daß er um seinen Schlaf käme, weil er bei Sonnenaufgang der Hinrichtung beiwohnen müsse. Norma weinte. Hanna as-Salmans Frau hatte Fenster und Türen verschlossen und ließ niemanden ins Haus.

Allen war bekannt, daß der Montagmorgen des vierten Oktober für die Hinrichtung bestimmt war, mit Ausnahme von Hanna. Ahnungslos schlief er in dieser Nacht, ohne die geringste Angst oder Unruhe zu verspüren.

Um ein Uhr früh war im Hof des Raml-Gefängnisses ein Tumult zu hören. Die Wächter glaubten, die Stunde der Hinrichtung sei gekommen, und warteten auf den Anblick des vor Todesangst schlotternden und Zähne klappernden Verurteilten. Sie wischten sich die Müdigkeit von den Mündern, krempelten die Ärmel hoch, bereit, ihn zu tragen, sollten ihm die Beine versagen.

Drei Autos trafen ein. Heraus sprangen der Richter Djamil Salama, der Anwalt Ahmad Junis sowie drei Beamte, sie hasteten zu Hannas Zelle. Als erster betrat sie der Anwalt, er schrie Hanna an. Seine Stimme klang verzerrt, als wollte er seine Gefühlsausbrüche unterdrücken. Als Hanna die Augen öffnete, blendete ihn das Zellenlicht, er verstand.

«Alles klar», sagte er mit zitternder Stimme.

«Erheben Sie sich, gehen Sie heim», rief der Anwalt.

Hanna glaubte, die Hinrichtungsrituale hätten begonnen. Er dachte, man habe seine Familie kommen lassen, damit er sie ein letztes Mal sehen konnte.

«Ich will niemanden sehen», sträubte er sich und fing an, mit den Zähnen zu klappern.

«Nun stehen Sie schon auf! Gott sei gelobt!»

Sein Anwalt nahm ihn an die Hand und versuchte, ihm auf die Beine zu helfen. Hanna erhob sich, brach aber wie ohnmächtig zusammen.

«Gott sei gelobt, die Wahrheit ist ans Licht gekommen, man hat den Mörder gefaßt, Sie sind unschuldig, Sie sind frei, stehen Sie auf und gehen Sie heim.»

Auch der neue Gefängnisdirektor, Herr Karim Ma'luf, war anwesend, neben ihm der Richter und der Anwalt. Die drei Männer standen vor Hanna, der mit verschlafenem Gesicht auf dem Boden lag, die Worte zwar vernahm, aber nicht begriff. Hanna kratzte sich Gesicht und Rücken, weiße Schuppen rieselten herab. Als er sich erhob, versagten ihm die Beine, und er brach wieder beinahe zusammen. Er wurde von Polizisten zum Auto des Anwalts getragen und gelangte mit ihm nach Hause.

Die libanesische Polizei hatte rein zufällig entdeckt, daß Viktor Awwad der Mörder war. Gleich bei seiner Verhaftung hatte er alles gestanden.

Viktor Awwad lebte mit seiner Frau Nihad im Viertel Djemmaize in Beirut und arbeitete im Kohlengeschäft seines Onkels Marun Awwad. Marun litt an Gangrän, was die Ärzte veranlaßte, ihm beide Beine abzunehmen. Deshalb führte Viktor das Geschäft und schob seinen Onkel im Rollstuhl von seinem Haus zur Arbeit und zurück. Viktors Geschichte war eigenartig. Er war bekannt als frommer Mann, der die heilige Jungfrau verehrte. In seinem anderen Onkel, Pater Sim'an, fand er spirituellen Beistand. Doch statt die geistliche Laufbahn einzuschlagen, diente Viktor beim Militär, wo seine Probleme ihren Anfang nahmen. Er wurde der Gaunerei und des Betrugs angeklagt und für elf Jahre ins Gefängnis gesperrt. Nach seiner Haftentlassung fand er keine Arbeit. Denn nachdem er Schuhe aus dem Lager der Fachr-ad-Din-Kaserne gestohlen und auf dem Markt verkauft hatte, verfügte er als unehrenhaft entlassener Soldat über kein gutes Führungszeugnis. Außerdem konnte er keine Bildungsnachweise erbringen, da er vor dem Abitur von der Schule abgegangen war, um dem Militär beizutreten. Weil er keine Anstellung fand, war er gezwungen, im Geschäft seines Onkels Marun, dem Kohlenhändler, zu arbeiten. Ein Jahr später heiratete er Nihad Awwad, eine Verwandte aus dem Dorf Fitri, die als Dienstmädchen im Hause des Herrn Adib Tabit im Viertel Mar-Nikola im Stadtteil al-Aschrafijja angestellt war. Die beiden heirateten, bekamen aber keine Kinder, und die Mordserie nahm ihren Anfang.

Viktor Awwad gestand drei Verbrechen: Das Abschlachten der Hure Antoinette Nadjar, den Mord an Emily Ainturi und den Mord an seinem Cousin Josef Awwad. In allen drei Fällen war das Tatmotiv einzig und allein der Diebstahl von Gold. Bei der Wiedergabe seiner Vorgehensweise bekannte er, daß ihn die Goldreifen an Antoinettes Handgelenk zu dem Verbrechen bewogen hätten. Auch der Mord an seinem Cousin, der zur Aufdeckung der anderen Verbrechen führte, sei wegen Gold geschehen. Josef habe einem Juwelier eine beachtliche Menge an Schmuckstücken abgelistet mit dem Argument, sie verkaufen zu wollen. Deshalb habe Viktor ihn unter einem Vorwand ins Kohlengeschäft gelockt, durch vier Schüsse in den Kopf getötet, in einen Kohlensack gesteckt, im Viertel Karantina in die Grube geworfen, in der er zuvor bereits die Leichen von Antoinette und Emily verscharrt hatte, und ihn mit Kohlenstaub bedeckt. Starke Regenfälle spülten die Leiche ins Meer. Sie wurde vier Tage später am Strand von Junieh entdeckt.

Viktor Awwad legte verblüffend schnell ein Geständnis ab. Es bestand keine Notwendigkeit zur Folter. Er gestand den Mord an Josef, Emily und Antoinette. Und so erfuhr der Ermittler, daß Hanna as-Salman keine Schuld an den Verbrechen trug.

Um zweiundzwanzig Uhr des dritten Oktober 1948 ging ein Telefonat im Präsidentenpalast ein, Hannas Freilassung wurde angeordnet und sein weißgeschuppter Hals vor dem Strick gerettet.

Hanna ging der Strick nicht aus dem Kopf.

Als er sich zu Viktor Awwads Hinrichtung aufmachte, war ihm, als würde er selbst gehängt. Er wohnte der Gerichtsverhandlung bei und begab sich an den Ort, an dem Awwad die Verbrechen nachspielte. Er hatte das Gefühl, er hätte es selbst sein können. Während er dem wahren Mörder bei der Darstellung der Verbrechen zusah, die er selbst vor kurzem erst gespielt hatte, fürchtete er sich vor der Wahrheit und kam zu der Überzeugung, daß der Mensch alles sein könnte und die ganze Sache reiner Zufall war.

Mit kalter Stimme, die nicht aus einer menschlichen Kehle zu stammen schien, erzählte Viktor Awwad. Er erzählte wie ein Kassettenrekorder, als seien die Morde fernab von jeder Besessenheit geschehen. Daß Kapitalverbrechen oder Schmuggeln eine Besessenheit ist, erfuhr Hanna durch seinen Eintritt in die magische Welt, die ihm Sami al-Khoury durch das Geheimnis des Weißkohls eröffnet hatte. Und die Besessenheit entführt einen ins Unbekannte, gewinnt Herrschaft über die Schultern, indem sie diese in solche Spannung versetzt, daß sie sich wie der Körperteil eines anderen Mannes anfühlen.

Warum hatte Viktor Awwad dies getan?

Hanna betrachtete den dürren Mann, der auf die Plattform zum Galgen emporstieg, sich nach rechts und links umschaute, als erwarte er etwas. «Gott steh ihm bei», sagte Hanna, als Viktor Awwads Körper in der Luft zappelte und seine Seele wie eine schwarze Rauchschwade aufstieg.

An diesem Montag des einunddreißigsten Januar 1949 strömten die Menschen trotz großer Kälte bereits ab zwei Uhr früh zum Platz vor dem Justizpalast. Die Massen schoben sich vorwärts, um so nah wie möglich an den Galgen heranzukommen, so daß Polizisten das vom Zusammensturz bedrohte Gerüst umstellten und sie zurückdrängten. Die Menge, für die der Platz zu klein wurde, erstreckte sich vom Justizpalast bis zum Cinema Capitol und Bab Idris und wurde auf fünftausend Personen geschätzt. Die Menschen waren außer sich.

Um sechs Uhr dreißig traf der schwarze Gefängniswagen ein, empfangen vom wilden Geschrei der Schaulustigen und dem Getriller zahlreicher Frauen aus dem Rotlichtviertel. Eine fünfzigjährige Frau mit dicken Schenkeln erkletterte die Brüstung nahe des Galgens und schmetterte Reimverse, auf die die Frauen wie auf einer Hochzeit mit Getriller antworteten. Es entstand ein einziges Durcheinander. Vergeblich bemühte sich die Polizei, die Menschen daran zu hindern, noch näher an den Verurteilten heranzurücken, dem die Angst und das Entsetzen ins Gesicht geschrieben standen.

Man schob Viktor Awwad unter den Galgen und legte ihm einen weißen Burnus an. Daß seine Beine leicht zitterten und er unentwegt Speichel schluckte, bemerkte der Henker. Doch aus der Ferne wirkte die Szene anders. Viktor Awwad machte einen tapferen und gefaßten Eindruck. Er brach nicht wie die meisten Todeskandidaten zusammen oder schreckte davor zurück, sich den Burnus anlegen zu lassen. Er war nur zerfahren.

Während die Menge dem Verurteilten im weißen Gewand zusah, wie er sich aufs Sterben vorbereitete, tauchte eine Frau mit einem Sack auf. Josef Awwads Mutter trat vor, in der Hand den Sack, in den der Mörder die Leiche ihres Sohnes gesteckt hatte. Sie klammerte sich an die Kleider des Oberstaatsanwalts und flehte ihn an, ihren Rachedurst stillen zu dürfen, indem sie dem Mörder den Sack vor Augen hält. Die Frau ging auf Viktor zu, stülpte sich den Sack über den Kopf und lief wie blind weiter. Sie taumelte, und das Getriller stimmte in den Rhythmus ihrer Schritte ein. Der Henker trat an die Frau heran und nahm sie an die Hand, um einen Zusammenstoß mit dem Galgen zu verhindern. Benommen stand Viktor da. Er hielt sich am Galgenpfosten fest. «Es reicht», schrie er, «das ist eine Hinrichtung und kein Jahrmarkt! Ich habe etwas zu sagen.» Der Henker zog die Frau mit dem Sack zurück. Sie nahm den Sack vom Kopf, trocknete sich mit ihm die Tränen und verlor sich in der stehenden Menge.

«Bevor ich hinaufsteige», sprach Viktor Awwad mit lauter Stimme, «möchte ich Herrn Musas Burnus küssen.»

Zum Abschied umarmte er den Anwalt, der ihn verteidigt hatte. Dann trat er an die Leiter heran und stieg auf die Plattform, auf der der Henker darauf wartete, ihm die Schlinge um den Hals zu legen.

«Einen Moment noch», bat Viktor den Henker. «Ich will noch etwas sagen, ich habe das Recht zu sprechen, und ihr da drüben, hört auf zu trillern und zu singen, das könnt ihr später noch zur Genüge tun, gleich könnt ihr tun und lassen, was ihr wollt, ich höre es dann nicht mehr. Was ich sagen will, ist, daß ich unschuldig bin, ich bin unschuldig, ich habe sie zwar umgebracht, aber ich weiß nicht, warum, und ich weiß auch nicht, wie. Ich bin unschuldig, die Schuld liegt nicht bei mir, die Schuld liegt beim Staat. Ja, ich habe gestohlen, aber die Minister stehlen tagtäglich, für dreitausend Lira haben sie mich elf Jahre ins Gefängnis gesperrt, was hätte ich eurer Meinung nach tun sollen, die Schuld liegt nicht bei mir, die Schuld liegt beim Staat, die Schuld liegt bei euch allen, ihr alle habt dazu beigetragen, daß ich so elend dran bin, so ein elendes Land, ich wollte niemanden umbringen, aber es ist eben passiert. Nichts für ungut. Ich bitte niemanden um Vergebung, ich will nichts von der Welt, ich spucke auf sie», er spuckte. «Ich spucke auf sie», und er spuckte. Er erging sich in einem Schwall von Schimpfworten, verlor das Gleichgewicht und wäre beinahe von der Plattform gefallen. Der Henker wollte ihn zum Galgen stoßen, doch er setzte sich zur Wehr, wich zurück und fiel zu Boden. Der Anwalt eilte zu ihm und half ihm auf die Beine. Awwad flüsterte dem Verteidiger etwas ins Ohr, dieser rannte zum Oberstaatsanwalt, kehrte wieder zurück und leistete ihm beim Besteigen der Plattform Hilfe. Währenddessen warf ihnen der Henker haßerfüllte Blicke zu, als mache er sich für ein Verbrechen bereit.

«Ich habe einen letzten Wunsch», sprach Viktor Awwad. «Ich möchte eine Zigarette.»

Der Oberstaatsanwalt bot ihm eine Gitane an.

«Nein, keine französische, sondern eine einheimische Zigarette, und zwar eine Erlesene Nr. 1.»

Ein Polizist reichte ihm eine Erlesene Nr. 1 und wollte ihm Feuer geben. Doch Viktor Awwads Kopf wich zurück.

«Nein, nicht Sie! Ich möchte, daß Seine Exzellenz, der libanesische Präsident Bishara al-Khoury, mir die Zigarette anzündet. Das ist mein letzter Wunsch, danach könnt ihr mit mir machen, was ihr wollt.»

Es entstand ein Durcheinander. Mit der Zigarette im Mund und vorgerecktem Hals wartete Viktor auf die Ankunft des Präsidenten. Der Henker stieß Viktor zum

Galgen. Die Zigarette fiel ihm aus dem Mund, und schon steckte sein Kopf in der Schlinge. Awwad quollen die Augen hervor. Der Henker gab sich große Mühe, die Schlinge um den Hals gut festzuziehen. Als er fertig war, gab er seinem Kollegen ein Zeichen mit einem weißen Tuch, und im nächsten Augenblick pendelte Viktor Awwads Körper in der Luft und wurde während des langen Todeskampfes von heftigen Zuckungen durchschüttelt, ein Aufbäumen, das ungefähr fünf Minuten dauerte.

Stille senkte sich über die Menge. Das Trillern brach ab, das Gejohle ebenfalls. Stille umhüllte den Mannes-körper in der Luft, und die Menge strömte wieder auseinander. Bis der Gerichtsmediziner um acht Uhr kam und den Toten untersuchte, blieb er hängen. Dann folgte der Priester in Begleitung von fünf Männern mit einem Sarg, und der Tote wurde fortgeschafft.

Samira, die mit Viktor Awwad eines seiner Verbrechen nachgespielt hatte, wollte den Staatspräsidenten gesehen haben. Der Präsident, erzählte sie, sei plötzlich auf Viktor Awwads Wunsch nach Feuer aufgetaucht. Der Präsident, klein, gedrungen und mit europäischem Hut, habe sich im Stolperschritt nach vorn begeben. Er habe ein goldenes Feuerzeug aus dem Jackett gezogen, dem Verurteilten Feuer gegeben und sei zurückgetreten. Viktor Awwad habe zwei Züge inhaliert und die Zigarette mit zitternden Lippen festgehalten, da ihm die Hände durch den Burnus gebunden gewesen waren. Die bibbernde Zigarette sei ihm aus dem Mund gefallen, im gleichen Moment habe der Henker ihm einen Stoß versetzt und ihm die Schlinge um den Hals gelegt.

Hanna hatte den Staatspräsidenten nicht gesehen, konnte sich auch nicht erinnern, ob irgend jemand Viktor die Zigarette angezündet hatte oder nicht. Vielleicht, sagte er zu Ibrahim, habe sich unter den Schaulustigen eine Person befunden, die dem Präsidenten ähnlich sah. Da man dem Todeskandidaten den letzten Wunsch nicht ausschlagen könne, hätten sie eine kleine dicke Person herbeigeschafft, ihr einen europäischen Hut aufgesetzt und sie aufgefordert, Viktor Awwad Feuer zu geben. Awwad sei durch das unerwartet schnelle Erscheinen des Präsidenten irritiert gewesen. «Er dachte wohl», behauptete Samira, «uns drei weitere Stunden hinhalten zu können. Verfluchter Kerl, wir hatten uns die Füße wundgestanden und die Stimmen heiser geschrien, länger hätten wir wirklich nicht mehr warten können. Endlich schubste ihn der Henker, und er starb.»

So sprach Samira zu Hanna, dem Salzigen, der bereits in Sami al-Khourys Netz als Kiezwächter und Agent im Rotlichtviertel diente, wo auch ihre Freundschaft entstand. Als seinen Standort wählte Hanna das Café in dem ehemaligen Stall des roten Hauses, in dem Marika Espiridon, die Königin des Prostituiertenviertels, ihren Sitz hatte. Neben dem Café befand sich ein kleiner Raum, in den sich Bruder Atijja eingemietet hatte. Bruder Atijja war einer der protestantischen Erneuerer, die sich zur Aufgabe gemacht hatten, unter den von der Gesellschaft gesteinigten «Magdalenas» zu missionieren. Mit der Bibel in der Hand postierte er sich vor seiner kleinen Bude und ermahnte die Passanten zur Buße. «Das Himmelreich naht», rief Atijja und rezitierte aus dem Gedächtnis ganze Passagen aus der Bibel. Doch zu ihm kamen nur jugendliche Schüler aus der Frères-Schule im Viertel Djemmaize und verspotteten ihn und seinen Glauben. Bekannt wurde Bruder Atijja durch seinen berühmten Ausspruch: «Ruhe herrscht oben». «Hier», predigte er auf den Boden weisend, «herrschen Qual, Mühsal und Sünde. Der Mensch wird sündig geboren, und Erlösung findet er nur durch den Messias oder oben», verkündete er und deutete mit dem Kopf und der rechten Hand in die Höhe, wo sich Marikas Wohnung befand. «Die Ruhe findet sich oben, oben findet sich die ewige Ruhe.» Lachend stiegen die Schüler die Steintreppen hinauf zur ewigen Ruhe bei den Frauen und überließen Bruder Atijja seiner Naivität.

Als Nachbar genoß Hanna die Diskussionen mit ihm über die Evangelien und Glaubenslehren, besonders aber über die Jungfräulichkeit Marias, die Bruder Atijja vehement zurückwies.

Mit dem Café als Ausgangspunkt leitete Hanna das Haschischgeschäft im Rotlichtviertel und baute ein eigenes Netz auf, das Sami al-Khoury in seine Planung einkalkulierte, zumal sein Agent darin neue Schmuggler aus angesehenen Beiruter Familien auffing.

Samira erzählte Hanna, wie sie bei der Rekonstruktion des Mordes an Antoinette Nadjar mit Viktor Awwad in Ohnmacht gefallen war.

«Sie brachten ihn um elf Uhr. In der Runde mit dem Staatsanwalt, Herrn As'ad Badawi, hörten wir uns seine Schilderungen an. Er erzählte, wie er die Goldreifen an Antoinettes Armen sah und den Entschluß faßte, sie zu töten. Er hatte einen Termin um Mitternacht bei ihr. Nach seiner Ankunft trank er Arak, und sie rauchte eine Haschischzigarette, während sein armenischer Freund unten im Auto wartete. Er schlief mit ihr und schlachtete sie mit einem Messer ab.»

Der Richter fragte ihn, ob er den Mord in betrunkenem Zustand begangen habe.

«Aber, aber, Herr Richter», erwiderte Viktor, «Sie glauben doch nicht, daß ich von einem Glas Arak betrunken werde! Ich trat auf den Balkon, gab meinem Freund ein Zeichen, daß er sich bereithalten solle, und legte mich wieder zu ihr, drückte sie zwei Mal an mich, legte ihr ein Rasiermesser an die Kehle und durchschnitt sie zwei Mal. Als das Rasiermesser in ihren Hals eindrang, wimmerte sie. Ich hielt ihr den Mund mit der Hand solange zu, bis ich die Gewißheit hatte, daß sie tot war, dann wusch ich mir das Blut von den Händen, nahm ihr die Armreifen ab, schaute auf die Straße, wo Barsich auf mich wartete, und wir machten uns davon. Der Armenier ist schuld! Als ich hinunterkam, saß er zitternd im Auto, ich befahl ihm, auf mich zu warten, er fragte nach dem Gold, er solle sich beruhigen, sagte ich, nahm den Kohlensack aus dem Auto und ging hinauf zu ihr, ich war durcheinander, er hatte mich mit seiner Angst durcheinander gebracht. Jedenfalls steckte ich sie in den Sack, hievte sie auf den Rücken und lief schnell zurück. Wir stiegen ins Auto, und blitzschnell waren wir in Karantina. Das war der Fehler. Hektik kommt vom Teufel. Vor lauter Hektik bemerkte ich nicht, daß Blut auf das Kissen gelaufen war, sonst hätte ich das Kissen mitgenommen, und ihr hättet geglaubt, sie sei verschwunden.»

Der Staatsanwalt forderte Samira an-Naschif auf, die Rolle zu spielen. Kaum hatte Samira sich auf das Bett gelegt, versuchte Awwad sie unter den Augen des Staatsanwalts, der Richter und Polizisten auf den Mund zu küssen.

«Was machen Sie da?» brüllte der Staatsanwalt.

«Ich küsse sie.»

«Lassen Sie gefälligst den Unfug! Jetzt ist wohl kaum der Zeitpunkt für Zudringlichkeiten! Nun spielen Sie den Tathergang schon endlich nach!»

Viktor drückte Samira an die Brust, legte sich neben sie und ritzte ihr mit einem Kamm zwei Mal die Kehle. Samira ächzte und wurde ohnmächtig.

«Der Kamm blitzte auf wie ein Messer, ich wollte weglaufen, aber, o Gott, er packte mich, entsetzlich, wie er mich festhielt, ich konnte mich nicht mehr bewegen, und als er mir mit dem Kamm die Kehle ritzte, glaubte ich, ich würde sterben, später erzählte mir Madame Bianca, ich hätte die Besinnung verloren, die Mädchen seien in Tränen ausgebrochen, und die Soldaten hätten Viktor Awwad verprügelt.»

Hanna fragte Samira nicht, wieso Madame Bianca ihn mit ihrer Aussage belastet hatte, als wegen des Mords an Antoinette gegen ihn ermittelt worden war. Bianca hatte ihn als Mörder identifiziert.

«Das ist er! Jawohl, ihn sah ich hinuntergehen», hatte Bianca behauptet.

«Mich? Sie wollen mich gesehen haben?»

«Jawohl, Sie! Außerdem hörte ich seine Stimme, das ist seine Stimme.»

«Meine Stimme?» hatte Hanna gerufen.

«Aber klar, Ihre Stimme war es! Er ist's mit Haut und Haaren, Euer Ehren.»

Es war schon seltsam, daß zwischen den beiden Männern keinerlei Ähnlichkeit bestand, mit der Bianca ihren großen Irrtum hätte rechtfertigen können. Hanna mit seiner hellen Haut, seiner kurzen, fülligen Gestalt und dem kleinen Hängebauch, den er vor sich hertrug, war nicht zu verwechseln.

«Die Nacht täuscht», erklärte Samira.

«Was heißt hier, täuscht? Euretwegen wäre ich fast draufgegangen.»

«Wir sind Nachtgeschöpfe, sehen nachts nichts außer Dunkelheit. Sie tischen uns Märchen und Lügengeschichten auf. Der eine erzählt, er besäße Firmen, hat aber Löcher in der Hose, dem anderen schnappt die Stimme über, weil er, obwohl er seine Frau liebt, gezwungen ist, sie zu betrügen, weil sie verhindert ist, ein weiterer hat einen Abgeordneten zum Vater, der nächste will mich heiraten, weil ich ihn an seine verstorbene Mutter erinnere, und was weiß ich noch alles, nichts als Lügen. Uns wurde gesagt, du seiest es gewesen, also glaubten wir, du warst es. Wir haben doch nichts damit zu tun. Schließlich sahen wir nichts! Irgendwer kam daher und brachte Antoinette um, im Viertel brach Panik aus, und da brachten sie dich an. Gott sei Dank, sagten wir uns, der Mörder ist gefaßt, also können wir unserer Arbeit wieder in Ruhe nachgehen. Dann gabst du dir die Ehre, hier aufzutauchen und das Verbrechen nachzuspielen. Als sie dich ins Viertel brachten, legtest du dich auf den Bauch und fielst in Ohnmacht. Natürlich, du selbst sagtest doch im Beisein von Bianca, daß du Antoinette mit einem Küchenmesser umgebracht hättest, außerdem erzähltest du lang und breit, du hättest sie geliebt, seist aber von ihr betrogen worden. Wieso bist du jetzt wütend, ist doch sowieso alles nur erstunken und erlogen. Was weiß ich, vielleicht ist Viktor Awwad auch nicht der Mörder, vielleicht hat er damit genauso wenig zu tun wie du. Vielleicht spielte er nur Theater, identifizierte sich mit der Rolle aber mehr als du.»

«Und weiter?», wollte Hanna wissen.

«Was soll weiter gewesen sein, Hannalein?»

«Was geschah, nachdem er dich mit dem Kamm abgeschlachtet hatte?»

«Ich starb.»

«Du starbst!»

«Nein, ich fiel in Ohnmacht, aber sie dachten, ich sei tot. Weißt du, man fällt ruck, zuck in Ohnmacht, ohne es zu merken. Als er mich umarmte und zudrückte, fing ich an zu zittern, ich zitterte wie ein Blatt, als er mich an der Gurgel packte, schließlich überwältigte er mich mit dem Kamm. Kaum spürte ich ihn an der Kehle, war ich weg.»

«Und dann?»

«Als ich wieder zu mir kam, erzählten sie mir, daß sie ihn zusammengeschlagen hätten. Die Frauen hätten geflucht, die Schuhe ausgezogen und seien, damit bewaffnet, losgestürzt. Doch die Soldaten hätten die Frauen zurückgehalten, Awwad verprügelt und ihn ins Gefängnis gebracht.»

«Gott bewahre!»

«Ist doch jetzt alles in bester Ordnung, Hannalein, später gingen wir uns das Hinrichtungsspektakel anschauen. Willst du die Wahrheit hören oder ihre Schwester?»

«Die Wahrheit», erwiderte Hanna.

«Die Wahrheit ist, daß ich drei Monate lang nicht arbeiten konnte. Immer, wenn ich zu arbeiten versuchte, und ein Kunde sich mir annäherte, hatte ich das Gefühl, Viktor Awwad würde sich auf mich legen, mich umarmen und den Kamm zücken. Ich sprang dann immer auf und weinte, ohne Bianca wäre ich verhungert. Bianca machte Madame Marika klar, daß ich in einer schwierigen psychischen Situation sei. Mit der Zeit begann ich zu vergessen und nahm die Arbeit wieder auf.»

«Wieso weinst du?» fragte Hanna.

«Denk ja nicht, daß ich aus Angst weine, ich weine um Antoinette, Gott hab sie selig, arme Antoinette, sie starb ganz umsonst.»

«Wir sind alle bei ihr», sagte Hanna.

«Richtig, aber doch nicht so, verflucht! Was für eine Bestie! Was soll ich noch sagen! Wir gewöhnten uns wieder ein, gingen unserer Arbeit nach, er wurde gehängt, und wir trillerten, Gott bewahre, was noch alles auf uns zukommt, gib mir eine Zigarette.»

Hanna steckte sich ein Zigarette zwischen die Lippen, zündete sie an und reichte sie ihr.

«Wo ist dein Kamm?» fragte Hanna.

«Wozu der Kamm?»

«Um Theater zu spielen.»

«Um Gottes Willen!»

Lachend schloß Hanna sie in die Arme.

Samira zog an der Zigarette und gab sie ihm zurück.

«Nein, nicht so eine, ich will sie mit Füllung.»

Hanna drehte ihr eine Haschischzigarette. Gierig rauchte Samira und schlief ein.

Die Geschichte begann so.

Ibrahim Nasar erinnerte sich. Die Sonne brannte auf die Stadt nieder. Überall sengende Hitze. Sonne strahlte auch in die Wassertonne neben dem Mandelbaum im Garten, in der der kleine Ibrahim planschte. Der Junge stand an der Tonne, die Hände ins Wasser getaucht, als ihm Klageschreie an die Ohren drangen. Tante Sarah klagte unentwegt, als wäre sie eine Witwe. Und von ihrem Bruder Jakob bekam sie, entgegen ihrer Behauptung, keine Prügel. Denn Jakob prügelte weder Frau, Schwester noch sonst irgend jemanden.

«Mein Vater war ein trauriger Mann.»

Wie hätte Ibrahim diese Traurigkeit beschreiben können? Wie hätte er Norma erläutern können, daß sein Vater mit dem Gefühl gelebt hatte, in allem versagt zu haben? Ein Mann ohne Ehrgeiz, bei dem sich alles wiederholt hatte, als wäre es seit Anbeginn vorherbestimmt gewesen. Sogar der Entschluß, nach Kolumbien auszuwandern, war genauso einfach aufgekommen, wie er zerronnen war.

Als Jakob heimkam und seine Schwester sah, wie sie sich selbst ins Gesicht schlug, machte er ihr begreiflich, daß nicht er gestorben war. Er drehte sich um und beschloß, nicht auszuwandern.

Was war das Geheimnis jenes Briefes, der alles zunichte machte und das Leben des kleinen Ibrahim in ein Warten auf eine nicht verwirklichte Auswanderung verwandelte?

Existierte wirklich ein Brief? Oder hatten sich die Ereignisse in Ibrahims Kopf vermischt, so daß er glaubte, es gäbe einen Brief, wohingegen die Tante in Wahrheit nur geweint und geschrien hatte, weil sie nicht nach Kolumbien auswandern wollte?

Ibrahim kannte die Lösung nicht. Er hatte seine Tante oft gefragt, von ihr aber nur rätselhafte Antworten erhalten.

«Was weiß ich, mein Sohn! Ich sah den Brief und fing an zu weinen, bevor ich ihn überhaupt gelesen hatte.»

«Was war denn darin zu lesen?»

«Ich weiß es nicht, ich hatte Tränen in den Augen, ich dachte, Jakob sei gestorben, in dem Brief stand Jakob, nein, Santiago stand geschrieben. Deinen Vater nannten wir ja Santiago. Damals wollte jeder auswandern, und allen hatte er erzählt, er würde nach Mexiko gehen, aber in Wirklichkeit wollte er zu unseren Verwandten nach Kolumbien.»

«Ich verstehe, aber wer ist gestorben?»

«Dann überlegte er es sich anders, sagte, er habe Angst bekommen und die Spanier würden Araber umbringen. Das sagte er. So habe ich ihn verstanden. Weshalb hätten wir überhaupt weggehen sollen? Auswandern ist unwichtig. Ich weiß es, und du weißt es auch, demnächst wirst auch du mir mit dieser Leier kommen. Aber mach dich gefaßt, ich wandere weder aus, noch verkaufe ich das Haus!»

Als Ibrahim Nasar nach Abbas' Tod auszuwandern beschloß, ging er an die alte Schatulle und öffnete sie. Dreißig Jahre hatte niemand mehr hineingeschaut. Tante Sarah hatte ihn vergebens des öfteren aufgefordert, Mottenkugeln hineinzulegen. Doch als er eines Tages dem Rat folgen wollte, war aus der Schatulle ein leichenähnlicher Gestank entwichen. Schnell hatte er die Mottenkugeln hineingeworfen und den Deckel wieder geschlossen, ohne einen Blick hineingeworfen zu haben. Aber der abscheuliche Gestank war ihm in der Nase hängengeblieben.

Seit seiner Kindheit litt Ibrahim Nasar unter Gerüchen. Er hatte das Gefühl, ihm hafte ein widerwärtiger Gestank an der Nasenspitze. Anfangs hielt er ihn für den Mief des Hauses, vermutete aber später, es müßte sich um Ausdünstungen des Geschlechts handeln, bevor er zu der Überzeugung kam, der Geruch entstamme seinem eigenen Körper. Kein Mensch sei in der Lage, sich selbst zu riechen, erklärte sein Arzt mit einem Lächeln und tätschelte Ibrahim den Rücken. «Das ist reine Einbildung», diagnostizierte er und weigerte sich, ihm ein Medikament zu verschreiben. «Benutzen Sie Parfüm und gewöhnen Sie sich daran – so ist es eben.» So lebte Ibrahim fortan, umhüllt von dem entsetzlichen Gestank, einer Mischung aus Erd- und Todesgeruch, der mit Seife nicht zu tilgen war. Nach dem Bad trug er Unmengen von Amatoury 114, damals ein Modeduft, auf. Alle wunderten sich über diesen Mann, der sich unbeirrt Kopf und Körper einparfümierte, als sei er eine Frau.

In der Zeit, als er regelmäßig auf die Rennbahn ging und sich mit Abbas anfreundete, gaben ihm die grinsenden Gesichter zu verstehen, daß er mit dem Parfüm nicht so verschwenderisch umgehen dürfe. Er versuchte zu reduzieren, ohne aber diese Gewohnheit völlig abstellen zu können. Sobald er von der Rennbahn heimkehrte, stank es im ganzen Haus nach Pferdeschweiß. Ibrahim griff eilig zur Parfümflasche, sprühte sich ein, setzte sich auf den Balkon und genoß den neuen Duft, die Mischung aus Pferd und Parfüm. Nur der Schweißgeruch der Pferde vermochte den alten Gestank zu tilgen. Berauscht vom Duft der Rosse fühlte er sich wie neugeboren.

Nach Abbas' Tod holte ihn der alte Geruch wieder ein.

Ibrahim war überzeugt, daß Abbas vorsätzlich getötet worden war. Die Veranstalter der Rennen konnten einen edlen Jockey von der Klasse dieses Jungen nicht dulden. Deshalb töteten sie ihn, indem sie dem Pferd derart große Mengen an Stimulanzien einflößten, daß es nicht mehr koordiniert laufen konnte, seinen Reiter abwarf und über ihn hinwegtrampelte. Damit waren für Ibrahim die Pferderennen gestorben. Er hatte das Gefühl, sich unglaublich verändert zu haben.

Auch Hanna as-Salman, der Salzige, hatte sich verändert. Hanna war nicht mehr Hanna. Ihm blühte nun Salz auf der Haut, außerdem sprach er leise und stotterte. Er schloß sein Geschäft, gab sich als Grundstücksmakler aus und verschwand fast völlig aus dem Viertel. Sogar Norma bekam ihn nur noch selten zu Gesicht. Ihr hatte Hanna geraten, den Bauunternehmer der Intra-Bank in Beirut, Abu Aschraf, zu heiraten. Sie hätte ihn auch geehelicht, wenn Abu Aschraf es sich nicht anders überlegt hätte, doch das ist wieder eine andere Geschichte.

Ibrahim glaubte nicht, daß Hanna als Grundstücksmakler tätig war. Er bemerkte einen seltsamen Duft und war überzeugt, daß sein Freund in zweifelhafte Geschäfte verwickelt war, zumal er ihn im Rotlichtviertel vor der Bude stehen sah, die Hanna Bruder Atijja abgekauft hatte, als dieser für einen neuen Missionsauftrag nach Ägypten gezogen war. Und Hanna bezweifelte, daß Atijja Christ war, weil er den Besuchern von Marikas Etablissements ausschließlich aus dem Alten Testament predigte. Und weil er, um die Beziehung zwischen Mensch und Gott zu verdeutlichen, die Geschichte von Moses und dem Stab, mit der er das Rote Meer geteilt hatte, herbetete. Hanna hielt Bruder Atijja für einen israelischen Agenten und mahnte Madame Bianca, ihn bei der Polizei anzuzeigen, was sie aber strikt ablehnte. Sie wolle weder die Polizei noch Probleme mit ihr im Rotlichtviertel haben, entschied sie. Zudem könnte ein

Skandal dieser Größenordnung den Ruf der Notabeln des Landes schädigen.

Die Geschichte von Bruder Atijja erlosch wie Tausende anderer Geschichten auch. Ibrahim fragte Hanna nicht, was er im Rotlichtviertel mache. Als er seinen Freund dort sah, drehte dieser das Gesicht weg. Also beachtete er ihn nicht weiter. Er glaubte, das Märchen vom Grundstücksmakler entlarvt und Hanna als Kuppler und Zuhälter im Viertel enttarnt zu haben.

Die wahre Geschichte von Hanna as-Salman, dem Salzigen, kannte Ibrahim nicht. Sie sollte unter anderen Umständen verlorengehen, Hanna sollte in sein altes Geschäft zurückkehren und in Beirut der erste Schuster werden, der sich eine Brille aufsetzt, vorzeitig altert und, ständig müde, mit zitternden Händen Schuhe flickt.

Dies trug sich am Vorabend des Bürgerkrieges zu, der am 13. April 1975 ausbrach. Auf welches Jahr würden die Historiker den Krieg datieren? Begann der Krieg 1975, 1973, 1967, 1958 oder 1860?

Ich weiß es nicht. Alle Daten könnten als Vorabend jenes langen Krieges gelten, der alles zerstörte.

Am Vorabend des Krieges faßte Ibrahim bin Jakob bin Ibrahim Nasar den Entschluß, nach Südamerika auszuwandern. Seine Wahl fiel auf Mexiko. Er wußte, daß in zwei Ländern, nämlich Kolumbien und Brasilien, Nasars lebten. Brasilien kam für ihn von Anfang an nicht in Betracht, weil er Portugiesisch nicht mochte. Und Kolumbien war in seinem Gedächtnis mit dem Blutbad an einem Zweig seiner Familie verknüpft. Das Blutbad war rätselhaft, einen sicheren Beweis dafür gab es nicht. Der einzige Hinweis darauf war jener Brief, der den Tod eines seiner Cousins namens Santiago oder Jakob bekanntgab. Ibrahim entschied sich also gegen diese beiden Länder und statt dessen, nach Mexiko zu gehen, obgleich er wußte, daß sein Plan unmöglich zu verwirklichen war.

Vor der Abreise wollte er unbedingt noch die Schatulle öffnen und jene alten Dokumente lesen, die ihm sein Vater als Familiengeheimnis ausgemalt hatte. Ibrahim erwartete, eine Beschreibung der Grabstätte zu finden, in der die Frauen beerdigt worden waren. Außerdem glaubte er, auf jenen rätselhaften Brief mit der Nachricht von Santiago Nasars Tod zu stoßen, über den der kolumbianische Autor Gabriel García Márquez später so schreiben sollte, als schildere er die Ermordung Abd al-Djalils auf dem Platz in Ain Kisrin während des entsetzlichen Blutbades von 1860. Als schildere er, wie Abd al-Djalil Nasar unter den Hieben der kurzen Krummsäbel eine ganze Stunde lang taumelte, wie er seine Eingeweide, die sich auf den Boden ergossen, aufzuheben versuchte, über ihnen zusammenbrach und starb.

Starb Abd al-Djalil in Ain Kisrin, im Viertel Uza'i oder am Galgen auf dem Märtyrerplatz in Beirut?

Ibrahim Nasar kannte die Antwort nicht. Er faßte den Entschluß, die Schatulle zu öffnen, weil er darin den Familienstammbaum zu finden hoffte. In der Zeit war es nämlich in Beirut üblich, Familienstammbäume aufzeichnen zu lassen, um sie eingerahmt ins Wohnzimmer zu hängen. Obgleich die Nasars von edler Abstammung waren, die bis zu den ghassanidischen Stämmen im Hauran zurückreichte, besaß Ibrahim keinen Stammbaum. Tante Sarah hatte ihn des öfteren aufgefordert, nach ihm zu suchen, ohne daß er sich je darum kümmerte. Heute jedoch, am Vorabend des Bürgerkrieges, entschloß er sich, den Stammbaum zu suchen und nach Mexiko auszuwandern. Er beabsichtigte, in dieses Land zu gehen, obwohl er wußte, daß es ihn letzten Endes nach Kolumbien verschlagen würde, weil es unmöglich war, ein Visum für Mexiko zu bekommen.

Sie habe gewußt, daß er nicht fortgehen würde, sagte Norma nach seinem Tod zu Julia.

«Der reinste Film, den reinsten Film zog er mir gegenüber ab. Er versprach, mich mitzunehmen, aber er log. Seine Lügen beherrschten mich. Zwanzig Jahre lang log er mich an, und ich täuschte vor, ihm zu glauben, doch ich glaubte ihm niemals. Wie sollte ich auch? Er belog mich, und ich täuschte ihn, ich wollte ja nur, daß er mit in die Kirche kommt und wir heiraten. Sobald man verheiratet ist, haben Lügen keine Bedeutung mehr. Wenn der Mann dann lügt, wäre es mir egal. Aber jedesmal, wenn er schon fast am Portal stand, passierte etwas. Statt einfach die Kirche zu betreten, rutschte er aus. Irgendwann gab ich die Hoffnung auf und zog Abu Aschraf in Betracht, der sich jedoch als Schuft entpuppte.»

Norma erzählte, ohne daß Julia zuhörte. Diese befand sich in einem komaähnlichen Zustand, dachte nur an den kleinen Prinzen, den ihre Tochter zur Welt gebracht hatte, und wollte unbedingt zu ihm reisen, um ihn aufzuziehen.

Norma fürchtete sich vor Julia. Sie ging ihr aus dem Weg und vermutete, daß Julia in Hirngespinsten gefangen war, seit die Verbindung zu ihrer Tochter abgebrochen war. Und nun, als Norma sich nach Ibrahim Nasars Tod in dessen Haus befand, forderte Julia Geld von ihr und bezichtigte sie des Mordes an Ibrahim.

«Na hör mal, Julia, ich bin doch keine Mörderin!»

«Wir sind alle Mörder», erwiderte Julia.

Norma jagte Julia aus dem Haus, in dem sie drei Tage verbrachte, bevor Ibrahims Onkel anrückten und sie selbst vertrieben, also kehrte sie in ihr längliches Haus am

Rand des Viertels Badawi zurück. Dort habe sie, hieß es, inmitten der eingestürzten Mauern gehaust, bis sie gesehen wurde, wie sie einem weißhaarigen Mann folgte, der wahrscheinlich aus Suweida gekommen war, um sie zu ihrer Familie zu bringen.

Ibrahim schlich in das Zimmer seines Vaters und öffnete die Schatulle, an einem Mittwochnachmittag, die Uhr zeigte fünf Uhr dreißig an, und die Dunkelheit hielt bereits Einzug in die Stadt. Ibrahim betrat das Zimmer seines Vaters, langsam näherte er sich der schwarzen Schatulle mit Perlmuttintarsien nach Damaszener Art. Aus Furcht, seine Tante könnte bemerken, daß er sich in dem Raum befand, und glauben, er stehle die Goldmünzen, schaltete er kein Licht an. An den Goldmünzen hatte er zu dem Zeitpunkt kein Interesse, denn er kannte ja ihr ungefähres Versteck. An jenem Tag wollte er die Schatulle öffnen, die Dokumente lesen und die Wahrheit in Erfahrung bringen, bevor er für immer fortging.

Als er schließlich vor der Schatulle stand, setzte er sich auf den Boden. Er drehte den Schlüssel, das Schloß tat sich auf, er hob den Deckel, und heraus stieg ein übler Mief. Ein gelber Geruch, wie der von Leichen. Ibrahim warf einen Blick hinein, sah aber nichts. Ein Angstschauder durchfuhr seinen Rücken. Am liebsten hätte er den Deckel zugeklappt und das Zimmer verlassen. Er versuchte aufzustehen, doch seine Beine schienen aneinandergekettet zu sein und am Boden zu kleben. Auch beim zweiten und dritten Blick in die Schatulle sah er nichts. Als er nun mit der Rechten ins Innere faßte, fühlte sie sich an, als befielen sie Tausende von Insekten. Sofort riß er sie heraus, wich zurück und fiel nach hinten auf den Rücken. Er sprang auf, hastete zum Lichtschalter und schaltete die Lampe an. Überall lag Staub. Das Bett bedeckte eine dicke weiße Schicht, und von der Decke hingen Spinnweben fast bis zum Boden. Spinnenaugen starrten ihn an. Einen Spinnenkopf hatte weder er noch sonst ein Mensch in der Stadt je zuvor gesehen. Die Spinnen aber waren enorm groß, ihre Köpfe hatten fast die Größe einer Bestie. Aus Angst, mit ihnen zusammenzustoßen, wich er zurück, hockte sich hin und bewegte sich so zur Schatulle. Plötzlich erfaßte ihn Mut. Die Angst, die ihn beim Öffnen der Schatulle überkommen hatte, verwandelte sich in Mut. Wie eine Ente watschelte er zur geöffneten Schatulle und starrte lange hinein, doch was er erblickte, waren nur Überreste. Die uralten Mottenkugeln, schon pechschwarz, sahen auf dem morschen, zerfallenen Papier aus wie Kieselsteine. Ibrahim zog einige Fragmente heraus und versuchte, sie zu lesen, vermochte aber nichts zu erkennen. Nur einen zerlaufenen Satz konnte er entziffern, geschrieben mit indigofarbener Tinte, eine Beschreibung der Grabstätte, die aber unvollständig war. Die Zettel, die er dann hervorzog, enthielten Zahlen und Kalkulationen, die ihm alte Ladenrechnungen zu sein schienen. Ibrahim warf die Rechnungen beiseite, griff erneut in die Schatulle und bekam Papierschnitzel zu fassen. Sie waren mit einem Kopierstift in Indigo beschrieben. Die zerlaufene Tinte jedoch hatte die Worte in bedeutungslose dunkelblaue Kleckse verwandelt. Alle Schnitzel hatten dunkelblaue Kleckse, und die Schrift war bis zur Unkenntlichkeit verschwommen. Ihn überkam das Gefühl, der Illusion in die Falle gegangen zu sein, die er um sich selbst und die Schatulle aufgebaut hatte. Nichts war zu entziffern. Ibrahim versuchte, die Formen der Flecken zu deuten. Aber er konnte keine Zeichen erkennen, die ihm den Weg zur magischen Grabstätte, die seine Vorfahren errichtet hatten, gewiesen hätten. Nichts konnte er in Erfahrung bringen. Nachdem er die Papierfetzen zurückgelegt und die Schatulle wieder verschlossen hatte, begann er, die Spinnweben mit den Händen wegzuwischen. Die staubigen Netze blieben an ihm haften, legten sich um ihn, umwickelten ihn. Plötzlich erblickte er den Stock seines Vaters am Zimmerende. Er packte ihn und schlug die Spinnweben von Decke und Wänden, häufte sie am Boden auf und zertrat die Köpfe. Köpfe, die nicht existierten. Er erkannte, daß die Köpfe, die er anfangs gesehen und vor denen er sich gefürchtet hatte, nicht existierten, und er erkannte, daß das Geheimnis der Schatulle bis in alle Ewigkeit verloren war.

Als Tante Sarah die Schläge an die Wände des Nebenzimmers hörte, erhob sie sich schwerfällig und entdeckte, daß das Zimmer ihres Bruders offenstand und das Licht brannte. Sie verharrte an der Tür und sah Ibrahim, den Stock seines Vaters in der Hand und von Spinnweben umwickelt.

«Was machst du da?»

«Ich suche etwas.»

«Du wolltest stehlen!»

«Nein, ich war auf der Suche nach dem Geheimnis.»

«Welches Geheimnis, mein Sohn? Hier gibt's keine Geheimnisse.»

«Was denn sonst?»

«Ein paar Spinnen und diese Schatulle. Was hast du mit der Schatulle gemacht?»

«Ich habe sie geöffnet.»

«Und was hast du gefunden?»

«Nichts habe ich gefunden.»

«Und die Goldmünzen?»

«Nach denen habe ich nicht gesucht. Ich wollte mir die Papiere in der Schatulle ansehen.»

«Die Goldmünzen liegen unter den Fliesen. Du hast doch hoffentlich nicht die Fliesen zertrümmert!»

«Komm, schau mal.»

«Ich will nichts sehen, ich habe ja gar keine Augen mehr, um noch etwas zu sehen. Gott segne dich, mein Sohn. Dein seliger Vater bewahrte alles in der Schatulle auf, aber du scheinst mir nicht vernünftig gesucht zu haben. Na los, los, raus hier, irgendwann suche ich mal selbst, und dann finden wir alles, was du willst.»

Sein Wunsch auszuwandern, erklärte Ibrahim Hanna, habe sich verflüchtigt, als er die Schatulle öffnete und nur die Papiere fand, die von der zerlaufenen Tinte des Kopierstiftes befleckt waren.

Hanna glaubte ihm nicht, er glaubte die Sache mit der Schatulle nicht. Ibrahim, behauptete er, würde lügen oder wiedergeben, was er in einem Buch gelesen hätte, und es als eigene Geschichte ausgeben.

Auch an der Wahrheit der Blutbäder, von denen Ibrahim ihm erzählte, zweifelte er. Er unterstellte seinem Freund, daß sein Kopf voll von Hirngespinsten sei, die Schatulle nicht existiere und die Sache von Grund auf eine Erfindung seiner Tante sei, die die Geschichte von dem Brief aus dem Nichts gestampft habe.

«Die Geschichten, die du mir erzählt hast, sind allesamt erfunden. Arme Norma, wieso hast du ihr das angetan und sie dann nicht geheiratet?»

«Ich weiß nicht, ich hatte Angst vor dem Tod.»

«Ich wollte sterben und starb dennoch nicht. Ihr sprecht doch nur vom Tod, um vor ihm wegzulaufen, ihr glaubt, eure Worte würden den Tod fernhalten – falsch. Der Tod war am Anfang. So beginnt das Johannesevangelium: ‹Im Anfang war das Wort›, was bedeutet, daß der Anfang der Tod ist. Das Wort ist der Tod des Wortes. Ihr flüchtet euch vor dem Tod in den Tod. Ich spucke auf die Menschen.»

Dieser Dialog entspann sich nicht zwischen Ibrahim

und Hanna. Hanna stellte sich ihn vor, als er sah, wie sehr das Gespenst des Bürgerkrieges, zu dem die Bevölkerung sich mehr als bereit zeigte, Ibrahim verängstigte.

In jener Nacht, als Ibrahim in das Zimmer seines Vaters schlich, die Schatulle öffnete und das Nichts fand, in jener Nacht dienten die Straßen der Stadt als Bühne, auf der die Milizionäre in Khaki-Anzügen und mit schwarzen Gesichtern umherrannten und für den Krieg exerzierten. Mit Einbruch der Dämmerung begann der Drill, ihre Schatten breiteten sich über die Mauern der Stadt, und ihr Geschrei hallte wie aus einer alten Höhle.

In jener Nacht schlich Ibrahim in das Zimmer seines Vaters, öffnete die Schatulle und fand nichts. Er verschloß den Deckel und nahm sich vor, sie wegzuwerfen, tat es aber nicht. Statt dessen ließ er sie stehen, zog die Tür hinter sich zu, besuchte Hanna und erzählte ihm davon. Er wußte, Hanna würde ihm nicht glauben, hatte aber das Bedürfnis, es jemandem mitzuteilen, auch wenn der Jemand nicht bereit war, ihm Glauben zu schenken.

Die beiden alten Freunde saßen nach langer Trennung vom Leben wieder vereint vor Hannas Geschäft. Und während Ibrahim erzählte, kratzte sich Hanna beim Zuhören den Rücken. Diese Angewohnheit behielt Hanna zeit seines Lebens bei. Er kratzte sich, ohne daß Salz rieselte, derweil Ibrahim von den Geheimnissen der Schatulle sprach.

Er sei auf spanische Briefe gestoßen, habe sie aber nicht lesen können, sagte Ibrahim. Die Art, wie die Tinte auf dem Papier zerlaufen war, habe ihm eindeutig verraten, daß es sich nicht um arabische Schrift handelte.

«Ein Jammer, etwas nicht lesen zu können, die Dinge standen vor mir, aber ich konnte sie nicht entziffern.»

«Wieso, kannst du etwa kein Spanisch?» erkundigte sich Hanna.

«Es geht nicht darum, ob ich Spanisch kann oder nicht. Doch, ich kann Spanisch, aber die Worte waren verwischt, alles war verwischt. Mein Gott, wie die Geschichte starb!»

«Wessen Geschichte?» fragte Hanna.

«Die Geschichte meines Großvaters», erwiderte Ibrahim.

«Was willst du denn von deinem Großvater?»

«Ich weiß es nicht.»

«Armer Kerl, bist du eigentlich beschränkt? Alle Geschichten sterben, stell dir vor, sogar die Geschichte vom Gefängnis kommt mir schon unwirklich vor, ich weiß zwar nicht, warum, aber wenn ich daran denke, erinnere ich mich, wie ich Leichen zerstückelte und wegwarf, nein, vorher steckte ich sie in Kohlensäcke, und dann vergrub ich sie.»

«Du?»

«Nein, ich meine Viktor Awwad, mir ist in Erinnerung, daß er die Leichen zerstückelte, bevor er sie in Kohlensäcke steckte, obwohl er sie nicht zerstückelte, ich weiß genau, daß er sie nicht zerstückelte, aber ich weiß nicht, wieso mir ein Bild ohne zerstückelte Leichen nicht in den Kopf gehen will. Sogar die Geschichte vom Salz und dem Durst – mich nennen ja jetzt alle Hanna, den Salzigen –, aber weißt du, es kommt mir nicht so vor, als wäre ich das. Ich meine, der Mann, den sie zwangen, ein Kilo Salz zu essen, kommt mir nicht vor wie ich selbst. Ich sehe sein Bild vor mir, ich sehe, wie sehr er gelitten hat, aber ich empfinde nichts. Ich träume vom Strick und von Sami. Doch mir ist, als hätte ich mit all dem nichts zu tun. Geschichten sterben wie die Menschen. Man sollte um die Menschen weinen, nicht um die Geschichten, denn diejenigen, die fortgehen, kommen nie mehr zurück, doch Geschichten kehren zurück. Ich weiß nicht, wie der Boß fortging. Weiß das überhaupt jemand? Ich weiß es nicht. Aber immer wieder liest man in der Zeitung etwas über ihn, sie schreiben, er würde zurückkommen. Doch mein Herz spürte zum Zeitpunkt seines Verschwindens, daß es vorbei war.»

Ibrahim versuchte, seinem alten Freund begreiflich zu machen, daß er die Geschichten seiner Familie gern in Erfahrung gebracht hätte. Die Geschichten der Menschen, die im neunzehnten Jahrhundert nach Südamerika ausgewandert waren, mit Mücken, Sümpfen und Angst gelebt, markerschütternde Schmach gekostet hatten, um Häuser mit roten Ziegeldächern in den Dörfern des Libanongebirges zu bauen, und die Fremde waren.

«Alle sind wir Fremde», sagte Hanna. «Hier oder dort, einerlei, der Mensch ist immer ein Fremder. Sogar in Gegenwart meiner Frau fühle ich mich als Fremder. Ich bitte dich, hör auf mit diesen Geschichten! Stimmt es, daß du fortgehen und Norma mitnehmen willst?»

Ibrahim schüttelte den Kopf, als wüßte er keine Antwort. Nachdem er einen Blick auf die Uhr geworfen hatte, erhob er sich, um zu gehen. «Ich bin spät dran, meine Tante wird sich schon Sorgen um mich machen», sagte er und entfernte sich.

In jenen Jahren trafen sich die beiden alten Freunde wieder. Zehn Jahre währte die neue Freundschaft, bevor sie, wie alles, mit dem Tod endete, dem Tod, der herbeikommt, Beziehungen scheidet und Liebende auseinanderbringt.

Das Wiedersehen vollzog sich nach langer Trennung. Der Zufall wollte nämlich, daß Abbas ein Jahr nach Sami al-Khourys Verschwinden starb.

Nach Abbas' Tod unter den Pferdehufen nahm Ibrahim seine alten Gewohnheiten wieder auf, nur um festzustellen, daß nichts mehr so war wie früher. Tante Sarah hatte mittlerweile das Gehör verloren und führte unablässig laut Selbstgespräche. Sie hatte sich zudem angewöhnt, Brot im Haus zu backen und auf keinen Fall mehr in der Bäckerei zu kaufen, weil sie ihrer Meinung nach dort unreines Mehl verwendeten. Wenn Ibrahim von der Arbeit heimkam, war das ganze Haus voll Mehl. Außerdem stellte er fest, daß Hanna ins Viertel zurückgekehrt war und sein Geschäft wiedereröffnet hatte. Zwar wußte er durch Abu Aschraf, daß Hanna im Haschischgeschäft tätig gewesen war, aber es hatte ihn nicht gekümmert, denn das Band ihrer Freundschaft war im Angesicht des Stricks entzweigerissen. Im selben Moment, in dem sich Ibrahim auf den Platz vor dem Justizpalast begeben hatte, um sich Hannas Hinrichtung anzuschauen, war dieser als unschuldiger Mann heimgekehrt. Ihrer Enttäuschung über das ausgefallene Hinrichtungsfest verliehen die Bewohner des Viertels Farnaini bei Hannas Haftentlassung mit Freudenschüssen aus ihren Gewehren Ausdruck.

Danach war Hanna aus dem Viertel verschwunden,

und man hatte ihn nur noch zu Gesicht bekommen, wenn er schwarz gekleidet aus dem Haus zu seinem alten Peugeot eilte.

Nach all diesen Geschehnissen trafen sich die beiden Freunde nun wieder. Ibrahim hielt sich zu der Zeit überwiegend in seinem Laden auf, während Hanna stark gealtert war und mit kranken Augen wieder seiner alten Arbeit nachging.

Von einem Tag auf den anderen stand Hanna ohne Arbeit da. Er weigerte sich, den Boß zu hintergehen und zu dessen Feinden überzulaufen. Und allein weiterzuarbeiten – dazu fühlte er sich nicht in der Lage. Da er sein enormes Vermögen verpraßt hatte, sah er nur eine Lösung, nämlich sein altes Handwerk wieder aufzunehmen. Er hatte geglaubt, sein und Samis Leben würde ewig währen. Niemals war ihm in den Sinn gekommen, daß der Boß verschwinden oder sterben könnte. Diesen kleinen, schmächtigen Mann vergötterte er. Tatsächlich gab sich der Schmugglerboß seinen Gefolgsleuten und Komplizen gegenüber als ein kleiner Gott. Er zeigte sich freigebig und unerschrocken. In der Gefahr sorgte er für Spaß und verbreitete Stimmung wie auf einem Fest. Gefahr weckte in den Männern die Gier nach Essen, Wein, Frauen und Arbeit. Sami schmuggelte aus reinem Vergnügen, und das Geld kam und ging. Er kannte keine Frau, die nicht ihren Preis hatte, er ging großzügig mit ihnen um und zeigte sich ihnen gegenüber freigebig, bis er jene Französin kennenlernte, die er später heiratete. Umgekippt sei er, kommentierten seine Männer, als sie sahen, wie er vor lauter Eifersucht und Verlangen zitterte. Sami versuchte die Französin mit Geld, Häusern und Juwelen zu locken, doch sie hatte nur Verachtung für ihn übrig. Durch sie veränderte sich der Boß, er stellte fest, daß Geld allein nicht genügt, und er erkannte in der Frau ein anderes Wesen. Er ging ins Kit Kat, das Vergnügungslokal, in dem sie als Tänzerin auftrat, und bestellte sie zu sich an den Tisch. Sie habe zu tun, erklärte ihm der «Baron». Bereit, ein Verbrechen zu begehen, sprang Sami auf und stürmte in ihre Garderobe, wo sie sich mit einer Kollegin aufhielt. Auf den Knien machte er ihr einen Heiratsantrag. Er war überzeugt, daß sie ablehnen würde, doch sie willigte ein. Nach der Hochzeit ließ er sie in Neuilly in Paris wohnen. Dort lebte sie mit ihrer Tochter, auf ihn wartend.

Nun saß Hanna mit seinem Freund Ibrahim zusammen, hatte nur noch verschwommene Erinnerungen und setzte alles in Bezug zu sich selbst. Er gab sich sogar als Held der Weißkohl-Aktion aus, obgleich dieses Kennwort ihm Eintritt in die Welt des Schmuggels verschafft hatte und drei Jahre vor seiner geplanten Hinrichtung durchgeführt worden war. Hanna hatte gelernt, den Boß exakt nachzuahmen, hatte sich seinen Gang angeeignet, beugte den Hals genau wie er und stotterte, als wäre er mit einem Sprachfehler auf die Welt gekommen. Schlank zu werden schaffte er jedoch nicht. Alles hatte Hanna vom Boß erworben, auch den Stolz. Aber seine Familie hielt er von diesen Kreisen fern. Dort änderte sich nichts. Denn er besaß noch ein anderes Zuhause, andere Kleidung und eine andere Frau, ein anderes Leben. Sein zweites Leben führte er in einer angemieteten Wohnung in Ain Mraisse. Die zweite Frau wechselte er ständig, doch sie mußte immer schlank, hübsch und blond sein. Das eine Leben unterschied sich von dem anderen Leben. Im Morgengrauen kehrte Hanna in alter Kleidung und mit zögerndem Gang ins Viertel Farnaini zurück. In Samis Truppe war er der einzige, der sich nicht vollständig änderte. Der Boß unterstellte ihm, sein Geld vor lauter Geiz ins Rohr zu stopfen. Doch Hanna stopfte sein Geld nicht ins Rohr, sondern verpraßte es wie besessen. Am Bakara-Tisch im Casino du Liban spielte er so lange, bis er seine Uhr als Pfand hinterlassen mußte. Mit Samis Verschwinden verschwand alles übrige. Hanna kehrte nach Hause und in sein Geschäft zurück, kehrte heim mit dem unbestimmten quälenden Gefühl, Samis Geheimnis habe sein Leben verschlungen. Der Boß käme nicht zurück, prophezeite Hanna. Der Anwalt Munir Alawijja hatte ihn aufgesucht und davon in Kenntnis gesetzt, daß Sami und sein Chauffeur Michel Mudawwar verschwunden seien. «Es ist vorbei, es ist aus mit uns», sagte Hanna und beteiligte sich nicht an der Suchaktion. Er begab sich in seine Wohnung in Ain Mraisse und teilte der französischen Artistin Madeleine mit, daß es aus und vorbei sei. Sie könne die Wohnung behalten, wenn sie wolle, bot er ihr an, aber es sei aus und vorbei, alles sei zu Ende, und sie müsse von nun an allein zurecht kommen. Er nahm weder Kleidung noch andere Dinge mit. Sogar die Armbanduhren ließ er zurück. Armbanduhren waren seine Leidenschaft. Während seiner fünfzehnjährigen Zusammenarbeit mit Sami al-Khoury hatte er sich ungefähr sechzig Schweizer Fabrikate unterschiedlichen Typs angeschafft, die er in zwei Schubladen des Kleiderschranks einschloß. Von Zeit zu Zeit holte er sie heraus, breitete sie auf dem Bett aus, betrachtete und betastete sie, band sich die eine oder andere um, nahm sie wieder ab und legte sie schließlich zurück in die Schubladen. Sogar die Uhren, die er in den beiden Schubladen aufbewahrte, damit die Zeit nicht verginge, «sondern unter meinen Blicken schläft», wie er Madeleine erklärte, gab er auf. Die Französin glaubte, Hanna leide an einem Anfall von Wahnsinn, und sah ihre Vermutung durch sein lautes Ächzen bestätigt, das er im Schlaf an ihrer Seite von sich gab, bevor er mit den ersten Lichtstrahlen aufstand und sich nach Hause begab. Sogar die Uhren ließ er zurück. Madeleine lief ihm nach und erinnerte ihn an die Uhren. «Sie gehören dir, ich brauche die Zeit jetzt nicht mehr, die Zeit ist aus der Schublade gestiegen und zerronnen», sagte er, auf seinen Kopf voller weißer Haare zeigend. Er kratzte sich an der Tür den Rücken und zog von dannen.

Im Juni 1963 bestieg Sami al-Khoury in Begleitung seines Anwalts Munir Alawiyya und des Chauffeurs Michel Mudawwar seinen roten Buick, Jahrgang 63, fuhr mit ihnen zuerst nach Amman und dann zurück nach Damaskus, wo sie sich in eine möblierte Wohnung im Viertel Abu Rummane einmieteten. Am Abend des vierzehnten September 1963 verließ Sami gemeinsam mit seinem Chauffeur die Wohnung, ohne je zurückzukehren. Der Boß sei weder getötet noch entführt worden, sondern aus freien Stücken verschwunden, vermutete Samis Freund Gabi al-Mutran, auch Albino genannt. «Zwanzig Tage vor seiner Abreise nach Amman, wir betranken uns im Hotel Massabki in Schtura, fragte ich den Boß, wie seine Würfel stünden. Alles bestens, ich fahre nach Amman, dort werde ich ein Nachtlokal eröffnen und König sein, lautete seine Antwort.»

Hanna glaubte das nicht. Er war überzeugt, daß der Boß in Jordanien verschwunden sei und nicht mehr zurückkehren würde. Dort, bei den Schmugglerstämmen, die die Schleichwege zwischen der Arabischen Halbinsel, Jordanien, Syrien und dem Irak kontrollierten. Dorthin verschwand Sami al-Khoury, ohne jemals zurückzukehren. Wurde er auf der Stelle getötet, oder war er noch am Leben? Niemand weiß es.

Und Hanna, der wieder nach Hause und in sein Geschäft zurückgekehrt war, beugte sich zitternd über die Schuhe, die er reparierte, fürchtete, die kleinen Nägel, die er zwischen den Lippen hielt, zu verschlucken, und rechnete insgeheim jeden Augenblick mit Samis Erscheinen. Er tauchte jedoch nicht wieder auf, und die Nägel im Mund hinderten Hanna am Sprechen. Als Ibrahim Nasar ihm von seinen Auswanderungsplänen nach Mexiko oder Kolumbien erzählte, wunderte Hanna sich, wieso der Freund nicht nach Venezuela ziehe. Er fragte sich auch, ob der Boß nach Venezuela gegangen sei, um dort neu anzufangen. Er habe alles zurückgelassen, habe nur den Chauffeur und Vertrauten mitgenommen und sich zu einem neuen Anfang aufgemacht. Lebte er jetzt vielleicht unter anderem Namen und stotterte in einer fremden Sprache? Wurde er in der Wüste getötet? Weilte er womöglich mit neuer Kleidung und Arbeit noch im Libanon? War er vielleicht nach Tanger gegangen? Oder war er gar tot?

«Weshalb stöberst du in der Schatulle, was macht es denn schon aus, von etwas Kenntnis zu haben oder nicht? Ob Sami am Leben oder tot ist – was macht es für einen Unterschied? Für uns ist er tot! Besser wäre es, wenn er tot ist, denn der Tod löscht alles. Die einzige Katastrophe, die wir akzeptieren können, ohne verrückt zu werden, ist der Tod.»

Dann erzählte Hanna von der Frau.

Ibrahim hätte nicht gedacht, daß im wirklichen Leben Gefühle wie in Kinofilmen existierten. So etwas hatte er nämlich mit keiner der drei Frauen empfunden, die ihm im Leben begegnet waren.

«Vergiß sie, riet mir der Boß, schluck sie hinunter und behalt sie im Magen. Es ist, als wenn ein Backenzahn gezogen wird. So schmerzhaft es auch ist, schließlich tritt eine angenehme Lücke an seinen Platz, als hätte es niemals einen Zahn gegeben. Schluck sie, riet mir der Boß. Es fühlte sich an, als würgte ich Glas hinunter. Wer war sie denn schon? Ein Nichts, was soll ich dazu noch sagen! Hunderte sind besser als sie. Und als ich dann von einer zur nächsten hüpfte, roch ich immer nur sie. Kaum zu beschreiben, wie es mir erging, als sie fortging. Ich weiß genau, warum sie mich verließ. Weil sie sich in einen anderen verguckte. Ein ehrbares Leben wolle sie führen, sagte sie, außerdem würden wir angeblich nicht zusammenpassen. Scheinheiliges Flittchen, und so was will ein ehrbares Leben führen. In den Pflaumenverkäufer verguckte sie sich und brannte mit ihm durch. Vielleicht versprach er ihr die Ehe, aber es ging nicht darum, sondern um Liebe, ich sah mit an, wie sie sich verliebte, weil ich neben ihr saß. Auf einmal funkelten ihre Augen, und sie kokettierte auf ägyptisch. Dabei stammte das Miststück aus Beirut. Mir war, als würgte ich Glas hinunter. Hast du eine Ahnung, was es heißt, eine Flasche hinunterzuwürgen? Mit Sicherheit weißt du es nicht. Ich würgte also das Glas hinunter und hatte das Gefühl, von innen zu verbluten, und dazu diese Schmerzen. Ach, tat das weh! Wir töten nicht, lautete die Anordnung vom Boß, in unserem Gewerbe gibt es weder Mord noch Liebe. Aber ich malte mir aus, daß sie sterben, daß ich sie umbringen würde, und wie ich dann endlich zur Ruhe käme. Hast du eine Ahnung, was es heißt, eifersüchtig zu sein? Sechs Monate lang hörte ich ihr Gestöhne und dachte, ich ersticke.»

«Und, hast du sie umgebracht?» erkundigte sich Ibrahim.

«Natürlich nicht, später ging es. Es kam genauso, wie der Boß vorhergesagt hatte: Wenn der Backenzahn gezogen ist, wächst das Fleisch wieder zusammen. Das Fleisch wuchs zusammen, und ich war zur Liebe nicht mehr fähig. Ich zog eine Lehre daraus und zahlte den Frauen heim, was sie mir angetan hatte, ich wurde so glatt wie ein Fisch, ließ sie zappeln und dann sitzen. Die arme Französin Madeleine, was wohl inzwischen aus ihr geworden ist? Sie stand da, die Uhren umklammernd, als umarmte sie ein kleines Kind, ich sah ihre Tränen, aber mir machte das überhaupt nichts aus, Mann, ich empfand nicht das Geringste, als steckte ich in einem Panzerhemd, ich wollte nur gehen, erkannte, daß ich nicht mehr so weitermachen konnte, ich mir alles verpfuschen würde, also ging ich und überließ ihr die Uhren. Sechzig Schweizer Uhren, hast du eine Ahnung, was das bedeutet! Ich weiß es wirklich nicht, aber ich spürte, ich mußte sie dort lassen, um zurückkehren zu können.»

«Nun sind wir alle zurückgekehrt», sagte Ibrahim und wagte nicht, ihm die Geschichte mit Abbas anzuvertrauen. Was hätte er erzählen sollen? Von dem Wunsch, Pferde zu kaufen, ihnen den Schweiß abzuwaschen und ihren Geruch zu schnuppern? Oder daß er sich nicht traute, Pferde zu reiten? Was also hätte er erzählen sollen? Ibrahim vermochte nicht, über das rätselhafte Verlangen nach dem Jüngling zu sprechen. Doch, wie Hanna sagte, der Tod kam, löschte alles und ersparte ihm die Erfahrung, Glas hinunterzuwürgen.

Wie starb Ibrahim?

Als einer der ersten betrat Hanna den Raum und sah ihn, halb nackt, aufgedunsen und blau angelaufen. War er erstickt oder an einem Herzstillstand gestorben? War Norma es gewesen? Hatte Norma das Glas, das sie ihr Leben lang hinuntergewürgt hatte, gelöscht, indem sie den Mann tötete?

Hanna machte sich einzig und allein Gedanken darüber, wie die Leiche möglichst rasch entfernt und unter die Erde gebracht werden könne. Er stellte Norma keine Fragen, wickelte Ibrahim von Kopf bis Fuß in ein weißes Laken und machte sich auf die Suche nach dem Schlüssel der Grabstätte. Ihm war nicht nach Weinen zumute. Seit er Ibrahim vor sechs Tagen tränenüberströmt und wie ein Idiot dem Sarg seiner alten Tante folgen sah, verachtete er ihn. Hanna verharrte nicht vor dem Toten, um ihn zu betrachten, sondern trat kurz an ihn heran, überzeugte sich von dessen Ableben und entfernte sich, um die organisatorischen Angelegenheiten der Beerdigung zu erledigen. Er verspürte das dringende Bedürfnis, heimzugehen, seine geschwollenen Füße in heißem Wasser zu baden und selbst in den Duft ferner Erinnerungen zu tauchen, die ihn nach dem langen morgendlichen Hustenanfall überkamen, wenn er nicht wußte, ob er sich im Raml-Gefängnis befand oder in der Wohnung in Ain Mraisse mit Uhren-Madeleine, wie er sie im Stillen nannte.

Weshalb hatte Norma das getan?

Weshalb stieg sie halb nackt aus dem Schrank und erhob die Totenklage?

Weshalb lief sie wie von Sinnen durch die Straßen Beiruts, als wollte sie betteln, und jammerte, daß der Mann sie entjungfert habe und gestorben sei, bevor er sie heiratete?

Weshalb zog sie sich nicht in Nabihas Haus zurück und benahm sich wie eine ehrbare Frau?

Norma sagte, sie würde Beirut nicht verlassen und nach Suweida gehen, um das Haus zu hüten und es vor einer Besetzung durch Milizionäre zu verteidigen. Was war das Geheimnis des länglichen Hauses, das durch eine eingeschlagene Granate zerstört wurde?

Norma zog mit der Behauptung, Ibrahims Frau zu sein, in sein Haus ein. Dort empfing sie nur Julia, die ihr von dem kleinen, irgendwo auf der Arabischen Halbinsel lebenden Prinzen erzählte.

Dann rückte Herr Nasim al-Djahil an und jagte Norma aus dem Haus. Ein Geschrei war das an diesem Tag, was die Menschen vernahmen. Norma schrie die Männer an, die sie hinausstießen, sie weinte und wollte etwas sagen, doch die Worte wurden von ihrem eigenen Geschrei verschüttet.

Aus dem Haus vertrieben, blieb sie auf der Straße stehen. Am gleichen Tag begegnete ihr Hanna, der sich nach Geschäftsschluß auf dem Heimweg befand.

«Was machst du hier? Los, geh nach Haus!»

«Ich will es allen sagen. Er hat mich entehrt und verlassen.»

Sie fing an, auf Hanna einzureden, der es eilig hatte und nur mit halbem Ohr zuhörte. Als er weitergehen wollte, trat sie näher an ihn heran und legte ihm die Hand auf die Schulter.

«Kennst du ihn?»

«Wen?»

«Ibrahim, Ibrahim Nasar, meinen Mann.»

«Was ist los mit dir, Norma? O Gott, was ist los mit

euch? Verflucht, ich bin Hanna, hast du etwa Hanna vergessen!»

«Er hat mir ein Versprechen gegeben und mich entehrt.»

«Geh, Gott steh dir und uns allen bei!»

Weshalb stand die Frau so da?

Hanna ließ sie stehen und setzte seinen Heimweg fort. Norma aber wartete auf dem Gehweg auf eine Person, der sie die Geschichte ihrer verlorenen Ehre erzählen konnte.

Niemand fragte sie, wie Ibrahim starb. Ob sie ihn getötet habe, ob er beim Geschlechtsakt mit ihr gestorben sei oder ob er erstickt sei.

Damals fragte niemand nach der Todesursache. Die Menschen starben auf der Flucht. Sie waren auf der Suche nach einer Möglichkeit, den Libanon zu verlassen. Hanna hörte seinem Sohn zu, der sich um ein kanadisches Visum bewarb, und nickte befürwortend, ohne ein Wort zu sagen. Indessen weinte seine Frau und beschwor ihren Sohn, zu bleiben, weinte erneut aus Angst um ihn und beschwor ihn, dem Beiruter Tod zu entfliehen.

Wollte sie vielleicht zusammen mit ihrem Sohn auswandern?

Er habe nichts dagegen, sagte Hanna. «Fahr mit, wenn du willst, ich habe nichts dagegen.»

«Würde er mich überhaupt mitnehmen?» erwiderte sie spontan und brach in Tränen aus.

Hanna blickte auf das Leben, das verstrich, als habe es nie existiert.

«Wie ein Traum», sagte er zu seiner Frau. «Der Traum endet mit der Auswanderung, laß ihn gehen. Ibrahim, Gott hab ihn selig, sprach sein ganzes Leben davon, auswandern zu wollen, und am Ende starb er wie ein Hund, wir fanden kein Grab, um ihn zu beerdigen. Meine Güte, hat der gelogen, es existieren weder Gold noch irgendwelche Geheimnisse, alles Lüge, er setzte eine Lüge in die Welt und glaubte fest an sie, aber ich riet ihm, Norma zu heiraten, das wäre doch wirklich besser gewesen als so ein elender Zustand.»

Norma ging nach Hause und verschwand.

Es hieß, Männer seien gekommen und hätten sie in den Hauran gebracht. Es hieß, sie sei mit den syrischen Arbeitern gegangen, als Milizionäre diese zu entführen und zu töten begannen, sie wollte Abu Aschraf unbedingt verteidigen und habe eine lange Rede gehalten, die endete, als sie Schüsse auf sie abfeuerten.

Hanna as-Salman al-Barudi, der Salzige, einsam in seinem Geschäft, betrachtet die reparierten Schuhe, die von ihren Besitzern nicht abgeholt wurden, weil sie sich vor dem Donnern der Schüsse und dem Rhythmus der Granaten fürchten, die die Stadt erschüttern.

Hanna ist einsam. Ein Fremder in einer rätselhaften Stadt, er lauscht den Erinnerungen und ächzt vor Schmerzen. Käme doch jetzt bloß der Engel und quetschte ihm die Ohren, so daß er das Gehör verliere. Käme doch der Boß, käme Uhren-Madeleine, käme doch die Glas-Frau, weinte in seinen Armen und bitte ihn auf ägyptisch um Vergebung, käme...

Die Straßen sind leer. Nacht, Beirut und die Schritte des Krieges. Ein einsames Haus, nichts ist zu hören außer Julias Trillern, sie feiert die Hochzeit ihres kleinen Enkels mit einer kleinen Prinzessin, auf daß er eine ganze Dynastie von Königen zeuge.

Aleksandar Tišma im dtv

»Tišma sieht, zeigt und erzählt wie einer, der alles über den Menschen zu wissen scheint.«
Ursula März in der ›Frankfurter Rundschau‹

Der Gebrauch des Menschen
Roman
Übers. v. Barbara Antkowiak
ISBN 3-423-**11958**-6
Bis zum Zweiten Weltkrieg kommen die Menschen in Novi Sad relativ friedlich miteinander aus – Serben, Ungarn, die deutschsprachigen »Schwaben« und Juden. Krieg, Terror und Unmenschlichkeit reißen die Stadt aus ihren Träumen.

Die Schule der Gottlosigkeit
Erzählungen
Übers. v. Barbara Antkowiak
ISBN 3-423-**12138**-6
In Extremsituationen zeigt sich die Natur des Menschen unverhüllt: Vier Geschichten aus dem Krieg – von Menschen am Rande des Abgrunds.

Das Buch Blam
Roman
Übers. v. Barbara Antkowiak
ISBN 3-423-**12340**-0
Novi Sad nach dem Zweiten Weltkrieg. Blam durchwandert als melancholischer Betrachter die Wege und Straßen seiner Heimatstadt.

Die wir lieben
Übers. v. Barbara Antkowiak
ISBN 3-423-**12623**-X
Ein Buch über die Prostituierten in Tišmas Heimatstadt – und über das Geschäft mit der Liebe.

Kapo
Roman
Übers. v. Barbara Antkowiak
ISBN 3-423-**12706**-6
»Aleksandar Tišmas Roman ›Kapo‹ ist ein ebenso großartiges wie irritierendes Psychogramm eines älteren Juden, der als junger Todeskandidat ins KZ gekommen war und als Handlanger der Mörder überlebte … ein meisterhaftes Stück Literatur.« (Thomas Grob im ›Tages-Anzeiger‹)

Treue und Verrat
Roman
Übers. v. Barbara Antkowiak
ISBN 3-423-**12862**-3
Während des Krieges war er im Widerstand, saß im Gefängnis, seine Geliebte wurde erschossen. Die Erfahrung, daß Treue und Verrat eng zusammengehören, bestimmt Sergijes Leben auch nach dem Krieg.

Gioconda Belli im dtv

»Die große Poetin Nicaraguas, eine der wichtigsten Stimmen in der Literatur Lateinamerikas.«
Abendzeitung

Bewohnte Frau
Roman
Übers. v. Lutz Kliche
ISBN 3-423-11345-6
Lavinia führt in ihrer lateinamerikanischen Heimat das unbeschwerte Leben einer unabhängigen Frau aus der Oberschicht. Dann aber verliebt sie sich in Felipe, der mit der Untergrundbewegung des Landes zusammenarbeitet ... »Ein Buch zum Verschlingen in einer Nacht.« (Marianne Kröger)

In der Farbe des Morgens
Gedichte
Übers. v. Dieter Masuhr und Dagmar Ploetz
ISBN 3-423-11565-3

Tochter des Vulkans
Roman
Übers. v. Lutz Kliche
ISBN 3-423-11678-1
Sofia fühlt sich in ihrer Ehe mit dem patriarchalischen René eingesperrt. Aber die rebellische Frau weiß sich zu wehren ...

Zauber gegen die Kälte
Erotische Gedichte
Übers. v. Anneliese Schwarzer
ISBN 3-423-12577-2

Waslala
Roman
Übers. v. Lutz Kliche
ISBN 3-423-12661-2
Faraguas, eine vergessene Welt am Amazonas. Mit dem amerikanischen Journalisten Raphael begibt sich die junge Melisandra auf eine von Leidenschaft und Abenteuern gezeichnete Reise ins Innere des Landes. Mit ihm will sie Waslala finden, den Ort der ewigen Träume ...

Wenn du mich lieben willst
Gesammelte Gedichte
Übers. v. Dieter Masuhr u. a.
ISBN 3-423-12722-8

Die Verteidigung des Glücks
Erinnerungen an Liebe und Krieg
Übers. v. Lutz Kliche
Mit Fotos
ISBN 3-423-13015-6
Zwischen Liebe, Widerstand und Revolution: Gioconda Belli erzählt ihr abenteuerliches Leben. – »Die beste Autobiographie, die ich seit Jahren gelesen habe. Einfach unvergeßlich.« (Salman Rushdie)

Michael Ondaatje im dtv

»Das kann Ondaatje wie nur wenige andere:
den Dingen ihre Melodie entlocken.«
Michael Althen in der ›Süddeutschen Zeitung‹

In der Haut eines Löwen
Roman
Übers. v. Peter Torberg
ISBN 3-423-**11742**-7

Kanada in den zwanziger und dreißiger Jahren. Ein Land im Aufbruch. »Ebenso spannend wie kompliziert, wunderbar leicht und höchst erotisch.« (Wolfgang Höbel in der ›Süddeutschen Zeitung‹)

Der englische Patient
Roman
Übers. v. Adelheid Dormagen
ISBN 3-423-**12131**-9

1945. Vier Menschen finden in einer toskanischen Villa Zuflucht. Im Zentrum steht der geheimnisvolle »englische Patient«, ein Flieger, der in Nordafrika abgeschossen wurde ... »Ich kenne kein Buch von ähnlicher Eleganz.« (Richard Ford)

Buddy Boldens Blues
Roman
Übers. v. Adelheid Dormagen
ISBN 3-423-**12333**-8

Er war der beste, lauteste und meistgeliebte Jazzmusiker seiner Zeit: Buddy Bolden.

Es liegt in der Familie
Übers. v. Peter Torberg
ISBN 3-423-**12425**-3

Die Roaring Twenties auf Ceylon. Erinnerungen an das exzentrische Leben, dem sich die Mitglieder der Großfamilie Ondaatje hingaben, eine trinkfreudige, lebenslustige Gesellschaft ...

Die gesammelten Werke von Billy the Kid
Übers. v. Werner Herzog
ISBN 3-423-**12662**-0

Die größte Legende des Wilden Westens – Liebhaber und Killer, ein halbes Kind noch und stets dem Tode nah.

Anils Geist
Roman
Übers. v. Melanie Walz
ISBN 3-423-**12928**-X

Im Auftrag einer Menschenrechtskommission kehrt die junge Anil in ihre Heimat Sri Lanka zurück und begibt sich in größte Gefahr.

Italo Calvino im dtv

»Calvino ist einer der letzten großen Zauberer der europäischen Literatur.«
Mary McCarthy

Wo Spinnen ihre Nester bauen
Roman
Übers. v. Thomas Kolberger
ISBN 3-423-12632-9

Pin, der verwahrloste Gassenjunge, fühlt sich magisch angezogen von der Welt der Erwachsenen. Doch keiner nimmt ihn ernst. So stiehlt er einem deutschen Soldaten die Pistole ... Krieg, Sex, Heldentum und Politik enthüllen aus der Sicht eines Kindes ihre ganze Fragwürdigkeit. Calvinos erster Roman, der ihn früh berühmt machte.

Eremit in Paris
Autobiographische Blätter
Übers. v. Burkhart Kroeber und Ina Martens
ISBN 3-423-12723-6

Herr Palomar
Übers. v. Burkhart Kroeber
ISBN 3-423-12764-3

Marcovaldo oder Die Jahreszeiten in der Stadt
Der Tag eines Wahlhelfers
Übers. v. Nino Erné, Heinz Riedt und Caesar Rymarowicz
ISBN 3-423-12775-9

Heikle Erinnerungen
Erzählungen
Übers. v. Nino Erné, Julia M. Kirchner und Caesar Rymarowicz
ISBN 3-423-12840-2

Das Schloß, darin sich Schicksale kreuzen
Erzählungen
Übers. v. Heinz Riedt
ISBN 3-423-13120-9

Ein Weltentwurf aus alten Tarockkarten: Könige, Alchimisten, Gaukler, Lady Macbeth, Parsifal, Lear, Faust – sie alle sitzen rund um den Tisch und »erzählen« ihre Geschichte.